천사지인

【天師之印】

5

도서출판
청어람

천사지인 5

조진행 장편 무예 소설

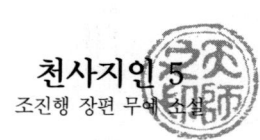

초판 1쇄 찍은 날 § 2001년 5월 20일
초판 1쇄 펴낸 날 § 2001년 5월 30일

지은이 § 조진행
펴낸이 § 서경석
펴낸곳 § 도서출판 청어람
편집 § 문혜영 · 허경란 · 박영주 · 김희정 · 권민정
마케팅 § 정필 · 강양원

등록번호 § 제1081-1-89호
등록일자 § 1999. 5. 31
어람번호 § 제2-0008호

주소 § 경기도 부천시 원미구 심곡1동 350-1 남성B/D 3F ㈜420-011
전화 § 032-656-4452 팩스 § 032-656-4453
e-mail § eoram99@chollian.net

값 7,500원

ISBN 89-5505-057-7 (SET) / ISBN 89-5505-103-4 04810

천사지인

【天師之印】

5

제二부 유정만리(有情萬里)

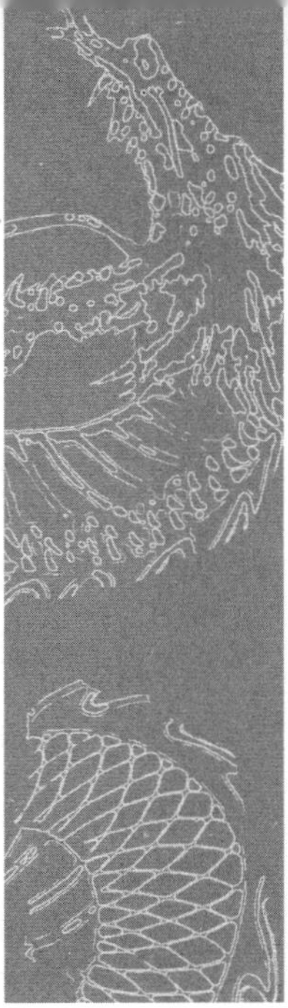

목차

第一章

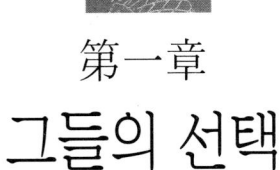

그들의 선택

한비달이 미미하게 고개를 끄덕이고 자리에서 물러났다. 무슨 속셈인지 사내는 한비달이 밖으로 나가는 일에 관심을 보이지 않았다. 백리영은 사내의 뱃심이 대단한 건지, 아니면 바보인 건지 알 수 없다고 생각했다. 무림맹의 중심부에서 일을 벌였으니 촌각을 다투며 달아나야만 한다. 조금 있으면 팔대문파의 수뇌들이 몰려올 것이고, 그렇게 된다면 더 이상 어떻게 해볼 여지가 없다.

'하긴, 내가 걱정해 줄 일이 아니지.'

백리영이 좀처럼 움직일 것 같지 않은 사내의 등을 보며 중얼거렸다. 사내의 담담한 모습 때문에 그에게 동정심이 생겼던 것일까? 영빈관의 경비를 맡은 자가 침입자의 안위를 염려하다니, 누가 알면 크게 비웃을 일이 분명하다.

둘러선 사람들과 장염 사이에 어색한 침묵이 흐르기 시작했다. 조금 전의 일로 손바닥에 상처를 입은 듯 장염의 움켜쥔 주먹 아래로 몇 방울의 피가 떨어져 내렸다.

영화는 기쁨과 놀라움으로 범벅이 된 얼굴로 장염을 뚫어지게 바라보았다. 장 오라버니가 무공의 고수였다니! 지금까지 '장 오라버니를 모시고 어디로 숨어 다녀야 할까?' 고민하던 영화에게 희망의 빛이 보인 것이다. 물론 아직까지 장 오라버니의 무공 수준이 마교와 팔대문파의 간섭에서 벗어날 정도인지는 알 수 없었다. 그러나 무공과는 거리가 멀어 보이던 장 오라버니가 고수였다는 사실 하나만으로도 영화는 현실의 고통을 잊을 수 있었다.

"아! 오라버니, 손에서 피가……!"

장염을 바라보던 영화의 얼굴이 돌연 하얗게 질려갔다. 그제야 바닥을 향하고 있는 장염의 손끝에 맺힌 피를 발견한 것이다.

"하하, 별거 아닙니다. 그냥 거죽이 조금 베어졌군요."

영화는 장염의 손바닥을 펴서 상처를 확인했다. 노호 사형의 검을 잡았을 때 손바닥이 조금 베어진 것 같았다. 주변을 둘러보자 아직까지도 긴장한 모습으로 경계하고 있는 팔대문파의 고수들이 보였다. 장염의 옆에서 떨어지기 싫은 영화는 자기 옷자락을 부욱— 찢었다.

"영화 소저, 그러지 않으셔도 됩니다."

"아니에요, 손에서 이처럼 피가 나는걸요."

사실 장염으로서는 이미 오래전에 배가 뚫리는 상처를 입은 적이 있었기에 손바닥의 상처쯤은 그다지 커 보이지 않았지만, 오매불망(寤寐不忘) 장염 만나보기를 소망하던 영화에게 있어서는 가슴이 철렁거릴 일이었다.

장염은 자기 옷자락을 찢어 조심스럽게 싸매주는 영화 소저를 보며 피식 웃었다. 영화 소저도 이보다 더 큰 상처를 안고 살아왔을 것인데, 지금 자기의 작은 상처 앞에서 마냥 가슴 아파하고 있는 것이다. 아마도 이런 것이 연민이라는 것일까? 장염은 마음 한 구석이 찌르르하게 아파오는 것을 느꼈다.

백리영은 사방을 포위당하고도 마치 두 사람밖에 없는 듯 태연하게 행동하는 두 남녀를 보면서 착잡한 심정이 되었다. 그들의 모습은 참 보기 좋았다. 무림에 나온 이후 이렇게 잘 어울리는 한 쌍의 남녀를 본 적이 없다. 무공의 경지로 치면 저 두 사람은 어떤 경지일까? 이미 나를 잊고 주위를 잊었으니 무사무심(無事無心)의 지경이라고 해야 하는가? 두 사람의 모습을 보며 실없는 생각을 떠올리던 백리영은 흠칫 놀라고 말았다.

'이럴 수가! 경계심이 사라졌다!'

그러고 보니 처음 영빈관에 들어섰을 때 느꼈던, 그리고 사내와 궁여의 겨룸을 본 직후 가슴속에 묵직하게 남아 있던 긴장과 전율이 모두 사라져 있었다. 아직도 자신은 사내와 영호화를 둘러싸고 있건만 너무도 자연스런 사내의 기도는 상황을 잊어버리게 할 만큼 묘한 것이었다. 사내는 어느새 영빈관에 감돌던 살기와 폭발할 것 같은 아슬아슬함을 무모함과 덧없음으로 바꾸어놓고 있었다.

백리영이 다른 사람들을 둘러보니 그들의 얼굴 속에도 호기심이라고 할 만한 표정이 언뜻 보일 뿐, 적의(敵意)라든가 긴장은 엿보이지 않았다.

백리영은 스스로에게 '사내가 달아나려 하지 않으니 긴장하지 않는 것이고, 살수(殺手)를 펼칠 뜻을 내비치지 않으니 적의도 품지 않는 것이다' 라고 중얼거렸다. 그게 아니라면 무림의 금역(禁域)에 느닷없이 뛰어든 불청객과 이처럼 편안하게 마주하고 있을 이유란 없는 것이기 때문이다.

'그러나 정말 그런 것일까?'

백리영은 머리를 세차게 흔들었다. 자기가 강적을 앞에 두고 이처럼 상념에 몰두할 수 있다는 사실 하나만으로도 이미 문제가 있는 것이기 때문이다.

'그렇다면 저 사내의 기도(氣道) 때문이다.'

백리영은 화산파의 청심단정법(淸心斷情法)으로 마음을 가라앉힌 뒤 다정한 두 남녀를 유심히 살피기 시작했다. 그러고 보니 강호에 전해지는 천마후 영호화의 이야기는 와전된 것이 틀림없다. 소문처럼 영호화가 마교 교주의 부인이라면 지금 저런 행동을 하진 못할 것이다.

'저 사내가 마교 교주가 아닌 다음에야……'

백리영의 이마에 주름이 깊게 파였다. 그가 마교 교주라면 그에게 저토록 애틋한 영호화의 태도는 더욱 설명이 되지 않는다. 자신이 아는 한 영호화는 분명히 마교를 피해 무림맹으로 왔다.

'혹시 영호화가 저 사내와 눈이 맞아 마교에서 달아난 것일까?'

그러나 곧 백리영은 고개를 젓고 말았다. 죽기를 각오하지 않고서야 어찌 마교 교주의 부인과 염문을 일으키겠는가! 그런 사이라면 무림맹으로 도망쳐 왔다 하여도 도움을 받진 못할 것이다. 무림맹은 정파의 연합체로 유부녀(有夫女)의 통정(通情)에 관여한 역사가 없다.

백리영이 이런저런 시각으로 영호화와 낯선 사내의 관계에 대해 생각하고 있을 때 영빈관 밖에서 인기척이 나기 시작했다. 처음에는 작았지만 워낙 많은 무리들이 몰려오는 터라 곧 영빈관의 안에까지 소란스러움이 전해졌다. 고적하던 영빈관의 주위로 팔대문파의 장문인과 장로들이 몰려들었던 것이다.

“아니, 마교 교주가 감히 영빈관에 침입하여 사람을 상하게 하였다니! 상제(上帝)께서 오늘 마두(魔頭)와 상면(相面)하시려고 작정을 하셨는가!”

곤륜파 장문인 신룡진인(神龍眞人)의 우렁우렁한 목소리가 영빈관 깊숙한 곳까지 울려 퍼졌다.

화산파의 장문인 사자검(獅子劍) 상유천(賞幽天)은 신룡진인의 내력에 감탄하며 고개를 끄덕였다. 저 정도 내력이라면 능히 마교 교주와 자웅을 겨루기에 부족함이 없다. 지금 무림의 팔대문파 장문인들이 모두 모여 있으니, 설사 ‘만나면 죽는다’는 제천혈마라 할지라도 이 자리를 벗어나기란 쉽지 않을 것이다.

한편으로 마교 교주를 보러 간다고 생각하니 맹주가 없다는 사실이 께름칙했다. 그러나 폐관 중인 불사신검 경재학에게 소식을 전할 다른 방도가 없었다. 연공실은 일단 폐쇄되면 입실한 자가 안에서 스스로 열고 나오기 전까지는 외부와 완전히 단절되기 때문이다.

‘그러나 여기 모인 장문인들만으로도 충분하다.’

상유천은 벌렁거리는 가슴을 진정시키며 영빈관의 안뜰로 들어섰다. 조금 전 제자인 한비달이 뛰어와 전해준 소식은 얼마나 엄청난 것이었던가! 한비달은 분명히 마교의 사람으로 보이는 남자가 열여섯 명의 포위를 뚫고 영빈관에 잠입했으며, 그 사내의 가공할 수법에 의해 궁여와 노호가 제압당했다고 했다.

궁여와 노호는 신진 고수들로 무림 전역에 혁혁한 명성을 날리고 있는 자들이었다. 비록 젊다고는 하지만, 자기 자신도 그들의 나이 때에 저만한 명성을 얻지는 못했다. 상유천은 마른침을 꿀꺽 삼키며 좌우를 살피기 시작했다.

한편 신룡진인은 소란에도 불구하고 영빈관에서 특별한 조짐이 보이지 않자 다른 장문인들을 둘러보았다. 의아하기는 팔대문파의 장문인들도 마찬가지였다. 어찌 된 영문인지 영빈관의 근처에서는 살기가 감지되지 않았다. 억지로라도 어떤 기운(氣運)을 감지해 보려고 했지만 영빈관의 주변은 봄날의 나른함으로 충만할 뿐이었다.

장문인들이 난감한 표정으로 주위를 살피고 있을 때, 안에서 몇 사람이 뛰어나왔다. 그들은 안뜰에 서 있는 팔대문파의 장문인과 장로들을 향해 황급히 허리를 숙였다.

그 속에서 정지만을 발견한 청성파의 장문인 파운신권이 답답하다는 듯 소리쳤다.

"어찌 된 일이더냐? 그자는 마교 교주가 분명하더냐? 대체 무슨 일이 있었기에 영빈관을 지키는 자들이 하나도 보이질 않는 게냐?"

스스로 생각해도 한꺼번에 너무 많은 질문을 했구나 싶었는데 의외로 정지만은 조리있게 대답했다.

"그것이, 실상 침입한 사람은 마교 교주가 아니라 사천성의 요리사라고 합니다. 그런데… 그의 무공이 너무도 뛰어난지라 감히 대적하지 못하고, 대치하고 있는 중입니다."

정지만이 어렵게 말을 마치자 팔대문파 장문인들의 얼굴에 안도감이 떠올랐다. 그들도 내심 마교 교주 제천혈마에 대한 공포가 적지 않았던 것이다.

다른 사람의 안색이 펴진 것과 달리 아미파 장문인 파진 사태의 얼굴은 어두워졌다. 기어코 장염 사부가 무림맹의 사람들에게 발각되고 만 것이다.

파진 사태가 아미를 찡그리며 영빈관을 응시했다. 세상살이가 좋은 일만 생기지 않는다는 것을 익히 알고 있었지만 이처럼 까다로워서야 어디 살맛이 날까? 장염 사부의 삶을 생각하면 안됐긴 하지만 일파의 장문인으로서 아미파를 염려하지 않을 수도 없었다.

'과연 오늘날 아미파의 처신을 어떻게 해야 한다는 말인가!'

파진 사태의 곁에 서 있던 파경 사태가 들릴 듯 말 듯하게 한숨을 내쉬었다. 비록 장염의 놀라운 무공을 견식했지만 과연 무림의 명문정파 장문인들에게도 그것이 통할 것인가? 그리고 그것이 통한다 할지라도 장염 사부가 무림정파와 충돌한다면 그 파급 효과는 어찌 감당할 것인가를 생각하자 자연 한숨이 나오고 말았다.

그때였다. 파운신권의 격노한 음성이 안뜰을 울렸다.

"그런 무례한 자가 있단 말이냐! 무림맹에서 일단 금역으로 선포를 했으면 우선은 그 규칙을 따라주고, 차후에 문파의 어른들에게 부탁하여 상면을 하여도 될 일이 아니었던가! 무공이 높다는 이유 하나만으로 질서와 규칙을 따르지 않는다면, 더불어 가는 세상에서 어찌 살아가겠다는 게야!"

비록 지금 파운신권이 소리를 쳤다고는 하나 그의 성격에 비추어볼 때 상당히 양보한 것이라고 할 수 있었다. 평상시의 파운신권이었다면 먼저 끌어내 대면한 뒤 그처럼 가르쳤을 것이다. 그러나 궁여와 노호가 한주먹거리도 되지 않았다는 듯이 말하는 한비달의 보고를 그도 곁에서 들은 처지였다. 강호에서는 법도 중요하지만 종종 법보다 앞서는 것이 하나 있으니, 그것은 무공이었다. 그러므로 개인의 안위뿐만 아니라 문파의 흥망을 위해서도 절대적인 무위를 가진 고수와는 가급적 원만한 관계를 유지해야 했다. 궁여와 노호의 건만 아니었어도 벌써 영빈관으로 뛰어 들어가 사천성의 요리사에게 교훈을 내렸을 터였다.

'어쩌자고 구접스러운 직종에 종사하는 자들 중에서 고수가 나왔단 말이냐!'

말을 마친 파운신권은 짜증이 가득한 얼굴로 영빈관을 바라보았다. 그의 경험에 의하면 너절하고 더러운 직업을 가진 사람들은 대체로 명문의 사람들과 정상적인 의사 소통이 이루어지지 않았다. 오늘의 이 일도 그자가 고수면 고수일수록 복잡해질 것이다. 이미 그자가 무단으로 침입했다는 사실에서 배배 꼬일 앞날을 예견할 수 있었다. 권위있는 사람들이 내린 결정을 따르지 않고 세상을 자기 편의와 감정대로 살아가며 불만으로 가득한 자들 중 한 사람이 지금 저 안에 있는 것이다.

곤륜파의 신룡진인은 파운신권의 찡그린 얼굴을 바라보며 고개를 미미하게 끄덕였다. 근래에 들어 신진 사대문파의 장문인들과는 마음이 잘 통하였다. 특별히 저 청성파의 파운신권과는 더욱 뜻이 잘 맞아 눈빛만 보아도 그가 무엇을 생각하고 있는지 짐작할 수 있었다.

신룡진인이 장문인들을 향해 입을 열었다.

"저 안에 있는 자는 강호의 공도(公道)를 무시하고 제자들을 상하게 하였으니, 그 소행으로 보아 정파의 출신이 아닌 것 같소. 마침 문파의 어른들이 한자리에 모였으니 이후로 다시는 그와 같은 자가 나오지 못하도록 강호도의(江湖道義)를 세워야 할 것이오."

신룡진인의 말이 끝나자 신진 사대문파의 장문인들은 침중한 안색으로 서로의 표정을 살폈다. 무당파의 영호화에게 접근하는 세력은 그것이 누구든지 사대문파의 입장에서 볼 때 결코 반가운 손님이 아니었다. 영호화가 고립되는 만큼 무당파 역시 무림맹에서 대접을 받지 못할 것이기 때문이다. 사대문파에게 영호화는 오늘날 무당파의 위치를 가늠하는 척도였다.

상유천은 감히 무림맹에 뛰어들어 소란을 일으키는 자가 누구일까 생각해 보았다. 얼마 전 각 파에서 제1차 선발대를 파송한 이후에 간신히 내부의 불화(不和)가 가라앉아 팔대문파는 조금씩 융화되고 있었다. 그런데 오늘 잠잠하던 영호화의 주변에 일이 생긴 것이다. 또다시 사대문파는 재빨리 뭉쳤고, 아니나 다를까 무당파 장문인 춘양진인의 안색은 잔뜩 흐려져 있다. 특별한 교분은 없었지만 무당파가 또다시 휘둘리게 될 걸 생각하니 안됐다는 생각이 들었다.

'쯧, 여제자 하나 때문에 이 무슨 웃지 못할 꼴이란 말인가! 명문정파 하나가 제구실을 하지 못하고 저처럼 눈치나 보는 신세로 전락하다니…….'

상유천이 다른 장문인들을 보니 의외로 아미파 장문인의 안색도 그리 밝지 않았다. '아미파 장문인에게 무슨 일이 있는 것일까?' 하고 생각하던 상유천은 주변을 둘러보다가 원정 선사와 눈이 마주쳤다. 복잡한 무림맹의 분위기 속에서도 이리저리 휘둘려지지 않고 있는 소림사의 장문인을 보니 마음이 한결 편안해졌다.

원정 선사는 화산파의 장문인이 자기를 힐끔 바라보자 '아미타불!' 이라고 중얼거리며 눈을 지그시 내리 감았다. 대문파의 고수들이 한자리에 모인다는 것은 언제나 부담스러운 일이었고, 소림사의 이름으로 고수들의 눈길을 받아야 한다는 것은 더 더욱 그러했다.

그는 무림에서 분쟁이 일어날 때마다 늘 있어야 할 마땅한 자리를 고수하고자 노력해 왔다. 은원(恩怨)이 끊이질 않는 강호에 한쪽 발을 담근 채 수도(修道)를 해야 한다는 것은 다른 사람들보다 더한 인내를 요구하는 일이었지만 지금까지는 무난히 잘해왔다고 할 수 있다.

그러나 언제부터인가 급변하는 무림사(武林史)에 휘말려 마음을 지키는 일에 무뎌져 갔다. 그것은 이십여 년 전에 시작된 이패의 준동(蠢動) 이후부터 지금까지 계속 반복되는 것이었다. 돌발적이고 개선의 여지가 없는 상대를 향한, 타의(他意)에 의한 무력의 행사는 그의 청정(淸淨)한 마음을 조금씩 흐트러뜨렸다. 옳고 그름과 정의(正義)보다는 언제나 적당한 해결책을 찾기에 바빴고, 인정(人情)보다는 세력의 안정을 꾀하는 일에 앞장서야 했다.

무림의 혈풍은 그에게 언제나 '옳은 선택을 했는가?'에 대해 고민할 틈을 허락하지 않았다. 그렇게 무림인의 피해를 줄이기 위해 동분서주(東奔西走)하다가 정신을 차리면, 어느새 자신도 피에 젖은 손으로 염주 알을 주무르고 있었다.

"아미타불……."

원정 선사는 흠칫 놀라며 두 눈을 번쩍 떴다. 일순간 심마(心魔)가 틈탔는지 피 묻은 손으로 혈염주를 굴리고 있는 자신을 보았던 것이다. 문득 원정 선사의 눈에서 신광(神光)이 번쩍였다. 영빈관에서 사람들이 하나둘씩 나오고 있었다.

장염은 영화 소저와 함께 밖으로 나와 사방을 둘러보았다. 한눈에 보기에도 무림의 인사들로 안뜰이 가득했다.

보통 사람이었다면 고수들이 뿜어대는 기도에 숨이 막힐 법도 하건만 장염은 태연했다.

한편 영화는 장염을 따라 밖으로 나왔다가 덜컥하고 가슴이 내려앉았다. 주변에 가득한 무림인들을 보니 감당할 수 없는 현실의 무게가 전해졌다.

'아아… 이를 어쩌지…….'

저 멀리로 춘양진인과 스승인 도천 도사가 보였다. 이미 노호의 입을 통해 무당파의 입장을 전해 들은 뒤라 다가가 허리 숙여 인사를 할 수도 없었다. 자기 하나로 인해 무림맹에서 무당파가 당했을 수치를 생각하니 두 다리에서 힘이 빠져나갔다.

영화의 몸이 조금 휘청거리자 장염이 재빨리 그녀의 몸을 부축해 주었다. 장염이 영화의 허리에 손을 두르자 팔대문파의 고수들은 '어허!', 혹은 '저런!'이라고 탄식하며 수군거리기 시작했다.

이 한 동작으로 말미암아 사람들은 사내와 영호화의 관계가 보통이 아님을 알게 되었던 것이다. 그렇다면 천마후라는 말은 뭐란 말인가?

사내의 손길을 자연스럽게 받아들이는 영화를 보며 중인들이 의아해하고 있을 때였다. 곤륜파 장문인 신룡진인(神龍眞人)이 부르르 떨며 소리를 쳤다.

"그대는 이곳이 어디인 줄 알고 감히 부정한 짓을 저지르는 것인가! 오늘 그대의 파렴치한 행위를 묵과한다면 정파의 이름이 더럽혀질 것이니 용서할 수 없다!"

곤륜파의 제자인 궁여가 당했다는 말을 전해 들은 뒤부터 내심 벼르고 있었다. 신룡진인은 궁여가 무림 구대문파의 젊은 고수 중 으뜸이라 자부하고 있었다. 궁여는 차후 곤륜파가 무림의 종주로 자리 잡는 데 있어서 아주 중요한 역할을 감당해야 한다. 그런데 그런 궁여에게 패배를 안겨준 장본인이니 절로 이가 갈리지 않을 수 없었다.

'부정한 놈!'

만인이 보는 앞에서 천마후 영호화의 몸에 손을 대다니, 정말 한심하고 어이없는 노릇이었다.

장염이 신룡진인을 향해 물었다.

"무엇이 부정하다는 것이오? 내가 당신들이 천마후라고 주장한 영화 소저와 다정하기 때문에 부정하다고 말하는 것이오? 아니면 나에 대한 분노로 내가 하는 모든 행동이 마음에 들지 않아 그처럼 소리친 것이오?"

장염의 말은 나직했지만 신룡진인과 그 자리에 가득한 모든 사람들의 귀에 분명히 전달되고 있었다.

'엄청난 고수로구나!'

신룡진인은 사내의 잔잔한 말이 송곳처럼 귀를 후벼오자 그제야 어수룩해 보이는 저 사내가 팔대문파 고수 십육 인의 감시를 뚫었다는 사실을 떠올렸다. 가끔은 한마디 말로 상대를 평가하게 될 때가 있다. 저 사내는 분명 쉽게 생각할 수 없는 상대였다.

장염의 한마디는 장내의 분위기를 가라앉히기에 충분했다.

춘양진인이 장염의 얼굴을 보니 어디선가 본 듯한 느낌이었다.

'저 젊은 사내의 낯이 눈에 익다. 누굴까?'

마교와 관계가 있다 하고, 사천성의 요리사라고도 하는 사내의 얼굴을 이리저리 뜯어보았지만 도통 기억이 나질 않았다. 춘양진인은 기억의 창고 저편에 묻어둔 건드려서는 안 될 그 무엇 속에 저 사내에 대한 정보가 들어 있다는 것을 직감했다. 시간이 조금만 더 지난다면 그가 누구인지 분명히 알 것 같았다. 그러면서도 그를 기억하려 하면 할수록 불안해지는 것은 무엇 때문일까?

곤륜파의 원로 고수로 무림에서 곤륜삼성(崑崙三星)이라 불리는 범정(氾定)이 한 걸음 나서며 소리쳤다.

"방자하구나! 어찌 젊은 사람이 이리 무례하단 말인가! 네가 아래위도 없이 무공 하나만 믿고 설쳐 대니 본도(本道)가 네 무공을 견식해 봐야겠다."

범정이 나서자 '한 수에 궁여를 물리쳤다는 사내의 무공을 보아두어야겠다'는 생각을 한 신룡진인은 슬쩍 비켜났다.

팔대문파 사람들도 범정이 공개적으로 비무를 청하자 조금씩 뒤로 물러났다. 장염이 뭐라 응대하기도 전에 분위기는 이미 두 사람의 비무로 기울고 있었다. 팔대문파의 사람들과 싸움을 원치 않았던 장염이었지만 범정과 신룡진인은 이미 마음을 굳힌 듯 결연한 태도를 보이고 있었다.

"휴우, 영화 소저, 아무래도 한바탕의 소란을 피하지 못할 것 같습니다."

영화는 장염의 말을 들으며 묵묵히 고개를 끄덕였다. 피할 수 없는 것이라면 맞서는 길밖에 없다.

"장 오라버니……."

장염이 근심으로 가득한 영화 소저의 두 눈을 보며 말했다.

"그대에게 오늘 한 가지 무공을 전해드리겠습니다."

"……?"

영화는 장염이 무공을 전수해 준다고 하자 일순간 그 말을 알아듣지 못했다. 이 급박한 순간 무공 전수란 무슨 소리란 말인가? 영화가 '그게 무슨 소리예요?'라고 물으려 했지만 장염은 씩 웃으며 몸을 돌려 곤륜파 원로가 있는 곳으로 걸어가고 있었다.

장염이 다가오자 범정의 양 발이 어깨 넓이로 벌어지는가 싶더니 앞으로 치닫기 시작했다. 순간적인 발의 움직임이 어찌나 교묘하던지 유심히 살피지 않으면 허공에 떠서 날아가는 듯했다.

지면을 스치듯 날아가는 보법보다 놀라운 것은 장법이었다. 범정의 두 손은 쉬지 않고 건(乾)과 곤(坤)을 교차했는데, 그럴 때마다 허공을 찢는 듯한 날카로운 파공성이 울려 퍼졌다.

지켜보던 상유천의 입에서 탄성이 터져 나왔다.

"아! 금룡조신공(金龍操身功)……!"

그러자 신룡진인이 놀랍다는 듯 상유천을 돌아보았다. 저 금룡조신공은 곤륜파의 직계 제자들조차 알지 못하는 것으로, 대부분의 사람들이 운룡대팔식(雲龍大八式)이라 부르고 있었다. 그러나 운룡대팔식과 금룡조신공의 무위(武威)는 하늘과 땅의 차이였다. 운룡대팔식이 화경(化境)에 이르면 금룡조신공의 초입(初入)에 들게 된다.

금룡조신공이야말로 곤륜파 무공의 총아라고 할 수 있었는데, 그것을 한눈에 알아보는 사람이 있었던 것이다. 지금도 대부분의 무림인들은 멀리서 '운룡대팔식이다!' 라고 소리치고 있는데, 오직 상유천만이 금룡조신공을 알아차린 것이다.

'화산파의 장문인이 이처럼 눈썰미가 대단할 줄이야……!'

신룡진인은 상유천을 힐끔 쳐다보았다. 지금까지 별달리 경계하지 않았으나, 어쩌면 '무당파의 춘양진인보다 더욱 정심한 무공의 소유자일지도 모른다' 는 불길한 느낌이 들기 시작했다.

신룡진인이 상유천을 보며 잠시 다른 생각에 잠겨 있을 때 범정의 신형은 장염에게 육박하고 있었다.

범정의 두 손바닥이 장염의 중완혈(中脘穴: 명치 근처)과 인당혈(印堂穴: 양 미간의 사이)을 핍박해 들어갔다.

장염은 범정이 가까이 다가올 때까지 별다른 움직임을 보이지 않다가 그제야 느릿하게 뒤로 물러났다.

곤륜삼성 범정은 처음부터 상대의 기선을 제압하기 위해 최선의 공세를 펼쳤다. 금룡조신공은 곤륜파의 비전절학으로 생사존망(生死存亡)의 위기가 아니면 좀체 펼치지 않았다. 그것은 마치 공작이 화려한 꼬리 깃털을 자주 뽐내지 않는 이치와 같은 것이다. 범정은 이 한 수로 재빨리 사태를 마무리 짓고 곤륜파의 위세를 떨치고 싶었다.

그러나 범정의 간절한 바람과는 달리 금룡조신공의 무위(武威)로 장염을 감당할 수는 없었다. 절정의 금룡조신공을 펼치는 범정의 손바닥은 번번히 허공만 가를 뿐이었다. 범정의 어깨는 바위라도 부술 듯 부딪쳐 갔지만 장염의 신법은 그보다 꼭 한 호흡 빨랐다. 쾌속한 범정의 움직임에 비하면 장염은 느릿하게 움직였는데, 범정은 장난이라도 치듯 장염이 피한 곳으로만 손발을 날렸다.

'어허, 어째 한 번에 끝내지 않고 저토록 오래 끈단 말인가! 금룡조신공은 외인들의 눈에 오래 보이지 말아야 하는 것을……!'

신룡진인은 곤륜삼성이 사내를 제압하지 않고 시간을 끄는 듯하자 속으로 애를 태웠다. 금룡조신공을 발동하지 않았으면 모르거니와 한 번 시작했으면 재빨리 끝내야 한다. 더구나 지금 화산파의 장문인이 금룡조신공을 알아본 이상 더욱더 질질 끌어서는 안 된다.

장문인의 애타는 심정과는 관계없이 곤륜삼성은 열심히 장염의 잡힐 듯 말 듯한 신형을 뒤따르고 있었다.

'이 미꾸라지 같은 놈!'

장염의 빈틈을 발견한 곤륜삼성이 검지와 중지를 창 끝처럼 모아 찔러 들어갔다. 금룡조신공의 지창출현(指槍出現)이었다. 신체를 다스려 십팔반 병기처럼 만든다는 금룡조신공의 지창(指槍)이 장염의 견우혈(肩髃穴: 어깨 위의 혈도)로 쏘아갔다.

장염은 범정의 손끝이 어깨로 파고들자 몸을 부드럽게 회전시키며 소리쳤다.

"원융무애(圓融無碍)! 인생은 뿌리도 꼭지도 없으니(人生無根蒂), 들 길에 날리는 먼지와 같다(飄如陌上塵)."

창 끝 같은 범정의 손가락이 장염의 어깨를 스쳐 지나갔다.

그 순간 장염은 눈앞에 보이는 범정의 맞은편 어깨를 검지와 중지로 지그시 밀었다. 손가락은 범정의 몸이 중심을 잃고 뒤로 넘어질 듯하자 그제야 떨어져 나갔다.

상대의 손가락이 몸에 닿자 수치를 느낀 범정은 수도(手刀)로 사내의 허리를 베어갔다. 무리하게 공력을 끌어올린 범정의 얼굴이 검붉게 달아올랐다.

'금룡조신공, 신검단철(身劍斷鐵)!'

신룡진인이 눈을 동그랗게 뜨고 범정의 일수를 바라보았다. 금룡조신공의 성취에 따라 머리, 어깨, 손가락, 손바닥, 주먹 등 신체의 모든 부분이 신병이기(神兵利器)로 변화되었다. 지금 선보인 신검단철은 그중에서도 상승의 기법으로 자신조차 터득하지 못한 것이었다.

범정의 수도(手刀)가 허리를 쓸어오자 장염은 왼손을 장(掌)으로 변화시켜 수도를 감싸 안으며 그 힘에 몸을 맡겼다. 수도의 힘이 워낙 강했던지라 장염의 몸은 범정의 뒤로 돌아갔다. 마치 장염이 범정을 뒤에서 안은 모양새였다.

그 순간 장염이 또다시 입을 열었다.

"원융무상(圓融無常)! 흩어져 바람 따라 굴러다니니(分散逐風轉), 이것이 이미 불변의 몸뚱어리가 아니다(此已非常身)."

장염이 한쪽 어깨로 상대의 등을 슬쩍 건드리자 범정은 앞으로 고꾸라질 듯 휘청거렸다.

등을 떠밀린 범정은 급하게 몇 걸음 뛰어나감으로써 간신히 신형을 세울 수 있었지만, 이미 싸울 의욕을 상실하고 말았다. 은연중 곤륜파 제일고수라 자부하며 오랜 세월을 보냈건만 이름없는 사내에게 밀리고 있는 것이다. 사내가 틈틈이 내뱉는 말은 무공의 초식인지 구결인지 알 수가 없었지만, 한 가지 분명한 것은 상대가 지금 최선을 다하고 있지 않다는 것이었다.

영화는 아까부터 귓가로 조용히 파고드는 장염의 음성을 들었다. 장염은 범정이 움직일 때부터 영화에게 전음으로 무공의 구결을 전수하고 있었다. 원융무애와 원융무상은 그 구결의 마지막 말들이었다. 영화는 구결과 동작을 통해 어렴풋이 장염이 전하고자 하는 바를 알아들을 수 있었다.

'장 오라버니는 지금 내게 자연과 동화(同和)하라고 말하는 것이로구나!'

장염의 몸은 범정의 공격에 대응하거나 회피하지 않았다. 마치 부드러운 바람처럼 범정의 모든 동작을 감싸 안고 있었다. 영화는 장염이 전수하는 구결과 동작을 보고 마침내 원융지의(圓融之意: 둥그렇게 모여 모나지 않음)를 조금씩 깨닫게 되었다.

몇 걸음 떨어진 범정이 거친 숨을 내뱉으며 소리쳤다.

"너는 어찌하여! 어찌하여!"

범정이 차마 뒷말을 잇지 못하고 헐떡거리자, 이를 민망히 여긴 신룡진인이 재빨리 앞으로 나섰다.

"그대가 오늘 곤륜파의 명예를 훼손하였으니 간과할 수 없다!"

장염이 신룡진인을 향해 말했다.

"그대는 곤륜파의 명예만 보이고 나와 영화 소저의 명예는 보이지 않는단 말인가?"

주변에 둘러선 칠 파의 장문인들은 그 말을 듣고 실소를 터뜨렸다. 저 사내가 감히 명문정파의 존엄을 두 사람의 명예와 동일 선상에 놓고 비교하여 말하는 것이다.

어이없다는 표정으로 서 있던 청성파 장문인 파운신권(破雲神拳)이 소리쳤다.

"광오하다! 감히 너희 두 사람과 무림의 팔대문파 중 하나인 곤륜파를 비교하다니! 약간의 재간으로 명문정파를 우습게 여기고 있구나!"

파운신권의 말이 끝나기가 무섭게 종남파 장문인 현천검객(玄天劍客)도 앞으로 나섰다.

"네가 그처럼 팔대문파를 가벼이 여기고 있다면 나도 묵과할 수 없다."

신룡진인은 파운신권과 현천검객이 합세하자 장염을 노려보며 말했다.

"이미 네가 팔대문파와 너희 두 사람을 동등하다는 듯이 말했으니 그 용기가 실로 가상하구나. 네 믿음이 옳다는 것을 보여줄 용의가 있느냐?"

신룡진인이 마지막 말과 함께 발을 크게 구르자 발 밑에 깔린 청석이 '쩡!' 소리와 함께 부서지고 말았다.

"아! 용무선회각(龍舞旋回脚)!"

운룡대팔식의 근간(根幹)을 이룬다는 절정의 각법이 펼쳐지자 주변에 서 있던 무림인들의 얼굴에 경탄이 떠올랐다. 신룡진인은 범정이 펼친 금룡조신공을 가리기 위해 일부러 운룡대팔식으로 이목을 끌어 모은 것이다. 이 정도면 사람들은 범정이 펼친 금룡조신공의 지창출현과 신검단철을 운룡대팔식의 묘용으로 알 것이다.

절정의 용무선회각을 펼친 데에는 장염으로 하여금 장문인들과의 결투를 피하지 못하게 하려는 뜻도 포함되어 있었다. 여기서 신룡진인의 말을 거절한다면 그의 무공에 겁먹은 것이라는 소문이 날 것이다. 장문인들과 한 사람의 결투라는 불합리한 제안은 신룡진인이 보인 각법 하나로 인해 '겁을 먹지 않았으면 덤벼봐라'는 의미로 변해 버렸다.

장염이 신룡진인의 의기양양(意氣揚揚)한 얼굴을 무심히 쳐다보며 대답했다.

"나는 아직 영화 소저에게 전하지 않은 것이 있으므로 그대의 말이 없었다면 오히려 비무를 청할 뻔했소. 다행히 그대가 나로 하여금 감히 한 사람이 세 명의 장문인에게 도전을 한다는 무례를 벗게 해주는구려."

장염이 뒷짐을 지고 표표히 흘러가는 구름으로 시선을 돌렸다.

그 순간 세 사람의 장문인은 얼굴이 확 달아오르고 말았다. 사내의 한마디가 그들의 자존심을 건드렸던 것이다. 사내는 어이없는 싸움을 받아들이면서 다수가 한 사람을 핍박하려 한다고 넌지시 말하고 있었다.

현천검객은 장염의 기세를 보다가 목 울대로 마른침을 꿀꺽 삼켰다. 침 넘어가는 소리가 천둥처럼 귀에 울려왔다.

'이겨도 부끄럽지만, 이길 수도 없는 싸움이다. 저 기세는 나로서는 처음 대하는 것이다. 불사신검 경재학도 저 사내를 어쩌지 못할 것이다.'

위기를 느낀 현천검객이 슬며시 물러나려 할 때였다. 신룡진인이 재빨리 앞으로 나서며 말을 받았다.

"너의 그 말은 우리 세 사람에게 도전을 하겠다는 것이로구나. 후배의 도전을 받고 어찌 물러날 수 있겠느냐!"

현천검객은 신룡진인을 원망스런 눈으로 바라보았지만 이미 내뱉은 말이니 주워 담을 수도 없었다.

'이렇게 된 이상 저 사내를 쓰러뜨리지 않을 수 없게 되었구나.'

현천검객이 비장한 각오로 검을 뽑아 들었다. 후배와의 겨룸에 있어 검을 뽑았다는 것은 비무(比武) 이상의 의미였다.

현천검객이 검을 뽑자 파운신권의 눈빛도 어둡게 가라앉았다. 오늘의 이 한 수를 나눔으로써 저 사내와는 두고두고 껄끄러운 관계가 되고 말 것이다. 그렇다면 연합하여 후환이 없게 마무리를 해야 한다.

이심전심(以心傳心)이랄까? 현천검객의 마음을 읽은 파운신권의 두 손이 지면을 향해 축 늘어졌다. 그것은 살기가 너무 짙어 일찍이 청성파에서 수련을 금지시킨 바 있던 천수절명장(千手絶命掌)의 기수식(起手式)이었다.

'천수절명장!'

원정 선사의 얼굴이 경악으로 물들었다. 이십여 년 전 이패의 중원행 시절에 처음 저 천수절명장을 보았다. 그 이후 극랄함이 지나쳐 청성파에서는 저 무공을 단절시켰다고 들었다. 그런데 오늘 이 자리에서 저 절학을 다시 보게 된 것이다. 청성파에서는 저 사내가 과거의 이패와도 같은 극악무도한 사람이라고 결론을 내린 것일까?

원정은 네 사람 사이에 뛰어들어 비무를 막아보려 했다. 저 사내의 정체를 알고 난 뒤에 손을 써도 늦지 않을 것이라 생각했던 것이다. 그러나 이미 장문인들이 공력을 끌어올린 뒤라 자칫하면 자신마저 살기(殺氣)에 휘말릴 우려가 있었다.

원정 선사가 마음을 가라앉히고 다시 장내를 주시했을 때, 그는 비로소 저 세 사람의 장문인이 어떤 마음을 품고 있는지 깨닫게 되었다.

현천검객의 현천검이 지면과 수평으로 들려져 있었다. 저것은 무림에서 구전(口傳)되는 종남파의 건곤중정검(乾坤中正劍)이다. 칠십이초(七十二招)의 연환검(連環劍)으로 하늘과 땅을 가른다는 저 검법을 직접 본 사람은 손에 꼽는다. 원정 자신도 이십여 년 전에 이패에 몰려 위기에 처한 종남파를 구하러 갔다가, 당시의 종남파 장문인이던 을지상인(乙支上人)이 펼치는 것을 목격한 바 있었다. 그 잔혹 무비한 검법을 목도한 이래로 얼마나 많은 밤을 번민에 싸여 지냈던가! 저 건곤중정검은 잔혹한 만큼 무적의 검법이었던 것이다.

용무선회각으로 한 걸음 나섰던 신룡진인에게서 느껴지는 것도 필살(必殺)의 기세였다. 오늘 저 세 장문인은 훗날의 비난을 무릅쓰고라도 사내를 죽이기로 작정한 것이 틀림없다.

'하기야, 지금 손을 마주친다면… 결국 저 고수는 두고두고 삼대문파의 근심거리가 되겠지.'

세 장문인이 살기를 일으키자 영빈관의 안뜰은 바람마저 통하지 않는 진공의 상태로 빠져들었다. 사람들은 귀가 먹먹할 정도의 기파가 느껴지자 내력(內力)으로 혈행(血行)의 흐름을 원활하게 했다. 내공이 약한 사람들은 하얗게 질린 얼굴로 주춤주춤 뒤로 물러났다.

세 장문인이 쏘아 보내는 살기가 이미 정도를 넘어섰음에도 장염의 시선은 하늘을 향해 고정되어 있었다.

도무지 불어오지 않을 것만 같던 바람이 밀려오자 정원에 심어져 있던 화초와 작은 나무가 흔들렸다. 세 사람의 장문인이 발출하던 칼날 같은 기세가 어느 한순간 사라졌다.

그때였다. 장염의 입술이 무심히 열리기 시작했다.

"원융무극(圓融無極)! 태어나면 모두 형제가 되는 것(落地爲兄弟)!"

사내의 정면으로 날아가던 신룡진인이 운룡대팔식으로 위장한 금룡조신공의 필살기(必殺技) 파천용조(破天龍爪)를 펼쳤다. 사내의 우측으로는 현천검객의 건곤중정검이, 그리고 좌측으로는 피운신권의 천수절명장이 날아갔다.

장염은 무림의 명망있는 세 사람이 무지막지하게 펼치는 살수를 처연한 눈빛으로 바라보았다. 나와 무슨 원한이 있다고 이처럼 죽기 살기로 달려드는 것이란 말인가! 세 사람의 합공을 당하자 문득 오래전 당고랍산맥에서 마교 교주 장소와 무림맹주 경재학의 공격을 받던 일이 떠올랐다. 그날의 처참함이란!

장염의 신형이 흔들리는가 싶더니 흐릿하게 사라지기 시작했다. 파천용조가 장염이 서 있던 공간을 뚫고 지나갔다.

파팟!

장염은 파천용조의 흉험함이 마치 장소의 혈장(血掌)과 같다고 생각했다. 그날은 긴장과 두려움으로, 그리고 장소에 대한 연민으로 차마 살수를 펼칠 수 없었다. 그 때문에 얼마나 많은 지인(知人)들이 죽어갔던가.

건곤중정검이 허공으로 도약한 장염의 두 발을 향해 밀려들었다. 장염은 두 발을 무수히 교차하며 건곤중정검의 검등을 밟아 나갔다. 건곤중정검이 사납게 몰아칠수록 장염의 신형은 위로위로 떠올랐다. 장염은 허공에서 아래를 내려다보았다. 영화 소저가 울 것 같은 얼굴로 자신을 바라보고 있었다. 과거로부터 지금까지 그의 가슴에 소중하게 살아남아 있는 사람이다. 이제 다시는 소중한 사람들을 잃지 않을 것이다.

건곤중정검을 밟고 떠오른 장염을 향해 천수절명장이 날아들었다. 수백 개나 되는 손바닥이 장염의 전신을 때려갔다. 그 뒤를 이어 재차 파천용조가 펼쳐졌다.

"원융무연(圓融無緣)! 어찌 꼭 한 핏줄 사이라야 하는가!(何必骨肉親)."

장염의 슬픔 가득한 음성이 울려 퍼지는 순간, 무수히 많은 천수절명장의 손 그림자가 폭죽이 터지듯 허공에서 폭발했다.

퍼퍼펑!

언제 뽑았는지 장염의 손에 고색창연(古色蒼然)한 검이 들려져 있었다. 검은 마치 허공에 파문(波紋)을 일으키듯 둥그런 검기를 넓게 퍼뜨렸다. 검기(劍氣)가 닿는 곳에 있는 것은 그것이 검이든 손 그림자든 모두 가루가 되었다.

쉬쉬쉬쉭!

검기는 천수절명장을 모두 파괴하고 파천마조를 부순 뒤에도 힘이 남았는지 건곤중정검마저 가루로 만들었다. 세 사람의 장문인은 그 뒤에도 자신들을 향해 끊임없이 밀려드는 검기의 세례를 받아야 했다. 신룡진인과 현천검객, 그리고 파운신권이 죽음을 각오하고 필생의 내력으로 검기에 맞섰다.

"끄으으윽!"

두 번이나 파천용조를 펼친 신룡진인의 입에서 비명에 가까운 신음이 터져 나왔다. 신룡진인의 입술로 피가 흘러나오기 시작하자 현천검객과 파운신권이 잇따라 신음을 터뜨렸다.

검기의 바다에 빠져 생사의 위기에 처하게 된 세 장문인을 바라보던 점창파의 영천상인이 소리를 질렀다.

"그대는 이처럼 잔인한 살수(殺手)를 계속 펼치려 하는가?!"

장염은 영천상인의 외침에 내력을 거두었다. 그 순간 땅에 있던 세 사람의 신형이 휘청거리며 뒤로 물러났다. 팽팽히 마주하던 기운이 소멸되자 장염의 신형은 서서히 낙하(落下)를 시작했다.

바닥에 내려선 장염의 얼굴은 마주 대하기 민망할 정도로 어두웠다. 이 한 수의 나눔을 통해 장염은 애써 잊으려 하던 지난 일들을 떠올렸던 것이다. 잊고 싶지만 결코 잊을 수 없는 그리움과 서글픔 앞에서 장염은 인연(因緣)과 절연(絶緣)의 고통을 맛보았다.

"장 오라버니……!"

영화는 장염에게 달려가 그 손을 꼭 잡았다. 장염의 숨결은 평온했지만 얼굴에는 슬픔이 가득했다. 장염의 곁에 선 영화는 그 무게에 눌려 저도 모르게 눈물을 흘리고 말았다.

第二章

훌륭한 검객은 검(劍)의 눈에 잡히지 않는다

장염은 영화가 눈물을 흘리자 애써 밝은 표정으로 입을 열었다.

“영화 소저, 울지 마세요. 기쁨과 슬픔은 우리의 의지에 달린 것이랍니다. 우리의 앞에도 사람이 없고, 우리의 뒤를 따르는 사람도 없습니다. 사람들이 무리를 지어 도(道)에서 멀어지니 슬퍼할 것은 우리가 아닙니다.”

영화가 가만히 생각해 보니 장 오라버니가 뜬금없이 외친 ‘인생은 뿌리도 꼭지도 없으니 들 길에 날리는 먼지와 같다. 흩어져 바람 따라 굴러다니니, 이것이 이미 불변의 몸뚱어리가 아니다. 태어나면 모두 형제가 되는 것, 어찌 꼭 한 핏줄 사이라야 하는가’라는 말은 무림에 나와 친인들을 잃고 계속해서 핍박당하는 자신의 심정이 담긴 것이었다.

사실 장염은 전음으로 영화에게 원융지의(圓融之意)를 전수해주다가 정파의 무림인들에게 배척당하고 있는 자신의 답답한 심경을 무심코 뱉어낸 것이었다. 그것은 원래 도연명(陶淵明)이 지은 잡시(雜詩) 중 하나로, 장염이 의혈단에 갇혀 지내던 시절 암중모색(暗中摸色) 유달산에게 전해 들은 것이었다.

유달산은 이 시(詩)를 평소 육바라밀을 할 때 애송했는데, 장염의 방에 드나들던 어느날 자신의 과거를 이야기하다가 읊조린 적이 있다. 그러나 그런 내막을 알 리 없던 장염은 그 속에 담긴 뜻이 장가촌 사람을 잃고 강호를 떠도는 자신의 처지와 비슷해서 가슴에 담아두고 있었다.

장염의 서글픈 심사(心事)를 깨달은 영화가 조용히 속삭였다.

"오라버니, 저는 무슨 일이 있어도 오라버니의 곁에서 떠나지 않을 거예요."

장염은 영화 소저가 하는 말을 듣고 조용히 웃었다.

두 사람이 다정하게 말하는 모습을 지켜보던 영천상인은 순간적으로 엉뚱한 생각에 빠지기 시작했다. 사내가 절대고수라는 사실과 아까 영호화에게 무공을 전수해 주겠다던 말이 뇌리에서 떠나지 않았다.

'그렇다면 아까 했던 말들은 모두 절정무공의 구결(口訣)이로구나!'

그렇게 생각한 사람은 비단 영천상인만이 아니었다. 장염과 영화의 대화를 처음부터 들었던 고수들은 모두가 장염의 말을 기억해 내려고 애쓰고 있었다.

한편 무당파의 춘양진인은 장염이 펼친 무공을 떠올릴수록 무당파의 무공과 흡사하다는 생각을 떨쳐 버릴 수가 없었다.

'허어, 어찌 저자에게서 무당파 비전(秘傳)의 움직임이 느껴진단 말인가!'

그러나 좀 더 생각해 보면 그것은 무당파의 무공과는 또 다른 것이었다. 무당파의 무공은 도가의 무공으로 현묘(玄妙)하기는 했으나 지금 저 사내가 보여주는 것처럼 원융(圓融)의 묘결은 없었다. 저 원융의 묘결은 삼라만상과 조화를 이루는 것으로 일견하기에 무당파의 무공과 닮아 보였지만 그보다 더 정심했다.

생각하면 할수록 머리만 복잡해지자 춘양진인은 그만 더 깊이 생각하지 않고 저 무공의 요결만 머리에 담아두기로 했다. 다행히 그는 싸움판에 임했던 사람들보다 더 분명하게 무공의 명칭과 그 구결을 기억할 수 있었다. 춘양진인은 원융무애, 원융무상, 원융무극, 원융무연의 사절(四節) 원융지의(圓融之意)를 구결과 함께 머리에 담아두었다. 주변의 소란스러움이 가라앉으면 조용히 연구해 볼 참이었다.

춘양진인뿐만 아니라 영빈관의 무림인 중에 특별히 공력이 정순하여 장염과 영화가 나눈 대화를 들은 사람들도 구결을 잊지 않기 위해 계속해서 속으로 중얼거렸다. 그만큼 장염이 보여준 무공은 그들이 평생에 보지 못하던 경지였다. 고수들이 모두 입을 다물고 외우기에 몰두하자 일순 영빈관의 안뜰은 정적 속에 잠겼다.

한참 만에 요결을 암송한 영천상인이 삼대문파 장문인들의 상세를 지켜보다가 앞으로 나섰다.

"그대의 무공을 보니 그 정심함으로 보아 명문의 제자인 것이 분명하오. 사문을 밝혀준다면 오늘 벌어진 일들에 대한 해결의 실마리가 보일 것이라 여기오만."

팔대문파의 고수들이 모두 장염을 향해 고개를 돌렸다. 중인(衆人)들의 얼굴에 떠오른 표정은 한결같이 호기심이었다. 대체 어느

문파에서 저런 절정고수를 배출했단 말인가!

"내가 명문의 제자가 아니라면 죄가 커지고, 명문의 제자라면 죄가 없어진다는 말이오?"

묻는 말에는 대답하지 않고 엉뚱하게 되묻자 영천상인의 얼굴이 찌푸려졌다.

'이 젊은 놈이 마지막 살길을 외면하고 기어이 벌주(罰酒)를 청하는구나.'

상황을 보다 못한 원정 선사가 장염과 영천상인을 향해 다가왔다.

"아미타불, 아무래도 서로 불필요한 싸움을 벌이는 것 같소. 상인의 말씀처럼 먼저 시주의 사문(師門)을 밝히는 것이 어떻겠소이까?"

원정 선사의 입장에서는 한참을 양보한 것이었다. 지금까지 감히 팔대문파의 장문인들 앞에서 드잡이질을 벌인 젊은 사내가 이처럼 정중한 대우를 받은 적이 있었던가. 원정 선사가 이처럼 많은 양보를 하게 된 것에는 몇 가지 이유가 있었다. 처음부터 사내의 기도에서 사마외도가 아니라는 느낌을 받았는데, 아까 그가 뽑아 든 검을 본 후로 그 느낌은 확신이 되었다.

'저 사내의 등에 걸린 보검은 분명 공동파의 청명검이다. 공동파의 보물을 어떻게 손에 넣었는지는 모르겠지만, 이자가 명문정파의 후예라는 것은 분명하다.'

사내가 명문정파의 후예라면 그의 사부와 사문을 생각할 때 조금 더 신중해지지 않을 수 없는 것이었다.

그러나 장염은 춘양진인을 힐끔 바라보았을 뿐 끝내 사문에 대해 말하지 않았다. 장염으로서는 이 자리에서 자신이 무당파 진원청의 제자라고 하기도 어려웠거니와 무당파가 그간 자신을 외인 취급했기에 굳이 무당파를 사문으로 인정하고 싶지도 않았다. 영화 소저가 무당파에서 축출되었다는 이야기를 들은 뒤부터는 더욱 그랬다.

"……."

원정 선사의 얼굴에 당혹감이 떠올랐다. 현재 무림맹은 신흥 사대문파가 주도적으로 일을 벌이고 있었다. 이 사대문파의 눈에 벗어나서는 무림에서 제대로 정파 행세하기도 어려웠다. 그 대표적인 것으로 무당파의 위세가 땅에 떨어진 것을 들 수 있었다. 비록 사내의 무공이 뛰어날지라도 한 손으로 무림 팔대문파를 당해낼 순 없다. 그러므로 이쯤에서 적당히 타협할 줄도 알아야 하건만, 사내는 의기(義氣) 하나로 부당한 대우를 받은 것에 대해 끝까지 물고 늘어지고 있었다.

고집스럽게 닫혀 있는 장염의 입을 바라보던 원정 선사가 마침내 침중한 음성으로 말했다.

"아미타불, 끝내 그러시겠다면 본승도 더 이상 시주의 일을 도와드릴 수가 없소."

원정 선사가 말을 마치고 굳은 얼굴로 장염을 마주 보았다. 더 이상 도울 수 없다는 말은 이제부터 무림맹의 일원으로 장염을 치리(治理)하겠다는 것이었다.

"선사께서 아무리 좋게 말씀을 하셔도 이미 저 젊은이의 귀에는 들리지 않는 것 같소. 그의 무공이 하늘에 닿았으니 어찌 일개 장문인들의 말을 따르겠소?"

조롱이 가득 담긴 영천상인의 말이 끝나자 운기(運氣)를 마친 삼대문파의 장문인들이 다시 거리를 좁혀왔다. 장내에는 다시금 살갗이 따가울 정도의 긴장으로 가득 찼다.

그들을 바라보는 장염의 마음도 편치 않았다. 대체 어디서부터 잘못된 것일까? 자신은 단지 영화 소저의 억울함을 풀어주고 이곳에서 벗어나려 했지만, 상황이 자꾸만 원치 않는 방향으로 흘러가고 있었다.

'이처럼 복잡하게 어긋난 것은 과연 나의 고집 때문일까? 절정의 무공을 얻음으로써 나도 모르게 독선적으로 변해 버린 것은 아닐까?'

장염이 생각해 보니 무공이 없었다면 이렇게까지 되지도 않았겠지만, 그 대신 온통 가슴 미어지는 고통 속에 지내야 했을 것이 분명했다.

'아아, 무공이란 있어도 괴롭고, 없어도 괴로운 것이로구나…….'

장염은 상념에서 벗어나 주변을 둘러보았다. 여전히 적의(敵意)로 가득 찬 원로 고수들이 보였다. 이 모든 일이 꿈속에서 일어나고 있는 것이라면 얼마나 좋을까? 그러나 그것은 부질없는 바램이었다. 전신으로 쏟아지는 살기(殺氣)는 행복한 상상마저 오래 허락치 않았다. 지금이 무공을 앞세워야 되는 상황이라면 어쩔 수 없다. 무림인들과 어울려 드잡이질을 하는 자신의 모습이 마음에 들지는 않았지만 자신에게는 반드시 지켜야 할 것이 있었다.

"휴우! 말이란 마음으로부터 일어나므로 마음은 바로 말의 원천이라 할 수 있소. 그대들의 마음이 처음부터 정해져 있어 나와 영화 소저를 엉뚱한 곳으로 몰아가고 있으니, 이것이 과연 무림의 공의(公義)란 말이오?"

장염이 영화의 손을 살짝 놓고 몇 걸음 앞으로 나섰다. 생각할수록 한숨이 흘러나왔다. 그렇지만 걸핏하면 팔대문파를 조롱한다는 말로 진실을 왜곡(歪曲)하려 드니 화가 나기도 했다.

그 순간 신룡진인이 태을검(太乙劍)을 뽑아 들고 외쳤다.

"이미 저자는 무림맹이 금역으로 선포한 영빈관에 침범하여 천마후를 무단으로 데리고 나왔고, 또다시 팔대문파를 대상으로 검을 뽑아 들었소. 이미 그 죄만으로도 무림의 공적이 되기에 부족함이 없으니, 오늘 여기서 저 악적을 처단하지 않으면 무림에 혼란이 가중될 것이오!"

신룡진인은 은연중에 장염을 무림의 공적으로 몰아갔다. 신룡진인의 말이 끝나기가 무섭게 영천상인과 현천검객, 그리고 파운신권이 '옳소이다!' 라고 받으며 장염을 향해 서서히 다가왔다.

사대문파가 정식으로 장염을 공적(公敵)으로 선언하고 합공(合攻)할 태세로 돌입하자 원정 선사는 당황했다. 무림맹의 수뇌로서 질서를 따르지 않는 사내가 좋아 보이지는 않았지만 그렇다고 무림 공적으로까지 만들 생각은 없었다. 젊은 나이에 저만한 공력이라면 뼈를 깎는 고통이 수반되었을 것인데, 무림의 공적으로 낙인 찍히고 나면 더 이상 무인으로서 희망이 없게 된다. 더구나 아직 그 스승이 누군지 알지도 못하는 상태였다. 그러나 이미 사내를 공적으로 규정한 사대문파의 뜻을 거스르기도 어려웠다.

사대문파와 장염의 시비(是非) 사이에서 원정 선사가 머뭇거릴 때였다.

"아하하핫! 언제부터 무림의 사대문파가 제멋대로 공적(公敵)을 만들었다는 말인가!"

비웃음 속에는 무시 못할 공력이 담겨 있어서 원정 선사는 물론 사대문파의 장문인들도 움찔하고 놀랄 지경이었다. 장내의 사람들이 소리가 터져 나온 곳으로 시선을 돌렸다. 영빈관으로 일단의 무리들이 걸어오고 있었다.

"아! 공동파의 현무검이다!"

일찌감치 광료를 알아본 몇몇 무림인들이 탄성을 터뜨렸다. 무리들 중 제일 앞에서 걸어오고 있는 사람은 공동파의 광료였다.

원정 선사는 일찍이 고인(故人)이 된 태허자에 의해 차기 장문인으로 내정되었다는 광료를 바라보았다. 이제 와서 멸문했다는 공동파의 제자들이 나타나 무얼 어떻게 해보겠다는 것인지. 그렇지만 얼마 전까지 함께 무림의 대소사(大小事)를 의논했던 처지라 제지할 수도 없었다.

'쯧쯧, 그저 자신들의 처지를 알고 조용히 지낸다면 동정이라도 받으련만…….'

원정 선사가 내심 혀로 끌탕질을 치며 등장한 인물 하나하나를 살펴보았다. 아무리 보아도 저들의 미약한 힘으로는 지금의 상황을 해결할 방도가 없어 보였다.

공동파를 보는 사대문파 장문인들의 생각도 원정 선사와 크게 다르지 않았다.

신룡진인의 눈살이 찌푸려졌다. 지금의 어색한 침묵이 마음에 들지 않는 것이다. 이제 와서 멸문한 공동파의 철부지들 때문에 일을 망칠 수는 없다고 생각한 신룡진인이 느긋하게 말했다.

"허어, 오래전에 공동파가 멸문(滅門)했다는 소식을 들었는데, 이처럼 강녕(康寧)하신 도우(道友)를 뵈니 반갑기 그지없소이다."

그 순간 광료의 얼굴이 검게 타 들어갔다. 타 문파가 멸문했다는 말을 자연스럽게 내뱉으며 더불어 강녕하다고 인사를 해대니, 이보다 더한 치욕이 어디 있단 말인가.

불끈하는 광료의 어깨를 짚으며 추료가 대답했다.

"본 파가 잠시 관심을 기울이지 않으니 무림맹이 제멋대로 되고 마는구려. 오늘에야 명망있는 사대문파 장문인이 한 사람에게 떼거지로 달려들 수도 있다는 것을 깨달았소. 물론 그래 봐야 소용없겠지만 말이오. 하하핫!"

사대문파의 장문인들이 안색을 붉히면서 원한 가득한 눈빛으로 추료를 노려보았다. 대체 저 노도사(老道師)는 누구일까? 묵(墨)빛 기운이 감도는 전통 복장을 보니 공동파의 원로 고수 같은데, 아직 저 정도의 고수가 공동파에 남아 있다는 소식은 듣지 못했다.

신룡진인은 새로이 등장한 공동파 사람들을 유심히 살펴보았다. 남자 여덟에 여자 하나로 구성된 기이한 무리들이다. 그중에 그가 알아볼 수 있는 사람이라고는 오직 현무검 광료 정도다. 미색(美色)이 고운 여자는 처음부터 울 것 같은 얼굴로 허둥대고 있었고, 나머지 젊은이들은 멀뚱멀뚱 서 있었는데 한눈에 보아도 무림 초출(初出)이라는 것이 느껴졌다.

장문인들이 수치를 당하게 되자 근처에 있던 사대문파 장로들은 흉흉한 눈빛으로 추료와 그 일행을 쏘아보았다. 명색이 구대문파의 일원이던 공동파가 뒤늦게 끼어들자 사태는 종잡을 수 없는 방향으로 흘러가기 시작했다.

한동안 분기(憤氣)를 누르고 있던 점창파의 영천상인이 대소(大笑)를 터뜨리며 말했다.

"푸하하핫! 무림의 악도들을 미리미리 처단하지 않아 오늘날 공동파가 멸문한 게 아니겠소? 그러니 지금 이 자리에서 저 무림 공적 한 사람을 처단한다고 해서 팔대문파의 명망(名望)에 누가 될 게 뭐가 있겠소?"

그 순간 추료의 얼굴에서 웃음이 사라지며 스산한 음성이 흘러나왔다.

"푸흐흐흐, 어째 개 떼처럼 몰려다니는 사람 입에서 지고(至高)한 본 파의 이름이 나오니 어색하기만 하구려."

"너는 감히 뭐라고 씨부렁거리는 게냐!"

영천상인의 얼굴에 일순 살기가 감돌기 시작했다. '개 떼처럼 몰려다닌다'는 말 한마디로 장염에게 향했던 노여움은 일시에 추료에게로 돌아갔다. 두 사람 사이에 금방이라도 칼부림이 날 것 같은 기파(氣波)가 넘실거리기 시작했다.

처음부터 추료에게서 눈을 떼지 않고 있던 화산파의 장문인 상유천이 머뭇거리며 입을 열었다.

"혹시, 귀하는 공동파의 추 도장(秋道長)이 아니시오?"

추료가 뜻밖이라는 표정으로 대답했다.

"무림에서 아직도 나를 기억하고 있는 사람이 있다니 놀라울 뿐이오."

사대문파 장문인들은 그제야 조금 놀란 얼굴로 추료를 바라보았다. 추료라면 이미 십여 년 전 공동파 제일고수로 알려져 있었다. 그러나 주귀(酒鬼)라고 불리던 그는 언제부터인가 무림에서 활동하지 않았다. 이제는 실제로 그런 사람이 있었는지조차 모호할 지경으로 잊혀진 그가 오늘 이 자리에 불쑥 나타난 것이다.

"네가 설령 그 주귀라 하더라도 우리 사대문파의 장문인을 모욕한 죄가 사라지는 것은 아니다!"

영천상인의 말이 끝나기가 무섭게 추료가 비웃음을 날렸다.

"나는 이미 공동파 장문인의 사형으로 그대들과 배분을 논하여도 결코 뒤지지 않소. 그대가 모욕을 느꼈다면 해결할 방법은 오직 하나요. 나도 하나든 넷이든 숫자를 그다지 중요하게 여기지 않으니 어서 결정하시구려."

"……."

영천상인이 잡아먹을 듯한 눈빛으로 추료를 바라보았다.

따지고 보면 광료가 공동파의 차기 장문인이니 추료의 배분이 높은 것은 사실이다. 그렇다고는 해도 사대문파 장문인들에게 이처럼 막 대하는 것은 조금 무리가 있었다.

그러나 추료는 이미 전부터 기분이 상한 터라 크게 신경 쓰지 않았다. 공동파는 벌써 보름쯤 전 호남성에 도착했다. 바로 그날 공동파는 관례대로 무림맹으로 들어가 행장을 풀려고 했다. 그러나 무림맹에는 이미 멸문해 버린 공동파의 숙소가 따로 마련되어 있지 않았다. 공동파는 별수없이 다른 소문파들이 그랬던 것처럼 무림맹 근처의 객점에 여장(旅裝)을 풀었다. 그 뒤로 무려 보름이나 지났건만 무림맹에서는 아무도 공동파 사람들에게 관심을 기울이지 않았다.

추료는 무림을 함께 질타하던 문파 간의 정리를 생각하면 섭섭하기 그지없었지만, 세상 인심이 원래 그런 것이려니 생각하고 참아 넘겼다. 무림맹의 행사에 크게 실망했지만 복수의 일념으로 견디어낸 것이라 할 수 있다. 그러다가 오늘 아침 향이로부터 '장염이 아미파의 무공 사부로 있었다'는 말을 듣고 반가운 마음에 아미파를 찾았다가, 장염이 사대문파 장문인과 맞서고 있는 것을 보게 되었다. 그 순간 장염에 대한 반가운 마음과 그간 쌓였던 팔대문파에 대한 감정이 작용하여 이처럼 떨떠름한 관계가 되고 만 것이다.

사대문파 장문인들은 어이없다는 표정으로 서로를 바라보았다.

당장 손을 쓰고 싶었지만 추료가 보여주는 기도(氣道)를 볼 때 영천상인으로 하여금 홀로 상대하게 할 수는 없었다. 그렇다고 사대문파가 추료 한 사람을 상대로 비무를 벌인다는 것도 명예롭지 못했다.

장염의 경우는 금지를 침범한 정체 불명의 고수였기에 합공(合攻)이 가능했다. 그러나 공동파의 추료라면 얘기가 조금 달라진다. 신분도 확실한 데다 아직은 무림맹의 일원으로 서로가 함부로 대하기도 어려운 처지였다.

원정 선사는 맹주가 없는 상황에서 점점 꼬여만 가는 문제를 해결하기 위해 사방을 둘러보았다. 화산파와 무당파, 그리고 아미파 장문인은 사태를 관망하듯 지켜보고 있다. 그러고 보니 저 삼대문파는 사내를 무림 공적으로 만드는 일에 동참하지 않고 있었다.

화산파 장문인이야 워낙 속을 알 수 없는 사람이었고, 무당파는 문파의 제자가 얽힌 일이라 조심스러울 것이다. 그렇다면 아미파는? 원정 선사가 복잡해진 머리를 설레설레 젓고 말았다. 불사신검 경재학만이 이 난국을 헤쳐 나갈 수 있을 것이다.

곧 폭발할 것 같던 열기가 조금 가라앉자 추료는 태연하게 장염을 향해 걸어갔다.

"장 소협, 드디어 무림맹으로 오셨구려. 손님 접대가 시원치 않은 곳에서 이처럼 곤욕을 치루고 계실 줄은 몰랐소이다. 허허헛!"

"추 도장을 이곳에서 뵈니 감회가 새롭습니다. 그렇지만 저 때문에 곤란한 일에 휘말리시니… 감당하기 어렵습니다."

장염이 추료와 인사를 나누자 사대문파 장문인들과 원정 선사의 마음은 더욱 복잡해지고 말았다. 공동파 사람들과 저처럼 안면

이 있는 자이니 더 이상 공적(公敵)이라고 주장하기도 힘들었기 때문이다. 사대문파 사람들을 더욱 놀라게 한 일은 그 후에 일어났다. 아미파의 장문인 파진 사태가 제자들을 이끌고 장염에게로 몰려갔던 것이다.

"장 소협, 처음부터 도움이 돼주지 못해 죄송합니다. 아미파는 장 소협께서 무림이 평안하기를 바라는 동도(同道)들의 간절한 염원을 저버리지 않기만 바랄 뿐이오."

파경 사태의 음성이 조용히 울려 퍼지자 영빈관에 있던 팔대문파의 사람들은 경악할 수밖에 없었다. 지금 정도무림의 명문 아미파가 사내에게 사과를 하며 돕겠다고 나서고 있는 것이다. 대체 저 젊은 사내의 정체는 무엇이란 말인가?

아미파가 공동파와 함께 장염의 옆으로 섰다. 그러자 장내에 묘한 기류가 흐르기 시작했다. 장염의 좌우로 파경 사태와 추료가 서 있고, 그 맞은편에 사대문파 장문인이 자리하여 서로 마주 보는 형세가 되고 만 것이다. 다만 화산파와 무당파는 어느 쪽으로도 기울어지지 않고 그저 흥미롭다는 표정으로 멀찍이 떨어져 있었다.

'나무아미타불…….'

사대문파와 장염의 사이에 끼인 원정 선사가 염주 알을 만지작거렸다. 마치 염주 알 한 알을 넘기면 은원의 매듭이 하나씩 풀어지기라도 하듯 그의 엄지손가락이 바쁘게 움직였다. 그러나 '아미타불'을 수없이 되뇌어도 구대문파가 화합될 기미는 보이지 않았다. 그러나 원정 선사는 포기하지 않았다. 여기서 구대문파가 분열한다면 무림의 미래는 지극히 어두웠다.

원정 선사의 머리 속으로 무수히 많은 번민이 스쳐 지나갔다.

차라리 칼날 앞에 섰더라도 이처럼 당황스럽지는 않았을 것이다. 대체 이 무망(無望)함은 어디서 비롯된 것이란 말인가! 나서도 덧없으며 물러서도 덧없음의 경계에서 선사가 번뇌할 때였다. 이미 열반에 드신 스승께서 정진(正眞)을 독려하며 권하던 말씀이 귓가에 울렸다.

"일체를 놓아라. 그리고 선(善)도, 악(惡)도 생각하지 말아라!"

퍼뜩 정신을 차린 원정 선사가 사내를 바라보고 다시 사대문파 장문인을 바라보았다. 그리고 추료와 영천상인에게로 시선을 돌렸다.

'아아! 지금까지 대지(大地)의 모든 것이 부처라고 믿으며 깨달음을 추구했건만, 어찌 이제 와서 일체중생(一切衆生)을 나와 너로 나누었단 말인가!'

원정의 마음속에서 다시금 뜨거운 법(法)이 살아났다. 원정은 눈을 지그시 감고 대오(大悟)의 희열 속으로 잠겨들었다. 어느 순간 원정 선사의 전신에서 감히 범접하지 못할 기운이 폭발적으로 발산되기 시작했다. 불문(佛門)의 신비 절학 미륵보리선공(彌勒菩提禪功)이 절정에 이른 것이다. 원정 선사의 선공지력(禪功之力)이 상생(相生)의 작용을 일으키기 시작했다. 시간이 흐르자 영빈관 일대의 살기(殺氣)는 서서히 화기(和氣)로 변해갔다.

무림의 태산북두(泰山北斗)라는 소림사의 장문인이 아니라고 해도, 이미 무공의 깊이를 알 수 없다는 원정 선사였다. 움직이지 않으면 있는지 없는지도 모르지만 한번 움직이면 천하가 앙복한다는 소림의 무게가 여실히 증명되는 순간이었다. 원정 선사로부터 시작된 기세(氣勢)는 팔대문파 장로들의 웅성거림마저 멈추게 했다.

영빈관에 모인 사람들의 시선이 저도 모르게 중앙으로 모아졌다.

원정 선사가 사대문파 장문인들을 향해 일수합장(一手合掌)하며 말했다.

"아미타불! 일찍이 욕을 당하고 맞더라도 묵묵히 참고 성내지 않으며(見罵見擊 默受不怒), 욕됨을 참는 힘이 있다면 이를 범지라 했소(有忍辱力 是謂梵志). 빈승의 아둔함으로 인해 무림동도 간의 분쟁을 미연에 막지 못했소이다. 빈승을 용서하시고 한 걸음씩만 뒤로 양보해 주시기를 바라는 바이오."

원정 선사의 나이가 이미 일흔이 넘어섰다. 가슴까지 이르는 백염(白髥)의 노승이 허리를 숙이자 사대문파 장문인들은 저도 모르게 따라서 허리를 조아릴 수밖에 없었다.

원정 선사가 다시 몸을 틀었다.

"불제자로서 소협의 입장을 들어줄 마음의 여유를 갖지 못했으니 면목이 없소이다. 느리거나 서두름이 없이 적당한 도(道)를 지켜야 했으나 미혹에 빠져 소협의 괴로움을 미처 살피지 못했소. 시주의 공력은 세상에 보기 드문 경지라 욕됨을 참는 힘도 마땅히 구비되었다고 믿어지오. 살리고 죽이는 모든 것이 마음에 달려 있으니, 청컨대 어진 마음으로 만물을 보아주시오."

장염은 원정 선사의 말을 듣는 순간 얼굴이 확 달아오르고 말았다. 나이를 추측하기 어려운 노승(老僧)이 허리를 숙이고 있다. 본래 어진 마음으로 만물을 바라보는 것은 장염 무공의 근간(根幹)이며 인생의 목표였다. 모든 것이 '영화 소저를 위해서였다' 라고는 하지만, 과연 이렇게 극단적인 방법밖에 없었던가 생각하자 조금 전에 마음이 무거웠던 이유를 확연히 깨달을 수 있었다.

'무공이다. 나의 무공이 생활을 지배하기 시작한 것이다. 이전에는 의지가 앞섰으나 수계현에서 심검과 무검의 요결로 내상을 치료하면서부터 무공이 앞서기 시작했다.'

장염이 원정 선사의 화기 가득한 얼굴을 바라보니 그것은 지난 십여 년·간 부단히도 추구하던 자신의 모습이었다. 그러나 자신은 이미 선법(仙法)을 접어두고 무공지로(武功之路)에 접어들었다. 지금 가장 간절한 바람이 있다면 불행한 과거를 반복하지 않는 것이다. 그것을 위해서라면 다소간의 무례함도 감수해야 했다.

"대사님의 말씀을 들으니 부끄럽기 그지없습니다. 저의 바라는 바는 오직 하나입니다. 영화 소저를 모시고 무림맹에서 나갈 수 있도록 배려해 주십시오. 그렇게만 해주신다면 어떠한 일도 마다하지 않겠습니다."

원정 선사가 허리를 꼿꼿하게 세운 후 장염의 두 눈을 바라보았다.

'그러고 보니 선골지체(仙骨之體)로구나!'

원정은 허리를 숙이며 부탁했음에도 뜻을 꺾지 않는 사연에 대해 호기심이 생겼다. 선입견을 버리고 바라본 사내의 전신에서 흐르는 귀태(貴態)는 범상한 것이 아니었다.

"일이 이 지경까지 이르렀으니 한두 사람이 가부(可否)를 결정할 순 없게 되었소이다. 소협께서 그토록 영호화 소저를 모시고 나가고자 한다면 조금 시간을 주셔야 할 것입니다."

장염이 의아하다는 눈빛으로 원정 선사를 바라보았다.

"보건대 이미 장문인들의 생각이 갈린 것 같으니 이 문제는 이제 무림맹주에게 맡기는 것이 최선일 듯싶소이다. 다행히 맹주께서 약속하신 폐관 수련의 기한도 거의 다 되어가니 며칠만 견디신다면 좋은 결과가 나오지 않겠습니까?"

"……"

원정 선사의 말이 끝나자 일순 장염의 눈빛이 어둡게 가라앉았다. 무림맹주 불사신검 경재학! 그 저주스러운 이름이 또다시 그의 앞에 놓인 것이다.

장염의 안색이 어두워지자 원정 선사는 속도 모르고 한마디를 덧붙였다.

"소협께서 그렇게 해주신다면 영빈관에 머물 수 있도록 배려해 드리겠소이다."

사대문파 장문인의 얼굴에 복잡한 기색이 떠올랐다. 그러나 어쩌면 그것이 최선의 선택일지도 몰랐다. 당장 사대문파의 힘만으로는 원정 선사의 결정을 무시하면서까지 장염과 추료를 저지할 수 없었다.

사태가 원만하게 해결되는 기미가 보이자 추료의 얼굴도 조금 펴지기 시작했다. 조금 전까지 일전(一戰)을 불사할 것 같았던 분위기는 원정 선사의 선공지기(禪功之氣)로 인해 가라앉아 있었다. 지금 와서 사대문파와 다투어봤자 이득이 없으므로 추료로서는 다시 그들에게 시비를 걸고 싶은 마음도 들지 않았다. 게다가 추료도 도교의 수행자이다. 조금 전에 엿본 원정 선사의 언행를 통해 나름대로 자중하려고 마음먹은 상태였다.

장염을 영빈관에 머물게 해주겠다는 말이 떨어지자 영화의 얼굴이 환하게 밝아졌다. 경재학이 일전에 보여준 후의를 생각하면 두 사람에게 나쁘게 대하지는 않으리라. 장염과 경재학의 원한을 알 리 없는 영화에게 원정 선사의 제안은 희망적이었다.

마침내 장염이 결심을 굳힌 듯 고개를 끄덕였다.

"알겠습니다. 정히 그러시다면 맹주를 만나본 후에 무림맹에서 떠나도록 하겠습니다."

원정 선사가 동의를 구한다는 듯이 사대문파 장문인들을 바라보았다. 사대문파 장문인들은 이미 원정 선사의 신공(神功)에 기세가 눌린 상태라 묵묵히 고개를 주억거림으로 동의했다.

"장 소협, 축하드립니다. 맹주께서 출관하신다면 장 소협이 영호화 소저를 모시고 떠나는 일에 대해 반대하지는 않을 것입니다."

아미파의 파진 사태는 모든 일이 원만히 해결될 것이라는 것을 믿어 의심치 않았다.

장염은 그저 담담한 얼굴로 조금은 들뜬 것 같은 파진 사태를 바라보았다.

"사태께서 해주신 염려에 감사를 드립니다. 오래전 파경 사태께서 말씀하시기를 '내세의 결과는 금생에서 하고 있는 일에 달려 있다' 고 했습니다. 사람은 뿌린 대로 거두는 것이니 언제나 선연(善緣)만을 바라지는 않습니다."

파진 사태가 고개를 살짝 갸웃거렸다. 그러나 곧 '장 소협은 본래 신중하고 생각이 깊은 사람이니 좋고 나쁨을 미리 대비하는 것이리라' 고 여겼다.

원정 선사가 사대문파 장문인들에게 감사를 표하고 뒤로 물러났다. 이제 맹주가 출관하기를 기다리면 되는 것이다. 시간이 오래 지나지는 않았지만 정신적으로나 육체적으로 며칠 동안 면벽을 한 듯한 느낌이었다. 실제로 미륵보리선공의 심득이 있었으니, 그 깨달음의 어려움만큼이나 힘든 하루였다.

원정 선사가 만족한 얼굴로 화산파와 무당파 장문인의 곁으로 다가갈 때였다.

"선사의 고언(高言)이 있었으니 다른 것은 차치(且置)하더라도, 추 도장의 가르침만은 받고 싶소이다."

점창파의 장문인 영천상인이 표홀한 걸음으로 걸어나왔다. 장로와 문하의 제자들 앞에서 자존심에 큰 상처를 입었던 것이다.

신룡진인은 느닷없이 추료에게 비무를 자청하는 영천상인을 이해할 수 없다는 표정으로 바라보았다. 과연 저 점창파의 장문인이 희대의 검객이라는 주귀 추료를 당해낼 수 있을 것인가?

추료는 다시 은원에 휩싸이게 되자 조금 거북했다. 그러나 지난 십여 년 간 쉬지 않고 검술을 연마한 것은 공동파의 이름으로 재기할 때를 대비해서였다. 긍정적으로 생각하면 이처럼 좋은 기회도 드물 것이다.

"하하핫! 내 비록 가진 재주는 없지만 어찌 사양하겠소."

추료가 즉시 대답하고 마주 서자 영천상인이 느릿하게 말문을 열었다.

"피차 무림의 명망있는 문파이니 조심해야 마땅하나, 검에는 눈이 없으니 스스로 보중하도록 하시오."

신룡진인은 영천상인의 가라앉은 목소리를 듣고 뭔가 이상하다는 느낌을 떨칠 수가 없었다. 지금까지 사대문파의 장문인들이 지닌 무공의 수위란 거의 엇비슷한 것이었다. 물론 저 화산파 장문인과 소림사 원정 선사의 무공이야 추측할 길이 없지만, 조금 전의 일을 떠올려 봐도 장문인의 무공 수위란 짐작하던 대로였다. 추료가 보여주던 기도를 생각하면 영천상인이 저렇게 자신만만할 수는 없었다. 그렇다면 무엇인가 감추어진 것이 있단 말인가?

'설마 하니 영천상인도 무공을 다 드러내지 않았다는 것인가?'

신룡진인이 속으로 중얼거리며 장내를 주시할 때였다. 영천상인이 등 뒤에 차고 있던 월영검(月影劍)을 서서히 뽑아 들었다. 그 기세가 어찌나 장중하던지 영빈관에 있던 고수들은 흠칫 떨며 한 걸음씩 뒤로 물러날 정도였다.

영천상인이 하늘을 향해 뽑아 든 검끝에서 안개같이 흐릿한 검기가 줄기줄기 피어 오르고 있었다.

'헛! 유형(有形)의 검기……!'

추료는 난생처음 접하는 몽환(夢幻)의 검기 앞에서 잠시 당황했다. 그러나 이내 복마심검의 구결을 떠올리며 검의(劍意)를 일으키기 시작했다. 추료의 몸이 복마검결에 따라 잔잔한 진동을 일으켰다.

잠시 후 영천상인과 추료 사이에 무수히 많은 초식들이 얽히기 시작했다. 그 초식들은 모두 유형화된 검기로 그 움직임이 번개와 같아 일반인의 눈에는 보이지도 않았다.

영천상인이 반개(半開)한 눈으로 추료를 바라보았다. 추료의 얼굴은 붉게 달아올랐고, 이마 위로 땀방울이 맺혀 있었다.

'어디, 점창파의 료료검법(了了劍法)을 대성한 내게 얼마나 버틸 수 있는지 보겠다.'

영천상인의 손목이 조금 흔들리는 순간 비검식(飛劍式)이 펼쳐졌다. 검은 쏘아진 화살처럼 추료의 신형을 향해 날아갔다.

"아앗!"

주변에서 지켜보던 고수들의 입에서 신음이 터져 나왔다. 검사(劍士)가 검을 날린다는 것은 일반적인 수법이 아니다. 그것이 단순한 비검식인지 이기어검인지는 검을 날리는 당사자밖에 모른다.

그러나 고수들의 접전에서 검을 날린다는 것은 자신의 의지대로 다룰 수 있다는 의미이기도 했다.

검은 빛살처럼 날아가 추료의 몸을 관통했다. 아니, 사람들의 눈에는 그렇게 보였다. 그러나 그 순간 추료의 검은 영천상인이 날린 검을 저만치 튕겨내고 있었다.

챙!

영천상인의 검이 한 바퀴를 빙그르 돌아 허공으로 날아갔다.

다음 순간 영빈관 앞에 모여 있던 군웅들의 눈이 휘둥그렇게 떠졌다. 영천상인이 공중으로 도약하여 튕겨난 월영검을 받아 든 것이다. 검이 날아갈 방향을 미리 알고 있지 않으면 취할 수 없는 동작이었다. 월영검을 움켜쥔 영천상인이 지면으로 떨어져 내렸다.

그 순간 추료의 두 발이 공동파의 절기 비천신보(飛天神步)를 펼치기 시작했다. 추료는 발이 땅을 세 번 밟는 동안 삼 장(약 9미터)의 거리를 이동하여 영천상인에게 쏘아갔다.

추료가 다가오자 영천상인이 기괴하다는 표정으로 바라보았다.

상대가 놀라거나 말거나 추료의 검은 상단으로 치켜 올려졌다가 좌(左)에서 우(右)로 비스듬히 그어졌다.

파츠츠츳!

바람을 가르는 소리와 함께 검기가 몰아치기 시작했다. 영천상인은 살갗을 파고드는 듯한 검기에 등골이 서늘해졌다. 아직 두 발이 땅에 닿지 않은 상태에서 무지막지한 역습을 받게 된 것이다. 영천상인이 이를 악물고 좌에서 우로 검을 휘둘렀다.

월영검에서 쏟아져 나온 뽀얀 검기가 추료의 검기에 부딪쳐 갔다.

꽈광!

검기가 마주치자 영천상인은 밀려오는 검력(劍力)을 견디지 못하고 뒷걸음질치기 시작했다. 허공에서 맞받아 쳐서 약간의 손해를 보고 만 것이다. 영천상인이 사상보법(四象步法)을 펼치며 밀려드는 검기를 흐트러뜨렸다.

파! 파! 파! 팍!

영천상인은 허청거리며 사상보법을 끝까지 펼친 뒤에야 겨우 검기를 와해시킬 수 있었다. 그러나 어느새 정면에는 추료가 서 있었다.

'어헉!'

추료의 검이 상하좌우(上下左右)에서 몰아쳐 왔다. 격식도 없이 밀려드는 검 앞에서 영천상인은 속절없이 뒤로 물러나야 했다.

영천상인의 뒤를 따라붙던 추료가 문득 움직임을 멈추었다. 다음 순간, 추료의 입에서 이해할 수 없는 소리가 흘러나왔다.

"그 한 수가 아니고서는 수치를 면하기 어려울 것이오."

지금까지 몰리기만 하던 영천상인이 조롱하듯 대답했다.

"흥, 검에는 눈이 없다."

추료가 검끝을 지면으로 향하게 늘어뜨린 후 태연히 말했다.

"훌륭한 검객은 검의 눈에 잡히지 않는 법이오."

영천상인의 눈에 갈등의 빛이 떠올랐다. 지금까지의 상황은 자신에게 별로 유리하지 않았다. 점창파의 명예를 회복하기 위해 검을 뽑아 들었지만, 나중에 가서 꼴사나운 모습만 보이고 말았다. 이대로라면 멸문한 공동파의 이름이 점창파보다 앞서게 되는 것은 당연지사(當然之事)였다.

마침내 영천상인이 검신을 비스듬히 들어 올렸다. 하늘을 향해 비스듬히 뻗어 올린 검끝에서 또다시 몽환의 검기가 흘러나오기 시작했다.

추료가 긴장한 얼굴로 검을 지면과 수평이 되게 들어 올렸다. 검끝에서 뻗어 나온 검기가 일 장이나 뻗어 나갔다.

두 사람은 무심한 표정으로 서로를 바라보다가 동시에 움직이기 시작했다. 영천상인이 또다시 손목을 가볍게 털어냈다. 월영검이 허공을 가르며 추료에게 날아갔다.

쐐애액!

강한 파공성과 함께 살기 가득한 월영검이 추료의 가슴으로 날아가는 순간, 추료의 몸이 오른발을 축으로 빙그르르 돌아갔다. 추료의 검과 월영검이 허공에서 얽히기 시작했다. 추료가 완전히 한 바퀴를 돌고 났을 때 군웅들은 모두가 '아!' 하고 탄성을 터뜨리고 말았다. 월영검과 추료의 검이 영빈관 뒤쪽으로 날아가 담장에 박혀 버렸기 때문이다.

추료는 복잡한 눈빛으로 자신의 가슴을 바라보았다. 어느 틈엔가 가슴 부위의 옷이 한 뼘쯤 갈라져 있었다. 검기가 스치고 지나간 자리였다.

비무(比武)가 모두 끝났다고 보기 어려운 상황이었지만 추료와 영천상인은 더 이상 서로를 돌아보지 않았다. 마치 이 한 수로 서로에 대해 모든 것을 알아버렸다는 듯한 표정이었다.

영천상인이 먼저 담장으로 걸어가 월영검을 뽑았다. 검날은 단 한 군데도 상한 곳이 없었다. 영천상인은 만족한 듯한 표정으로 점창파 사람들에게 걸어갔다.

뒤이어 추료도 담장으로 다가가 검자루로 손을 뻗었다.

'흠…….'

찢어진 호구에서 피가 흘러내리고 있었다. 섬전처럼 날아든 검은 추료의 손을 찢고 검마저 빼앗아갔던 것이다. 추료가 묵묵히 검자루를 잡아당겼다. 하얀 검신(劍身)이 담장에서 서서히 빠져나왔다. 침중한 눈빛으로 검면(劍面)을 바라보던 추료의 얼굴에 보일 듯 말 듯한 미소가 감돌기 시작했다.

그러자 멀리서 추료를 지켜보던 영천상인의 얼굴이 어두워졌다.

'혹시라도 이 한 수로 료료검법의 비밀을 알아차렸을까?'

비록 추료의 공력이 비범했지만 그것까지 알아보지는 못할 것이다. 알아볼 사람은 가슴이 베이지 않으며, 가슴이 베인 사람은 알아보지 못한다. 그렇게 생각하니 조금 마음이 편해졌다. 이미 상대의 옷자락을 베었으니 사람들은 점창파가 공동파의 아래가 아니라고 생각하리라. 오늘은 이 정도에서 만족하기로 했다.

영천상인이 너털웃음을 터뜨리며 말했다.

"하하핫! 추 도장, 다음 기회에 다시 가르침을 청하도록 하겠소이다."

"언제라도 사양치 않겠소이다."

검을 수습한 추료가 아무렇지도 않다는 듯 대답하고 공동파 사람들이 있는 곳으로 돌아갔다.

신룡진인과 현천검객, 그리고 파운신권은 영천상인을 보며 갈피를 잡지 못하고 있었다. 영천상인은 지금 추료와 대등하게 싸운 것으로 보였다. 아니, 어쩌면 보는 눈에 따라 추료보다 고수로 보이기도 했다. 지금까지 자기들과 무공의 차이가 크게 나지 않으리라 여겼건만 영천상인의 무공은 상상을 초월하는 것이었다.

'내가 추료를 상대했더라면 그의 가슴에 일검을 남길 수 있었을까?'

신룡진인의 안색이 어두워졌다. 무공을 다 드러낸다 하더라도 그것은 쉽지 않았을 것이기 때문이다. 게다가 두 번이나 보여주었던 그 비검술은 결코 간단하지 않았다.

사대문파 사람들이 자리를 떠나자 무당파와 화산파 사람들도 영빈관에서 나갔다. 원정 선사도 무림맹의 총관을 불러 장염에게 숙소를 내주라고 말한 뒤 소림사 승려들과 함께 사라졌다.

고수들이 빠져나가자 영빈관에는 아미파와 공동파의 사람들만 남게 되었다. 공동파 사람들과 함께 멀찍이 서서 지켜보던 향이가 그제야 장염에게 달려왔다.

"일이 잘 해결됐으니 다행입니다."

장염은 향이를 향해 빙그레 웃어 보인 후 말했다.

"향 누님, 그간 평안하셨습니까?"

장염이 묻자 향이가 얼굴을 붉히며 고개를 끄덕였다. 아무래도 조금 전까지 울 듯 말 듯하던 향이라 좀체로 흥분이 가라앉지 않았던 것이다.

"영화 소저, 향이 누님은 제가 의혈단에서 생활할 때 의남매를 맺게 된 분이십니다."

영화가 조심스럽게 허리를 숙이며 인사를 건넸다.

"향 언니께 인사드립니다. 저는, 풍림장의 영화라고 합니다."

무당파의 제자라고 인사하려다가 멈칫거린 영화였다. 장염은 그런 영화를 물끄러미 바라보았다. 가슴 한켠이 또다시 아려왔다. 자신도 무당파에서 버림받아 그 느낌을 잘 알고 있었다. 어쩌면 영화 소저는 자신보다 더할 것이다. 무당파 제자로 지내다가 하루아침에 부인당했기 때문이다.

"저는 그저 향이라고 합니다. 장 동생 때문에 감히 언니가 되고 말았군요."

향이는 의혈단에서 영화를 본 적이 있으므로 언니라는 말을 들으니 거북하기만 했다. 그 시절 무당파의 영호화는 향이에게 우상과도 같았다. 그 영호화가 지금 언니라고 불러주고 있는 것이다. 뿌듯한 느낌도 들었지만 자기에게는 도무지 어울리지 않는 호칭이라고 생각했다. 여린 심성을 지닌 향이는 태생적인 슬픔이 주는 무게를 감당하기 어려웠다. 정말 단지 영화에게 언니라고 불리워서였을까? 아니면 언니라고 부르는 영화가 장염과 너무 다정해 보여서였을까? 향이는 뒷말을 끝으로 더 말하지 못하고 고개를 숙였다.

장염은 두 사람이 인사 나누는 것을 물끄러미 지켜보다가 몸을 돌렸다. 조금은 어색해 보이지만 곧 친숙해질 것이다. 부모와 자식도 초면에서 시작한다. 장염이 추료가 있는 곳으로 걸어갔다. 추료에게 몇 가지 확인해 두고 싶은 것이 있었다.

"추 도장께서는 무슨 생각을 그리도 깊이 하십니까?"

추료가 멋쩍은 표정으로 대답했다.

"하하, 깊이 생각하다니 당치도 않소이다. 그저 조금 전의 일을 떠올려 봤을 뿐이오."

두 사람이 가볍게 몇 마디 대화를 나누고 있을 때 파경 사태가 다가왔다.

"아미타불, 두 분의 말씀에 방해가 된 건 아닌지요."

"하하, 그렇지 않습니다. 추 대협, 이분은 아미파의 파경 사태이십니다."

추료가 웃으며 허리를 숙였다.

"일찍이 아미파의 화영검(花影劍)에 대한 소문을 듣고 있었소이다."

"하하, 아직까지 그 명호를 기억하고 계시다니 놀랍습니다."

파경 사태는 과거 강호행을 할 때 따라다니던 화영검이라는 별호(別號)를 다시 듣자 절로 웃음이 나왔다. 그러고 보니 벌써 이십 년도 전의 일이다. 사문의 무공을 터득하고 벌인 삼 년 간의 강호행이었다. 아미파의 제자들 중 삼 년의 강호행을 허락받은 자도 드물었지만, 파경 사태는 훌륭하게 완수했다. 그 당시 파경 사태가 소청검(少清劍)과 파풍검법(破風劍法)을 주로 사용했는데, 그것이 아름답다고 해서 사람들은 한때 화영검이라고 불러주었다. 그러나 강호행을 끝낸 화영검은 그 뒤로 무림에서 사라졌다.

파경 사태가 씁쓰름한 얼굴로 추료를 바라보았다.

"주귀 추 도장의 고명(高名)에 비할 바가 못 됩니다."

두 사람이 마주 보며 편하게 웃음을 지었다. 이전까지야 서로 왕래가 없었다고 하나 조금 전의 일로 인해 특별히 상대에 대한 호감을 가지게 된 터였다. 추료가 부담없이 파경 사태를 받아들이자 장염은 조심스럽게 말문을 열었다.

"추 도장의 복마검은 상인의 검과 몇 번이나 마주쳤습니까?"

추료의 눈에서 한순간 번쩍이는 신광이 쏟아져 나왔다.

"과연 장 소협의 눈은 속일 수가 없구려. 나는 그의 검술이 독특해서 단 한 번 마주쳤을 뿐이오."

파경 사태가 알아듣지 못하겠다는 얼굴로 두 사람을 바라보았다.

"장 소협, 제가 알아서 안 될 일이라면 자리를 피해드리겠습니다."

파경 사태가 조심스럽게 말하자 장염이 웃으며 대답했다.

"하하핫! 노사태께서 이처럼 궁금하게 여기시니 추 도장께서 다 털어놓으셔야 하겠습니다."

추료가 파경 사태의 호기심 가득한 얼굴을 보며 피식 웃었다. 나이를 먹었다 해도 무공에 대한 호기심은 좀체로 다스리기 어려운 것이다. 파경 사태가 한 자리를 피해주겠다는 말은 어서 말해달라는 것과 다름이 없었다.

"크나큰 비밀이 아니니, 두 분께 간단히 말씀드리겠소이다."

잠시 숨을 가다듬는 추료를 보며 파경 사태는 지금부터 나올 말이 조금은 비밀스러운 것이란 걸 느낄 수 있었다. 추료 같은 고수가 이처럼 조심스럽게 말문을 열고 있는 것이다.

"처음 검과 마주쳤을 때 나는 검을 놓칠 뻔했소. 그의 검기가 워낙 강했기 때문이오."

추료가 생각할수록 놀랍다는 듯이 몸을 흠칫 떨었다. 두 번째의 비검술은 정말 소름 끼치는 것이었다. 자신이 복마심검을 터득하지 않았다면 정말 검에 꿰어 하늘로 날아갔을지도 모를 일이었다.

"이것은 두 번째로 그의 검과 마주쳤을 때 생긴 자국이오."

추료가 조심스럽게 검을 뽑아 장염과 파경 사태 앞에 내밀었다.

"흐음……."

파경 사태의 입에서 짧은 신음이 터져 나왔다. 검신의 가운데 몇 줄기의 홈이 나선형으로 깊게 파여 있었다.

"그렇소이다. 보시는 대로 상인의 검은 비검술이 아니오. 그 짧은 순간 상인의 검은 내 검신을 세 차례나 뚫고 들어오려 했다오. 덕분에 마지막에는 앞자락을 내어줄 수밖에 없었소이다."

추료의 말은 허탈해서 듣는 파경 사태로 하여금 위로의 말조차 꺼내지 못하게 했다.

'그런데 왜 마지막 순간에 추 도장은 웃었을까?'

단지 자신의 검세(劍勢)를 뚫고 앞섶을 가른 상대의 수법이 무엇인지 알아냈기 때문일까? 파경 사태는 무림사에 다시없는 기사(奇事)를 듣는 순간 정신이 하나도 없었다. 추료는 분명히 비검술이 아니라고 했다.

파경 사태의 생각을 알아챈 듯 추료가 웃으며 말했다.

"하하하, 상대를 알았으니 다음에는 처음부터 최선을 다할 수 있지 않겠소? 게다가 상대가 있다는 것이 얼마나 즐거운 일이오."

파경 사태가 그제야 고개를 끄덕였다. 그러나 상대의 수법을 알았다고 해서 웃을 수 있는 것은 아니다. 그렇다면 추료의 검술은 어느 정도란 말인가? 무림은 급속도로 변하고 있었다. 아무래도 이십 년 전의 대회전(大會戰) 때문일까? 자신의 진보가 다른 고수들과 비교하면 별것이 아닐 수도 있다는 생각이 들었다.

파경 사태는 가늘게 떨고 있는 자신을 보았다. 멀리서 아미파의 사람들이 다가왔다. 파경 사태는 숨을 크게 들이마셨다.

"저는 이만 제자들과 함께 청심각으로 돌아가 보겠습니다. 맹주가 출관하실 때까지 장 소협을 자주 찾아뵙겠습니다."

몰려온 아미파의 제자 중에 정현과 정원, 그리고 정경이 있었지만 분위기가 침울해 보이자 감히 나서지 못하고 허리만 조아렸다. 파경 사태는 제자들의 심사를 미처 헤아리지 못하고 서둘러 몸을 돌이켰다.

사람들이 하나둘 사라지자 추료도 장염에게 작별 인사를 건넸다.

"장 소협, 아무 때라도 태평객점(太平客店)에 들러주시기를 바라오."

추료의 눈빛에 간절함이 담겨 있었다.

"알겠습니다. 시간을 내서 찾아뵙도록 하겠습니다."

추료가 문득 뒤를 돌아보았다. 그곳에는 영화와 함께 어색하게 서 있는 향이가 있었다.

"추 도장님, 향 누님은 제가 모시겠습니다. 그간의 은혜는 결코 잊지 않겠습니다."

장염을 향해 피식 웃어 보인 추료가 공동파의 제자들을 이끌고 장내에서 사라졌다. 영빈관의 뜰이 다시 한산해졌다. 그제야 장염이 영화와 향이를 향해 안도의 한숨을 크게 내쉬었다. 오늘은 정말 기나긴 하루였다. 물론 모든 일은 이제부터 시작이겠지만 말이다.

第三章

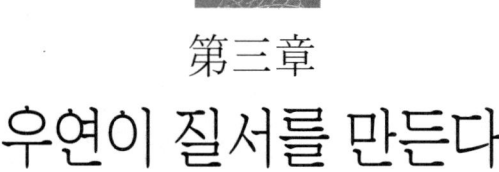

우연이 질서를 만든다

지검천왕(持劍天王)은 두 달쯤 전부터 무림맹의 기습조를 이끌고 있었다. 무림 팔대문파에서 선발된 팔십 명의 정예를 이끌고 공동산에 자리 잡은 지 어언 오 일이 지났다. 그동안 공동파로 오르는 비탈길에 은신하여 혈마사의 라마승들을 기다렸지만 어찌된 일인지 한 명의 라마승도 구경할 수 없었다.

오늘은 아침부터 증창천왕(增槍天王)과 광권천왕(廣拳天王)이 사십 명의 고수들을 이끌고 공동파로 향했다. 물론 자신과 다비천왕(多秘天王)은 나머지 사십 명의 고수들과 함께 숲 속에 몸을 숨기고 있었다.

지금 팔대문파 고수 팔십 명을 이끌고 있는 사대천왕은 소림사의 속가제자 출신으로 동문수학한 사형제 간이다. 이들은 백 년 이내에 최초로 소림사 출사동(出寺洞)의 십팔관문(十八貫門)을 통과한 사람들이며 무림에서 사대천왕이라고 불리웠다. 사대천왕은 이미 입산하기 전에 각기 명성을 날렸으나 소림사의 칠십이종 절예를 익힌 뒤 무림 십대고수와 공공연히 비교되기도 했다.

그 사대천왕의 맏형인 지검천왕의 귓속으로 다비천왕의 전음이 파고들었다.

"사형, 며칠 전부터 우리 뒤를 따르던 사람의 인기척이 끊겼습니다."

지검천왕은 맞은편 고목으로 시선을 던졌다.

"알고 있다. 그는 무림맹에서 따로 보낸 사람이니 신경 쓸 것 없다. 아마도 천둥조를 따라갔을 것이다."

다비천왕에게 전음을 날린 지검천왕의 뇌리로 출발하던 날에 맹주가 했던 말이 떠올랐다.

'맹주는 분명히 그자가 혈마사의 라마승들을 상대할 유일한 고수라고 했다. 맹주의 가문인 천하제일가에서 보낸 의문의 고수, 그는 과연 누구일까?'

무림 십대고수에 버금간다는 사대천왕이 의지해야 할 단 한 사람. 그에 대한 호기심이 없다면 거짓말이리라.

처음 출발할 때 팔대문파를 두 개 조로 나누어 천둥과 번개라 불렀다. 아침까지 함께 움직였던 천둥조 사십 명이 공동파로 진입한 지 일각(一角)이 지났다. 번개조가 할 일은 천둥조의 기습 뒤에 이어질 혈마사의 천라지망을 역공격하는 것이었다.

'천둥조는 지금쯤 기습에 성공하고 있을까?'

봄물이 파랗게 올라오는 산등성이에 쪼그리고 앉아 살육을 상상하다니 어쩐지 어울리지 않았다. 그러나 어쩔 수 없다. 이 아름다운 산하에 피 비를 내리게 하고 싶지는 않았지만, 그들의 피가 아니면 내 피가 뿌려져야 한다. 그렇다면 감상에 젖어 사양할 일이 아니다.

천둥조가 올라간 지 이각이 지났지만 아무런 소리도 들리지 않았다. 처음에는 낯선 곳의 풍광(風光)에 취해 이런저런 상상에 빠져 보았지만 차츰 산세(山勢)고 뭐고 보이지 않았다.

'무슨 일이 생겼을까? 깊이 들어가지 말고 단지 눈에 띄는 라마승의 목줄기만 따고 돌아오라고 했건만…….'

사실 천둥이나 번개조는 단지 기습과 도주를 위해 조직된 것이었다. 무리해서 무엇인가를 지켜야 할 이유가 없는 이상 발 빠르게 움직여 상대를 교란시키기만 하면 된다. 이렇게 마음 놓고 대륙을 횡단하지 못하게 하는 것 이상의 목표는 가지지 않았다. 그런데도 천둥조는 바다에 던져진 모래 알처럼 도무지 흔적이 없었다.

다시 일각이 지나자 가슴 밑바닥에 눌러두었던 불안이 슬금슬금 기어오르기 시작했다. 더 이상 주변 경관은 보이지 않았고, 바람이 부는지도 느낄 수 없었다. 마침내 지검천왕이 더 이상 참지 못하고 움직이려 할 때 산 위에서 한 떼의 사람들이 밀려 내려왔다. 증창천왕과 광권천왕이 이끌고 올라간 천둥조 사십 명이었다.

숨어 있는 지검천왕의 앞으로 증창천왕과 광권천왕이 지나갔다. 그리고 사십 명의 팔대문파 고수들이 허겁지겁 달려갔다. 그들의 뒤를 오십여 명의 라마승들이 따르고 있었다.

라마승들이 눈앞을 스쳐 가는 순간 지검천왕은 준비한 연무통을 하늘로 높이 던졌다.

펑!

오색의 연기가 하늘을 화려하게 수놓았다.

'오색비연무(五色飛煙茂)!'

천둥조를 이끌고 하염없이 달아나던 증창천왕과 광권천왕의 신형이 돌연 정지했다. 달리던 사십 명의 팔대문파 고수도 덩달아 멈췄다. 증창천왕이 애병인 비익신창(裨益神槍)을 허공으로 치켜들었다. 무림에 전해지길 '비익신창이 들리면 혈우(血雨)가 내린다'고 했다.

천둥조 고수들이 환호성을 지르며 일제히 되돌아 달리기 시작했다. 매복했던 번개조 사십 명과 합치면 팔십 명의 고수들이 된다. 게다가 이쪽은 무림 십대고수의 반열에 있는 사대천왕이 모두 모여 있다. 그렇다면 오십 명의 혈마사를 두려워할 이유가 없다.

달리던 광권천왕은 흥이 오른 듯 주먹에 낀 신영철구(神影鐵具)를 맞부딪쳤다. 그러자 '쾡쾡!' 하는 기괴한 소리가 났다. 쇠붙이가 마찰하는 듣기 거북한 소음이었지만 그 소리를 듣는 천둥조의 얼굴에 기합이 들어갔다. 그들은 광권천왕이 저 신영철구를 끼고 있는 동안에는 단 한 차례의 패배도 기록하지 않았다는 것을 알고 있었다.

지검천왕은 오색비연무로 천둥조에게 신호를 보낸 후 곧바로 뛰쳐나갔다. 그의 검이 정면에 보이는 라마승의 어깨를 대각선으로 베어냈다. 라마승은 미처 놀랄 틈도 없이 어깨를 내주고 말았다. 라마승의 어깨가 갈라지는 순간 근처에 몸을 숨기고 있던 번개조 이십 명이 뛰어나왔다.

번개조를 향해 달려가던 라마승의 허벅지와 단전에 숲에서 날아든 수리검이 박혔다. 라마승의 신형이 서서히 무너져 내리자 숲에서 다비천왕이 걸어나왔다. 다비천왕의 뒤로 나머지 이십 명의 번개조가 신속하게 따라붙었다.

섬전수 장경선은 조금 떨어진 곳에서 혈마사의 라마승들이 무림맹의 고수들에게 급습당하는 광경을 지켜보았다. 지금과 같다면 자신이 나서서 도와주고 말고 할 틈도 없다. 경재학의 속셈을 알 수 없었다. 누구를 돕는다는 것은 어디까지나 돕는 자의 자발적인 마음에 달렸다. 돕는다는 것은 책임을 진다는 것과는 엄밀히 다르다. 건성으로 도왔는지, 목숨을 걸고 도왔는지 누가 알 것인가? 그렇다면 자신이 무림맹 고수들을 얼마나 도울지도 모르면서 굳이 딸려 보낸 이유가 뭘까? 그것은 아마도 이 지루한 살육의 끝에 있으리라.

*　　　*　　　*

무림맹의 기습조가 공동산에 머물 때 청해성의 황하수채는 새로운 식구들을 맞아 대대적인 조직 개편에 들어가고 있었다. 청해성 제일의 사파가 된 황하수채로 사천성의 삼도회가 합류한 것이다. 삼도회의 고수들은 칠 일에서 십 일 정도의 사이를 두고 황하수채로 모여들었는데 부상을 입지 않은 사람이 없었다.

황하수채의 채주 서문당은 청해성 일대에 삼도회가 황하수채의 가족이라고 소개했다. 그 뒤로부터 청해성의 사파는 마교의 추격을 받고 있는 삼도회의 사람들을 황하수채까지 안내했다. 그렇게 한 달이 지나자 전부 칠십 명의 삼도회 사람들이 황하수채에 몸을 담게 되었다.

구절양장 서문당이 황하가 내려다보이는 추운루(秋雲樓)에서 손님들과 술잔을 기울이고 있었다. 그의 맞은편에는 삼도회의 다비검 남궁척과 철면마검 오극렬이 자리했고, 옆으로는 이무심과 장소룡이 앉아 있었다.

"허허헛! 따지고 보면 이런 인연이 어디 있소이까? 장 호법의 사부께서 오 당주님의 아우라고 하시니 모두가 한가족이오. 나 서문당이 비록 재주는 없으나 형제의 아픔을 외면하는 소인배는 아니오. 이미 무림에 삼도회 형제들의 의기가 드높으니 삼도회를 돕는 것은 황하수채의 영광이라 할 수 있소. 이미 마교의 무리들과는 연초부터 계속해서 의견을 달리하고 있었으니 이 기회에 함께 대처해 나가도록 합시다."

사실 황하수채는 그간 몇 번이나 마교와 접전을 벌여왔다. 지루하게 반복돼 온 마교대전(魔敎對戰)을 '의견을 달리했다'는 말로 표현하자 장소룡이 슬쩍 웃었다. 서문당은 그동안 놀랄 만큼 눈부신 변모를 했다.

시대가 영웅을 만든다고 했던가? 그다지 넓어 보이지 않던 배포가 제법 커지고 도량도 넓어져서, 소문을 들은 근처의 사파 종주들이 제 발로 수채를 찾아오기까지 했다. 처음 장소룡의 봉시진을 보고 감격에 겨워하던 모습과는 많이 달라진 모습이었다. 그것은 전적으로 수차례 반복되는 삶과 죽음의 불확실성 속에서 나름대로 터득한 심득(心得)인지도 몰랐다.

삼도회주 남궁척이 고개를 끄덕이며 대답했다.

"채주님의 말씀을 들으니 그간의 체증(滯症)이 말끔해지는 듯합니다. 마교 앞에서 오직 황하수채만이 흑도의 바람막이가 되어주고 있으니… 절로 머리가 숙여집니다."

남궁척의 말끝이 조금씩 흐려졌다. 생각할수록 아득해지는 심사를 가눌 길이 없다. 삼도회를 빠져나오던 날 형제같이 여기던 많은 수하들의 죽음을 목격했다. 태어난 날은 다르지만 죽을 때는 함께 죽자던 맹세를 한 배다른 형제들이었다. 남궁척의 눈이 붉게 충혈되기 시작했다.

오극렬은 이제는 비어버린 왼팔의 소매를 툭툭 털어내기만 했다. 형제를 잃은 슬픔이 어디 회주 하나뿐이던가. 그 자신도 수족처럼 데리고 다니던 도지를 잃었다. 수리검에 꿰인 자기를 업고 달아나던 도지가 죽었다. 도지가 죽은 자리를 이돈아가 대신했고, 그 덕에 오극렬은 살아남을 수 있었다.

두 사람이 울적한 모습을 보이자 장내는 금세 숙연한 분위기가 되고 말았다. 이무심과 장소룡은 그 비슷한 일을 이미 충분히 경험한 터라 묵묵히 술잔만 기울일 뿐이었다.

이무심은 황하수채에 온 뒤로 흑도방파에 대해 가지고 있던 선입견들을 조금씩 고쳐 나가고 있었다. 그는 시골에서 순박하게 살아온 사람이라 사파에 대해 부정적인 견해를 가지고 있었다. 더구나 강호에 나와 처음으로 얻은 직업이 표사였다. 그 뒤로 흑도에 대한 고정관념은 확신으로 바뀌었다고 할 수 있다. 그런데 어찌하다 보니 아우인 장소룡이 사파에 몸을 담그게 되었고, 자신마저 그 신세를 지게 되었다. 당황스럽기는 했지만 황하수채에 와서 보니 수적(水賊)들도 나름대로 절제된 생활의 원리를 가지고 있었다. 아니, 오히려 무림인이 중시하는 의리는 도가 지나칠 정도였다.

눈앞에 앉아 있는 이 두 사파인을 보더라도 훌륭한 점은 얼마든지 있었다. 삼도회의 의리는 이미 사파에서 전설처럼 회자되고 있다. 피로 맺은 형제들을 살리기 위해 벌인 처절한 사투는 신입회원을 받아들일 때마다 인용되었다. 사람들은 '삼도회의 절반만 해라' 는 말로 흑도의 입문식(入門式)을 마감했다.

이무심이 오극렬의 잘린 팔을 보며 작게 한숨을 몰아쉬었다.

"형님, 삼도회 이후로 장 사부의 소식이 끊겼으니 난감하기만 합니다. 지금 어디에서 무엇을 하시는지… 그나저나 장 사부께서 황하수채로 오시지 않은 이유를 모르겠습니다."

장내에 있던 사람들의 시선이 장소룡에게로 모아졌다. 장소룡은 어색한 표정으로 주위를 둘러본 후에 다시 잔을 들었다.

이무심이 빈 잔에 술병을 기울이며 중얼거렸다.

"글쎄다… 아마 무슨 이유가 있겠지. 장 사부가 어디 보통 사람과 같은 분이시더냐."

장 사부가 황하수채를 찾아오지 않는 이유는 무엇일까? 삼도회까지 찾아갔던 걸 보면 단순히 사파에 대한 경계는 아닌 것 같았다. 뒤에 내뱉은 말은 전적으로 황하수채의 서문당을 위해 한 것이었다. 이무심은 서문당이 혹시라도 '황하수채가 수적들의 모임이라 장 사부가 오기를 꺼려하는 것은 아닐까?' 우려하고 있을지도 모른다고 생각했다.

과연 서문당의 표정이 조금 밝아졌다. 줄곧 장 사부라는 무림의 일대 기인이 황하수채를 방문해 주지 않는 이유에 대해 고민하고 있던 서문당이었다. 지금 이무심의 중얼거림을 들으니 장 사부가 오극렬과 형제의 연을 맺고 삼도회에 있었다는 사실이 퍼뜩 떠올랐다. 삼도회나 황하수채나 다른 사람들 등쳐 먹고 사는 처지는 마찬가지가 아닌가!

"저도 두 분이 그토록 흠모하는 장 사부님을 한번 뵈었으면 좋겠다 생각하고 있습니다. 제게 과연 그런 복운이 따를지 알 수 없지만 말입니다. 허헛!"

서문당이 웃자 숙연하던 분위기가 조금 풀어졌다.

상념에 잠겨 있던 오극렬이 헤벌쭉 벌어진 입으로 술잔을 비워

나갔다. 얼마 전까지 삼도회 십이당주(十二 堂主)에 불과했던 자신이 오늘날 사파의 전설적인 거두들과 한자리에서 술상을 받게 될 줄은 몰랐다. 모든 것이 장염과 맺은 인연 때문이었다.

분위기가 조금 부드러워지자 서문당이 서서히 말문을 열었다.

"한동안 뜸하던 마교의 파천대가 다시 활동에 들어갔다고 합니다."

좌중의 눈길이 서문당에게로 모아졌다. 파천대의 움직임은 청해성의 사파가 다시 전쟁을 벌여야 한다는 것과 같았다. 지난 한 달 정도 움직임이 뜸했던 파천대였다. 그 짧은 평화가 이제 끝나가고 있었다.

"청해성의 사파가 황하수채에 모여들었고, 사천성과 인근의 사파들도 함께하겠다는 뜻을 전해왔습니다. 마교의 정예가 모두 몰려오기 전까지는 승기가 우리에게 있으니, 아직까지는 그다지 염려하지 않습니다. 그러나 삼도회 때와 마찬가지로 마교 본산의 고수들이 떼거지로 몰려들면 본거지를 옮기지 않을 수 없으니 그것이 염려될 뿐입니다."

지금 서문당이 염려하는 것은 파천대 하나가 아니다. 과거의 황하수채라면 파천대 하나로 멸문당할 것이었으나 지금은 어느 정도 자신이 있었다. 지난해 말부터 시작된 파천대와의 전투도 밀고 밀리기를 반복하고 있다. 그러나 삼도회 사람들을 만나 마교 본산의 고수들에 대한 이야기를 들으니 앞이 캄캄했다. 그래서 더 더욱 무림의 은거 기인들이 황하수채로 와주었으면 하고 바라는 것인지도 모른다.

이미 쓴맛을 본 바 있던 남궁척이 말을 받았다.

"마교에서는 삼도회의 일로 본산의 고수들을 움직였다가 징계를 받았다고 합니다. 설마 하니 또다시 그렇게 무리를 하겠습니까? 더구나 마교의 본산에서 고수들이 한 번에 움직이면 무림맹에서도 가만히 있지는 않을 것입니다."

남궁척의 지적은 타당성이 있는 것이었다. 마교의 고수들이 단체로 무림을 종횡하면 무림맹에서도 달갑게 여기지 않을 것이다. 삼도회의 경우야 워낙 은밀하고도 신속하게 이루어진 것이라 손 쓸 틈도 없었다. 그러나 무림맹도 같은 일이 반복되도록 손놓고 바라만 보지는 않을 것이다.

"그렇지요? 무림맹이 비록 정파이지만, 그들도 바보처럼 구경만 하고 있지는 않겠지요?"

마교 본산의 고수들을 겪은 바 있는 오극렬이 제발 그러기를 바란다는 듯 중얼거렸다. 그 악몽 같은 날이 반복된다면 견딜 수 없을 것이다. 그런 일이 반복된다면 공포로 미쳐 버릴지도 모른다.

이무심이 담담한 음성으로 대답했다.

"또다시 마교의 고수들이 단체로 움직인다면, 무림맹에서 모종의 조치를 취할 것이 틀림없습니다. 마교에서 그걸 모를 리가 있겠습니까?"

이무심으로서는 이미 무림맹의 끈질김과 조직력을 경험한 바 있다. 무림의 포두를 자처하는 무림맹에서 마교가 제멋대로 설치도록 방관하지는 않을 것이다. 마교가 사파를 통일하면 그 다음은 무림맹을 표적으로 삼게 될 것이기 때문이다.

황하수채의 채주인 구절양장 서문당이 오가는 대화를 들으며 생각을 정리했다. 이미 청해성의 사파가 모였고, 삼도회와 사천성의 사파가 힘을 합치기로 했다. 그렇다면 파천대쯤은 상대할 힘이 있는 셈이다. 어느 정도 안심은 되었지만 훗날을 준비하지 않을 수도 없었다. 상대는 마교였기 때문이다. 서문당이 자신의 근심을 털어놓았다.

"마교가 지금은 본산의 고수들을 투입하지 않는다 해도 언제까지 그러리란 보장이 없습니다. 당분간은 여러 형제들께서 힘을 써주시니 된다고 해도 그 이후가 문제로군요."

남궁척이 조심스럽게 서문당과 무리들을 둘러보며 말했다.

"흰 고양이든 검은 고양이든 쥐만 잘 잡으면 된다고 했습니다. 서문 채주께서 사파를 일통하여 무림을 제패할 뜻이 없으시다면, 한 가지 방도가 있긴 있습니다만……."

느닷없는 말에 서문당의 얼굴이 조금 붉어졌다. 어느새 사천성 제일의 사파라 칭송받던 삼도회의 회주에게 이런 정도의 말을 듣게 된 것이다. 지난해까지 청해성의 작은 수적에 불과하던 황하수채를 떠올리면 뿌듯한 기분이 들었다. 그러나 자신은 결코 사파일통이니, 무림제패니 하는 일에 관심이 없었다. 더구나 그런 일은 꿈꾼다고 되는 일도 아니다.

"허허헛! 제가 어찌 감히 그런 일을 심중에 품고 있겠습니까? 저는 단지 청해성에서 일가(一家)를 보존할 생각으로만 가득 차 있는 사람이니 주저하지 말고 말씀해 보시지요."

남궁척이 술잔을 들어 화조주(花彫酒)의 냄새를 맡으며 느긋하게 대답했다.

"기왕에 이 지경까지 되었으니 정파와 사파를 나눌 일이 뭐가 있겠습니까? 사파는 대부분 마교의 수하가 되기로 자처하였으니, 정파를 이용하면 마교의 본산을 두려워하지 않아도 될 듯싶습니다."

남궁척은 이미 사천성의 패주로 오래도록 사천무림을 경영한 경험이 있어서 안목이 제법 높았다. 다만 사파가 되어 정파의 힘을 빌린다는 것이 꺼려졌으나 지금은 함께 죽느냐 사느냐의 기로이니 그것도 접어두었다. 그러나 사천성의 패자로 군림하던 자신이 청해성까지 쫓겨와 고작 '정파를 이용하자'는 말이나 하려니 왠지 부끄러웠다.

소흥주(紹興酒)를 오랫동안 저장하면 독특한 향기와 함께 술독에 꽃무늬가 배어난다고 하여 화조주라고 했던가! 남궁척은 착잡한 시선을 술잔으로 돌렸다. 막상 술잔을 바라보니 아까처럼 강한 주향(酒香)이 느껴지지 않았다.

'눈으로 보니 술 냄새가 약해지는구나…….'

남궁척이 눈을 지그시 감았다. 다시 화조주의 독특한 향이 밀려들었다.

서문당의 얼굴에 난감한 기색이 떠올랐다. 정파에 도움을 얻는 것도 쉬운 일이 아니었지만 어떻게 정파를 이용한다는 말인가?

"남궁 회주께서 좀 더 소상히 말씀해 주셔야 제가 알 수 있겠습니다."

서문당이 답답하다는 듯 묻자 남궁척의 눈이 슬며시 떠졌다.

"듣자 하니 무림맹에서 공동산으로 고수들을 보냈다고 합니다. 강호에서 오직 무림맹만이 혈마사를 대적하니 이 또한 좋아 보이지 않습니다. 이 참에 우리도 고수들을 공동산으로 보내는 겁니다. 정파와 함께 혈마사를 견재하다 보면 마교에 대한 이야기가 조금씩 오갈 것이 아니겠습니까? 청해성에서 마교를 반대하고 있다는 것을 알게 되면, 마교 본산의 고수들이 청해성으로 몰려가는 것을 무림맹에서 좌시하지는 않으리라 생각합니다."

"과연 그렇게 되겠습니까?"

서문당이 믿지 못하겠다는 표정으로 남궁척을 바라보았다.

"그렇게라도 해두는 것이 그냥 기다리는 것보다는 낫겠지요. 아무것도 하지 않으면 기대할 일은 생기지 않습니다. 그러나 어떤 일이라도 벌여놓으면 작은 희망이라도 생기겠지요. 마교 본산의 고수들을 생각만 하면… 휴, 어떤 일이라도 미리미리 해두고 싶은 심정입니다."

남궁척이 짧게 한숨을 내쉬고 술잔을 단숨에 비웠다. 목줄기를 타고 내려가는 짜릿한 화조주의 열기가 가슴에서 느껴졌다.

'나는 충분한 대비를 해뒀어야 했다. 그저 사천성 고수들만 바라볼 일이 아니었는데…….'

그날의 혈겁을 떠올리면 스스로에게 실망할 수밖에 없었다. 기껏 일궈놓은 기반을 하루아침에 날리고, 생명을 나눈 형제들도 사지로 몰아넣은 꼴이 되고 말았다. 그런 일이 다시 반복되게 해서는 안 된다. 청해성에서 또다시 혈겁이 일어나면 삼도회의 칠십 명은 더 물러설 곳도 없다.

서문당이 생각해 보니 그간에 사파가 몰려들어 약간의 여유가 있었다. 게다가 생각지도 않은 삼도회 고수 칠십 명이 합류했다. 이십여 명 정도는 공동산으로 보내도 전력에 차질이 생기지 않을 것이다.

서문당이 장소룡을 보며 물었다.

"장 호법, 청룡당의 형제들을 보내는 것이 어떻겠습니까?"

"황하수채의 주력이 빠지면 형제들의 동요가 있지 않겠습니까?"

장소룡의 머리 속으로 있음 직한 상황들이 떠올랐다. 청룡당은 황하수채의 중심이라 할 수 있으니, 남은 사람들이 심리적으로 큰

타격을 받게 될 것이다. 그렇다고 이대로 손놓고 있을 수도 없다. 장소룡이 잠시 생각하다가 말을 이었다.

"그렇지만 황하수채의 이름으로 달리 보낼 사람도 없으니, 그들 중 이십 명만 뽑아 보내는 것이 좋을 듯합니다."

처음에 오십 명이던 청룡당은 그간 사파를 흡수하는 과정에서 어느덧 백여 명에 육박하고 있었다. 백명 중에 이십 명 정도만 빠져나간다면 괜찮을 듯싶었다.

서문당이 고개를 끄덕이며 입을 열었다.

"그런데 그들 이십 명으로 생색이 나겠습니까?"

아무래도 상대는 무림 팔대문파의 연합인 무림맹이었다. 너무 적은 숫자로 그들과 어울린다면 조롱을 면하기 어려울지도 몰랐다.

잠자코 듣고 있던 남궁척이 한마디 거들었다.

"이쪽에서 고수들을 보낸다면 그들도 황하수채를 무시하지는 못할 것입니다. 더구나 황하수채는 무림맹과 대화를 위해 가는 것이지 그들의 전력을 상승시키기 위해 가는 것이 아닙니다."

방 안에 있던 사람들은 그제야 서로의 얼굴을 둘러보았다. 이십 명의 고수를 보내 무림맹과 함께 움직이며 그들과 대화를 나눈다니! 물론 황하수채의 노력에도 불구하고 무림맹에서 마교를 그대로 내버려 둘지도 모른다. 그러나 속단만으로 일말의 가능성을 스스로 저버릴 수는 없었다.

사람들의 눈빛에 약간씩 생기가 돌기 시작했다. 마교 본산의 고수들을 견제할 실마리를 손에 쥔 것이다. 그것이 성공하든 실패하든 말이다.

한동안 술잔을 만지작거리던 이무심이 조용히 입을 열었다.

"채주께서 허락하신다면 저도 공동산으로 가는 고수들과 동행하고 싶습니다."

이무심은 서문당을 똑바로 바라보고 있었다.

"형님……."

장소룡이 근심스런 눈으로 바라보았다. 장소룡으로서는 위험을 자처하는 이무심을 이해할 수 없었다.

"장 아우, 나는 이번에 다시 무림으로 나가서 장 사부의 소식을 들어봐야겠네. 아무래도 무림맹 사람들과 어울리다 보면 새로운 소식을 듣게 되지 않겠나. 맹주가 아직도 장 사부를 찾고 있다면 더욱 빠른 소식을 얻게 될지도 모르지."

지켜보던 서문당은 이무심이 하는 말을 다 알아듣지 못했다. 그러나 장 사부에 대한 소식을 얻기 위해 무림으로 나가려 한다는 것은 느낄 수 있었다. 서문당이 흡족한 표정으로 대답했다.

"이 대협께서 청룡당의 형제들과 함께 가신다면 큰 힘이 될 것입니다."

사실 이무심의 무공은 이들 중에 가장 높은 것이었다. 이무심이 청룡당과 함께 움직여 준다면 적은 수의 무리지만 무림맹에서 홀대하지는 못할 것이다. 벌써부터 무림맹과의 대화가 성사된 듯했다.

황하수채에 추운루를 세운 지 십 년이 지났지만 그동안 이곳에서 무림 중대사를 논의한 적은 없었다. 이런 것을 두고 황하에서 용(龍)났다고 하는 것인가? 서문당이 혼자 생각하고 답하며 때때로 웃음을 터뜨렸다.

*　　　*　　　*

장소는 와룡산의 분지에 누워 흘러가는 구름을 바라보았다. 구름은 모였다가 흩어지기를 반복했다. 그때마다 산과 말과 나무와 새가 만들어졌다가 바람에 흘러 사라져 갔다.

"어이, 장염! 너는 별호를 무엇으로 할 테냐?"

뭐라고 대답하는 것 같았는데 잘 들리지 않았다.

"나는 무정검객 장소야!"

장소는 소년의 말을 듣고 있다가 불쑥 끼어들었다.

"꼬마야, 너는 앞으로 나를 제천혈마라고 불러야 한다!"

곁에 있던 이삼인의 얼굴이 일그러지며 외마디 소리를 내뱉었다.

"장소! 그러고도 네가 사람이냐! 이 미친 돼지 녀석아!"

듣고 있던 장소의 눈이 붉게 달아올랐다.

'누가 장소란 말이냐! 나는 제천혈마란 말이다! 나를 장소라고 부르지 마라!'

장소의 눈앞에서 이삼인의 모습이 처참하게 해체되기 시작했다.

'크윽…….'

장소의 가슴이 왠지 모르게 두근거리기 시작했다. 이삼인의 피가 점점이 떨어져 내리자 두근거림은 더 심해져 심장이 벌렁거리고 있었다.

"피, 피다… 꿈이 아니로구나!"

그때였다. 전신에 피칠을 한 괴인이 나타나 중얼거렸다.

"끄끄끄, 이제 그만 일어나거라. 수하들 앞에서 꼴사나운 모습을 보일 필요가 있느냐?"

감히 자기에게 이래라저래라 하다니……. 장소가 노기 가득한 음성으로 소리쳤다.

"너는 누구냐!"

장소의 고함을 듣고 근처에 있던 검귀가 재빨리 다가왔다.

"교주님, 부르셨습니까?"

"끄응……."

장소는 검귀의 목소리를 듣고 잠에서 깨어났다. 온몸이 땀으로 젖어 있었다.

"오백의 혈마대(血魔隊)는 지금 어디에 있느냐?"

"그들은 지금 곤륜파와 점창파로 향하고 있습니다."

"빈집을 터는 것이니 더욱 신경 써야 할 것이다."

"알고 있습니다. 혈마대를 티베트족과 회족(回族), 그리고 몽고족(蒙古族)으로 구성했습니다. 혹여 생존자가 생기더라도 혈마사의 라마승이 습격한 것으로 알 것입니다."

장소가 붉게 번들거리는 혈안(血眼)으로 검귀를 바라보았다. 그는 입속의 혀처럼 자신의 마음을 잘 알아 움직여 주었다. 가끔씩 속을 짐작하기 어려웠지만 지금까지 검귀보다 더 충실한 수하는 보지 못했다. 장소는 누구보다 검귀를 믿고 있었다. 이미 오래전부터 인간에 대한 신뢰를 버린 장소였지만, 검귀에게는 마음이 갔다. 누군가를 믿는다는 것이 가끔씩 못마땅하게 생각되었지만, 이것이 마지막 남은 인간성이려니 여기기로 했다. 그리고 아직까지는 인간으로의 마지막 연결 고리를 끊어버리고 싶지 않았다.

"끄끄끄… 혈마대가 집을 비운 정파를 하나씩 처리하고 나면 팔대문파 중 과연 몇이나 살아남을까?"

사람이 내뱉은 말이라고 생각할 수 없는 쇳소리가 실내에 울려 펴졌다.

검귀의 허리가 더욱 깊숙이 숙여졌다.

*　　*　　*

섬전수 장경선은 믿지 못하겠다는 눈으로 정면을 바라보았다. 팔대문파에서 파견한 기습조 팔십 명이 단 오십 명의 라마승들에게 박살나고 있었다. 장경선에게 천둥조니, 번개조니 하는 것들은 어차피 관심 밖의 것이다. 그는 기습조가 무림맹으로 복귀할 때까지만 동행할 생각이었다. 기습조 팔십 명은 무림맹의 정예이니, 적어도 혈마사가 떼거지로 몰려오기 전까지는 몰살당하지 않을 것이다. 그러므로 자신의 할 일이란 가끔씩 기습조가 후퇴할 시간을 벌어주는 것이라고 믿었다.

그런데 지금 뒤에 따라붙은 겨우 오십 명의 라마승들에게 팔십 명이 몰리고 있는 것이다. 기습까지 벌였다고 믿을 수 없을 정도였다. 처음에는 제법 몰아붙인다 싶었는데 잠시 시간이 흐르자 전세는 역전되었다. 혈마사의 라마승들이 너무 강했기 때문이다.

정확히 말해 라마승들의 온몸에서 은은한 혈향이 흘러나올 때부터 상황은 뒤바뀌기 시작했다. 제법 고강해 보이던 사대천왕도 몇 사람의 라마승들에게 둘러싸여 겨우 자기 몸이나 보존하는 형국이었다. 이미 땅바닥에 누워 있는 사람들은 대부분 팔대문파의 고수들이었다. 기습조 몇 사람이 다시 피를 토하며 쓰러졌다.

나무 위에서 사태를 관망하던 장경선이 더 이상 참지 못하고 장내로 날아 내렸다. 경재학에게 원하는 대답을 듣기 위해서라도 이들이 몰살당하도록 내버려 둘 수는 없었다.

"크하하! 모두 쓰러져라!"

장경선의 손바닥에서 어른거리던 혈장(血掌)이 사방으로 날아갔다.

펑! 펑! 펑! 펑!

라마승 네 사람이 낙엽처럼 날아가 숲에 처박혔다. 비명을 지를 틈도 없이 벌어진 일이었다. 라마승들의 움직임이 일순간 멈췄다. 그들은 처음으로 장풍(掌風)이라는 것을 목격한 것이다.

그러나 곧 라마승들은 알아들을 수 없는 소리를 내지르며 장경선을 향해 밀려들었다.

장경선은 멀리서 다시 혈장을 날리기 시작했다. 손바닥에서 쏟아져 나온 핏빛 장영(掌影)이 라마승들의 몸에 격중될 때마다 한두 사람의 몸이 고꾸라졌다.

장경선이 활약을 시작하자 살아남은 천둥과 번개조의 고수들이 한자리로 모여들기 시작했다.

지검천왕은 천하제일가의 사람이 한 마리 호랑이처럼 장내를 휩쓸기 시작하자 재빨리 주변을 둘러보았다. 살아서 움직일 수 있는 사람은 오십 명도 채 되지 않았다. 지검천왕이 내력을 끌어올려 소리쳤다.

"모두 산개하여 제1집결지로 이동하시오!"

기다렸다는 듯 오십 명의 고수들이 사방으로 몸을 날렸다. 그들도 어이없는 결과 앞에 공포를 느끼고 있었다. 팔십 명의 기습으로 고작 라마승 열 명을 쓰러뜨린 것이다.

이미 삼십 명이 바닥에 누워 있었지만 살아남은 자들의 앞날도 순탄하지는 않았다. 라마승들이 뿔뿔이 흩어져 끝까지 달라붙었기 때문이다.

기습조가 제대로 달아나지도 못하고 사방에서 죽어가자 장경선은 초조해지기 시작했다.

'괴이하다. 이자들의 몸을 때릴 때마다 강한 반탄력이 전해져 몹시 피로하구나. 중원의 무림인들과 상대할 때는 이런 현상이 없었는데, 대체 무슨 일이란 말이냐!'

완벽한 오행혈마인이 된 장경선이 라마승 오십 명을 감당하지 못한다는 것은 결코 이해할 수 없는 일이었다. 그러나 그 믿을 수 없는 일이 지금 벌어지고 있었다. 라마승들은 장경선이 혈장을 날릴 때마다 나가떨어졌는데, 그 후유증도 만만치 않았다. 장경선은 이제 겨우 십여 명의 라마승들을 상대하고 헐떡거렸다.

'안 되겠다. 시간을 끌수록 피로가 몰려오니 나도 피해야겠다.'

자존심이 상했지만 이쯤에서 피하지 않으면 달아날 힘도 없을 것만 같았다. 장경선이 혈마기를 끌어올려 사방으로 혈장을 쏟아냈다.

퍼퍼퍼펑!

다시 네 사람의 라마승이 부서진 가슴을 움켜쥐고 뒤로 날아갔다.

장경선은 그 틈을 놓치지 않고 신형을 허공으로 뽑아 올렸다. 그는 수직으로 삼 장이나 올라간 뒤에 허리를 비틀어 우측의 숲으로 날아갔다.

휘리리릭.

남겨진 라마승들이 어이없다는 표정으로 장경선의 뒷모습을 바라보았다.

새처럼 날아오른 사내가 한 마리 원숭이처럼 날렵하게 나무와 나무를 밟고 산 아래로 사라져 가고 있었다.

공동산 아래 파릉현(巴陵縣)의 우(牛)시장이 저녁노을에 붉게 물들어가고 있을 때였다. 언제부터인지 사람들이 하나둘 모여들기 시작했다. 이미 소를 팔거나 교환하기에는 늦은 시간이었다. 뒤늦게 모인 사람들도 장사에는 관심이 없는 듯 한자리에 모여 침묵을 지키고 있었다.

지검천왕이 약속한 장소에 도착한 고수들을 세어보기 시작했다.

'삼십오 명이라니……!'

단 한 번의 기습을 펼쳤을 뿐인데, 사십오 명이 돌아오지 못했다.

그나마 우시장에 모여든 삼십오 명의 고수들도 피로와 공포에 절은 모습이었다. 기습으로 적의 예봉을 무디게 해야 할 고수들이 도리어 전의를 상실한 것이다. 이 삼십오 명의 고수들로 하남성까지 혈마사를 따라붙을 수 있을까? 지검천왕은 고개를 절레절레 흔들었다.

살아서 다시 모인 무리를 바라보던 다비천왕이 조용히 물었다.

"사형, 아무래도 우리만으로는 하남성에 이르지 못하겠죠?"

"아마도."

지검천왕이 짧게 대답하고 어두워져 가는 주변을 둘러보았다. 땅거미가 지고 있었다.

모두가 입을 다물고 있는 동안 시간이 흘러갔다. 마침내 유심히 살피지 않으면 무슨 표정을 짓고 있는지 알아보지 못할 정도의 어둠이 내려앉았다.

"사형, 무림맹에 기습조의 지원을 요청할까요?"

지검천왕이 좌우에 서 있는 삼대천왕을 둘러보았다. 표정을 확인할 수는 없었지만 그들의 마음이 느껴졌다. 정보 수집과 연락은 다비천왕이 맡은 일이었으니 거듭 묻지 않을 수 없었으리라.

"그래야겠지."

지검천왕의 가라앉은 목소리가 어둠 속에서 흘러나왔다.

*　　　*　　　*

그 일은 장염이 영빈관으로 거처를 옮긴 뒤부터 시작되었다. 무림맹에서 의문의 살인 사건이 재발한 것이다. 총순찰 일기검 유선재의 죽음이 잊혀지기도 전에 벌어진 일이라 무림맹은 벌집을 쑤신 듯 소란스러워졌다.

"반드시 저 장염이라는 사람이 관련되어 있을 게요. 그는 이미 오래전에 맹주에 의해 체포령이 내려졌던 사람이라지 않소? 그를 불러 조사를 해봐야 할 것이오."

곤륜파의 신룡진인이 단정적으로 말하자 장문인들의 얼굴에 고소(苦笑)가 떠올랐다. 곤륜파의 고수가 장염의 일수에 당한 일은 이미 유명했다. 그 일이 두고두고 가슴에 남은 것일까? 장염의 신원을 보증하는 공동파와 아미파가 있는 동안 털끝 하나 건드릴 수 없다는 걸 알면서도, 신룡진인은 거듭해서 그를 들먹이고 있었다.

아미파의 파진 사태가 나직이 입을 열었다.

"진인의 말씀이 지나치십니다. 아미파가 이미 장 소협의 과거 행적에 대해 모두 알고 있으니, 그런 일이라면 더 거론치 말아주시기를 바랍니다."

워낙 정중하게 말을 한지라 신룡진인은 차마 반박하지 못했다.

신룡진인이 머뭇거리자 원정 선사가 조용히 말했다.

"아미타불, 이번 일은 아무래도 쉽게 생각할 것이 아닌 것 같습니다. 유 대협의 죽음도 미궁에 빠져 있는데, 또다시 창천각(蒼天閣)의 최일선 부장이 살해당했습니다. 장문인들께서는 감정적으로 속단하지 마시고, 경계를 강화한 후에 차근차근 사인(死因)을 조사해야 할 것입니다. 살인범이 마교나 혈마사의 자객인지도 모르지 않습니까?"

"선사의 말씀이 옳소이다. 아무래도 이번 일은 한두 사람의 죽음으로 끝날 것 같지가 않소이다. 그렇다면 하루라도 빨리 흉수를 찾아내야만 살육이 멈출 것이오. 죽은 사람들의 공통점이라도 알게 된다면 해결의 실마리라도 보일 텐데… 그러나 무림맹에도 사람이 없는 것은 아니니 조만간 반드시 밝혀질 것이오. 적어도 그때까지는 무림맹의 피해를 최소화시켜야 할 것이외다."

화산파의 장문인 상유천의 말이 끝나자 회의실이 조용해졌다. 선사의 말처럼 살수가 일단 무림맹 안에 잠입한 것이라면 앞으로도 살인은 계속될 것이다. 대체 살인범은 누구며 그가 노리는 것은 무엇이란 말인가?

지난해 사천성의 의혈단이 무너지고 생존자들이 무림맹으로 복귀했을 때, 무림맹에서는 그들에게 창천각을 내주었다. 그리고 창천각이 독립된 개체로 운영될 수 있도록 배려해 주었다. 그것은 의혈단이나 무림맹 모두에게 만족스러운 조치였다. 그렇게 되기까지 무림맹주의 결단이 필요했다는 것을 아는 사람은 드물다.

사실상 의혈단의 단주는 구대문파 장문인들과 비슷한 신분상의 대우를 받아왔다. 누구도 의혈단이 화를 입어 근거지를 떠나게 될 줄 예상치 못했기 때문이다. 그러나 본거지를 떠나 무림맹에 더부살이를 하게 되자 의혈단 단주의 신분이란 애매하기만 했다.

한동안 골머리를 싸매던 경재학은 결국 창천각을 의혈단에게 내어주기로 결정했다. 그리고 그들이 그곳에서 지내며 무엇을 하든지 개의치 않았다. 그 뒤로 창천각은 자연스럽게 사천성의 의혈단이 되었다.

과거 의혈단의 내단 순찰총감 벽력장 왕지는 살해당한 무력부장 최일선의 사인(死因)을 규명하기 위해 동분서주(東奔西走)하고 있었다. 어제는 최일선 주변 인물들을 만나 그의 죽기 직전 행적을 조사했다. 별다른 소득이 없자 오늘은 최일선이 살해당한 자리로 다시 와서 사방을 두리번거렸다.

'대체 어떤 담 큰 자가 무림맹까지 들어와 의혈단의 무력부장을 죽일 수 있단 말인가!'

아무리 생각해도 답답하기만 했다. 최일선이 죽은 곳은 의혈단의 창천각과 아미파의 청심각을 연결하는 소로(小路)였다. 사철나무와 향나무로 잘 꾸며진 이곳에서 최일선이 발견되었다. 그는 한 그루 작은 향나무 아래에서 전신의 피가 말라비틀어진 모습으로 누워 있었다.

왕지는 향나무 주변을 둘러보았다. 최일선은 의혈단의 무력부장으로 그 무공이 최고수의 반열에 드는 자이다. 그런 사람이 살해당했다면 근처에 결투의 흔적이 있어야 한다. 그러나 나무 사이에 뚫린 길은 깨끗했다. 살겁이 일어난 장소치고는 너무 깨끗해서 소름이 돋을 정도였다.

왕지가 저도 모르게 중얼거렸다.

"너무 깨끗하군……."

그때였다. 마치 그의 중얼거림에 대답하듯 울려오는 소리가 있었다.

"그렇지? 너무 깨끗하지? 네가 그렇게 생각하고 있다면 특별히 조금 지저분하게 만들어주마."

왕지의 신형이 가늘게 떨렸다. 귓전으로 파고드는 소리는 가늘었지만 분명해서 말하는 사람의 입술이 붙었다가 떨어지는 것까지 느낄 수 있었다.

"누구냐! 감히 어느 놈이 무림맹에서 이따위 짓을 벌이는 것이냐!"

왕지의 소리가 주변에 울려 퍼졌다. 왕지가 은근히 밀려오는 공포로 힘껏 소리를 질렀지만 상대는 전혀 개의치 않았다.

"크흐흐, 겁이 나는가 보구나. 그래, 그렇게 겁을 집어먹거라. 그래야 나도 예까지 나온 보람이 있지 않겠느냐?"

왕지는 누군가 귀에 속삭이자 벼락같이 몸을 틀며 두 손을 내질렀다. 오늘날의 벽력장 왕지를 있게 한 절기 혼천장(混天掌)이었다.

파파팟!

왕지의 손바닥이 현란하게 날아갔지만 아무도 없었다. 그의 두 손바닥은 빈 공간을 때리고 말았다.

'헉!'

뒤에는 아무도 없었다. 한데 왕지가 놀란 눈을 치켜뜰 때였다. 그의 등 위에서 솟아난 하얀 손목이 목줄기를 움켜쥐었다.

"커헉!"

왕지의 눈이 부릅떠졌다. 목을 붙잡힌 왕지는 상대의 얼굴도 볼 수 없었다. 왕지의 육중한 몸이 허공으로 들려졌다. 왕지가 두 발을 버둥거렸지만 애석하게도 발은 땅에 닿지 않았다. 왕지는 눈부신 태양을 마주 보다가 정신을 잃었다. 그것으로 끝이었다.

왕지를 발견한 사람은 무림맹의 주간 순찰조였다. 대낮에 산책로에서 발견된 왕지의 시신은 참혹했다. 사지가 뽑혀 사철나무와 향나무 아래에 하나씩 놓여져 있었다. 왕지로서는 먼저 죽기를 잘한 것인지도 몰랐다.

참혹한 시신을 보고 무림맹의 감찰단 전원이 움직였다. 구대문파의 장문인들은 이 사건이 원한에 의한 것이라고 잠정적으로 결론을 내렸다. 그렇지 않고서야 저렇게 잔인할 리가 없는 것이다. 그러나 대체 누구를 대상으로 한 원한이었단 말인가?

무림맹의 분위기가 흉흉해졌다. 사람들은 자기의 등 뒤에서 누군가가 다가오면 신경질적인 반응을 보였다. 뒤를 돌아보아 안면이 있는 사람이면 너털웃음을 지었고, 낯선 사람일 경우 그가 사라질 때까지 눈을 떼지 않았다.

장염은 무림맹에서 살겁이 일어나든 말든 영빈관에서 나가지 않았다. 그것은 장염이나 무림맹에게도 서로 좋은 것이었다. 장염이 움직이면 무림맹의 고수들이 감시를 하느라고 따라붙을 것이며, 그럴 경우 순찰에 투입될 인원이 줄어들기 때문이다.

아미파의 정현, 정경, 정원 세 스님들이 찾아와 무림맹의 살인사건에 대해 장황하게 늘어놓고 간 뒤로 장염은 더욱 출입을 삼가했다. 장염은 무림맹의 사람들에게 쓸데없는 오해를 받기 싫었다. 그렇지 않아도 꼬투리를 잡으려고 벼르는 사람들이 많았다. 이런 때에 돌아다녀 봤자 좋을 일이 없는 것이다.

하후연과 지염도는 공동파 사람들과 함께 태평객점에 머물기로 했다. 공동파의 차기 장문인 광료는 향이가 장염을 따라 영빈관으로 들어가고, 하후연과 지염도가 그 자리를 대신하게 되자 반가워했다. 향이가 여자였기 때문에 함께 묵기에는 하후연 등이 편했던 것이다.

하후연과 지염도는 객점에 거하며 수시로 장염을 찾아왔다. 두 사람이 찾아오면 향이가 접대를 도맡으려 했다. 영화가 몇 번이나 자기에게 맡겨달라고 부탁했지만, 향이는 웃으며 고개를 저었다.

"화매는 이 즐거운 일을 내게서 빼앗지 말아줘요."

"언니가 그러시면 나도 나중에 좋아하는 일을 나눠주지 않을 거예요."

그쯤 되면 향이도 어쩔 수 없이 영화에게 찻상을 들려줘야 했다.

보통은 다섯 사람이 대청에 모여 차를 마시고 대화를 나누었는데, 주로 떠드는 사람은 하후연이었다. 하후연은 사람들에게 강호의 기담(奇談)을 들려주느라 입술에 침이 마를 때가 없었다.

산 도둑처럼 생긴 지염도는 보기와 달리 의외로 수줍음을 많이 탔다. 그러면서도 눈에 띄도록 향이의 말을 잘 따랐다. 향이의 말이라면 고분고분해지는 지염도를 보며 하후연이 몇 번이나 놀려댈 정도였다.

언젠가 하후연이 '왜 그렇게 향 소저의 말이라면 껌벅 죽느냐?' 고 하자 지염도는 '어머니 같다' 고 짤막하게 대답했다. 하후연은 흙으로 빚은 아궁이 속처럼 시커멓게 생긴 지염도를 보며 '네 어머니가 그처럼 미인이실 리가 없다' 고 중얼거렸다. 하후연이 뭐라고 생각하든 지염도는 향이를 맹목적으로 따랐다.

향이도 지염도가 보기와 달리 심성이 착하다는 것을 알고 동생처럼 아껴주었다. 나이만 아니라면 향이와 지염도의 관계는 모자지간(母子之間)이라고 해도 믿을 정도였다. 향이는 후에 장염과 상의한 뒤 지염도에게 검술을 가르쳐 주었다.

장염과 향이가 영화와 함께 영빈관에 머문 지 칠 일쯤 지났을 때였다. 하후연이 지염도를 데리고 영빈관을 찾아왔다. 그날도 지염도가 안뜰에서 향이에게 검술을 지도받느라 정신이 없을 때였다. 하후연이 장염에게 넌지시 말했다.

"장 소협, 요즘은 어디를 가든지 누군가 지켜보는 느낌이 듭니다."

"그렇습니까? 혹시 무림맹의 사람들이 아닐까요?"

하후연이 의아하다는 듯이 장염을 바라보았다. 무림맹에서 자기 같이 별 볼일 없는 사람을 감시할 이유가 어디 있단 말인가?

"괜히 저 때문에 두 분만 곤란하게 된 것 같습니다. 우리 세 사람이 처음에 함께 들어오지 않았습니까? 그 뒤로 제가 영빈관에 머물게 되었으니, 자연히 드나드는 두 분에게도 신경이 쓰일 테지요."

하후연이 고개를 끄덕이며 중얼거렸다.

"혹시라도 우리를 그 살인마로 의심하는 것은 아닌지 염려하고 있었습니다."

"하하하, 그럴 리가 있습니까? 그렇지 않아도 살인마가 날뛴다고 하니 오히려 잘되었습니다. 두 분을 밤낮으로 지켜주는 사람이 있으니 말입니다."

하후연이 피식 웃으며 말을 받았다.

"하하, 그렇게 되는 겁니까? 그렇다면 우리는 아주 듬직한 호위를 데리고 다니는 셈이로군요."

"편하게 생각하십시오. 일체유심조(一切唯心造)라고 하지 않습니까? 모든 것은 받아들이는 사람의 마음에 달린 것이지요."

말을 마친 장염이 하후연을 바라보았다. 아직도 뭔가 마음속에 하고 싶은 말이 남은 듯했다.

"무슨 근심이라도 있습니까?"

"……."

하후연이 멋쩍은 표정으로 은행나무의 연한 외피를 툭툭 건드렸다.

"사실 요즘 지 소협을 볼 때마다 제 자신이 답답해져서 말입니다……."

하후연의 뒷말은 거의 들리지도 않을 정도였다.

장염의 눈에 웃음기가 떠올랐다. 하후연이 지염도의 무공 수련을 부러워하고 있는 것이다.

"저는 아직 제자를 받아들일 재간이 없고, 그럴 마음도 없습니다."

"아, 네……."

하후연이 자기 허벅지 정도 굵기의 은행나무를 두 손바닥으로 감싸 안았다. 손바닥으로 거칠면서도 말랑말랑한 감촉이 느껴졌다. 속마음을 내보인 것이 부끄러웠던 것일까? 온몸에서 화끈한 열이 치솟았다. 어디로든 숨고 싶었지만 피할 곳도, 달리 눈을 둘 만한 곳도 없었다. 오직 한 그루 은행나무 이외에는.

하후연의 귀로 조용한 장염의 음성이 들렸다.

"저의 작은 재간이 소협에게 소용이 된다면 몇 가지라도 전해 드리고 싶습니다만……. 친구로서 말입니다."

은행나무를 안고 있던 하후연의 두 손이 부르르 떨렸다. 아까보다 더 심하게 얼굴이 달아올랐다. 설마 하니 장염 같은 사람에게 친구라는 소리를 듣게 될 줄은 몰랐다.

"……!"

하후연이 감히 입을 열지 못하고 머리를 나무에 부벼댔다.

'이게 꿈이라면, 제발 깨지 말아라……!'

멀리서 지염도의 기합 소리가 들려왔다. 뒤이어 두 아가씨가 까르르 하고 웃었다. 봄을 맞은 영빈관의 안뜰이 분명했다.

장염은 손님이 찾아오지 않으면 영화와 함께 대부분의 시간을 보냈다. 두 사람은 서로에게 다 하지 못한 말들을 찾으려고 애를 썼다. 그러나 여전히 처음 만났을 때의 정열적인 대화에는 미치지 못했다.

멋쩍은 대화가 끝나면 장염은 향이와 영화의 무공을 지도했다. 향이에게는 검기점혈에 도달하도록 검술의 원리를 가르쳤고, 영화 소저에게는 원융지의(圓融之意)를 풀어서 가르쳤다.

영화는 장염에게 배운 원융지의를 자신이 그간 익혔던 무당파의 검법과 권각법에 접목시켰다. 원융지의는 놀라운 것이어서 영화는 그 이전과 비교할 수 없을 만큼 무공의 진보를 경험하게 되었다.

영화는 구궁검과 유운검을 즐겨 수련했는데, 언제부터인가 그녀의 검끝에서 아지랑이와 같은 유형의 검기가 일렁이기 시작했다. 그럴 때면 영화는 '오라버니, 저것이 검기인가요?' 라고 물었고 장염은 크게 웃으며 고개를 끄덕였다.

그에 비하면 향이의 진도는 더디기만 했다. 워낙 수련을 늦게 시작한 데다가 지금 그녀가 도달한 경지도 능력 이상이었기 때문이다. 힘에 겨운 듯 향이는 때때로 수련을 멈추었다. 그리고 영화의 지도에 몰두하고 있는 장염을 묵묵히 바라보았다. 그럴 때마다 그녀의 표정은 야릇했다. 어찌 보면 함께 있는 시간이 즐거운 것도 같았고, 또 달리 보면 외로워도 보였다.

어쩌다가 무림맹의 사람들이 그런 향이를 보고 수군거렸지만, 향이는 장염과 영화의 곁을 떠나지 않았다. 무엇보다도 그녀는 달리 갈 곳이 없었다. 천하는 넓었지만 무림에서 향이의 보호자는 장염 하나뿐이었기 때문이다.

나중에는 영화도 무림맹의 사람들이 뒤에서 하는 말을 들었지만 향이를 깍듯이 언니로 모셨다. 영화가 향이를 대하는 태도는 오래된 사이처럼 자연스러웠다. 영화는 향이가 의혈단의 하녀였다는 사실을 몰랐지만, 나중에 그 사실을 알게 된 뒤에도 변하지 않았다. 아니, 오히려 사고무친인 향이를 친언니처럼 여기며 정을 나누려고 노력했다.

향이는 영화의 마음 씀씀이가 고마웠지만, 그것으로도 채워지지 않는 부분이 있었다. 처음에는 그것이 무엇인지 몰랐고, 나중에는 알려고 하지도 않았다. 그녀는 다만 모두와 함께 있는 시간이 자기의 전부라고 받아들였다.

때때로 향이는 장염이 수시로 웃고 즐거워하는 것을 보며 놀라곤 했다. 장염과 제법 오랜 시간을 함께 지냈지만 저렇게 속에서부터 우러나 웃는 모습은 본 적이 없다. 장염이 즐거워할수록 더 허전해지는 느낌은 떨칠 수 없었지만, 장염과 영화 소저가 정다운 모습이 나쁘지는 않았다.

세 사람은 영빈관에서 함께 지내며 서로를 이해하기 위해 많은 시간을 할애했다. 그것이 무공의 수련을 통한 것이든 잡담으로든 말이다. 그날도 장염이 안뜰에서 영화와 향이를 불러 놓고 의수단전(意守丹田)에 대해 강조할 때였다.

장염은 한창 '왜 먼저 마음을 다스려야 하는가?'에 대해 열변을 토하다가 멀리서 다가오는 의혈단의 정보부장 조영을 발견했다. 가까이서 본 조영의 얼굴은 심각했다.

"장 소협, 그리고 두 분 소저, 안녕하셨소이까?"

조영이 경황이 없는 중에도 인사를 잊지 않았다. 의혈단에서의 생활로 두 소저와는 안면이 있는 터였다. 물론 하나는 단원이었고 다른 하나는 시비였지만 말이다.

"어쩐 일이십니까?"

장염이 영화와 향이에게 눈을 찡긋거린 뒤 조영을 보며 인사를 건넸다. 조금 전까지 무슨 일이 있어도 먼저 마음을 다스려 심리적인 안정을 이룬 뒤에, 의념으로 단전을 지켜야 한다고 했다. 장염의 표정은 흡사 '지금 이분이 단전을 지키지 못하고 있습니다'라고 말하는 것 같았다.

영화와 향이가 방긋 웃으며 허리를 숙였다.

영빈관에서의 장염은 매사에 신중했지만, 동시에 매사에 즐거워했다. 이곳이 무림맹이라는 것 때문에 신중했지만, 영화와 함께 생활할 수 있게 되었다는 점 때문에 모든 것을 즐겁게 받아들이고 있는지도 몰랐다.

세 사람이 연신 미소를 지으며 인사하자 조영은 자기가 찾아온 용건을 꺼내기가 민망했다. 그러나 분위기에 걸맞지 않더라도 할 말은 해야 했다. 의혈단의 존망이 걸린 일이었기 때문이다.

조영이 두 아가씨를 힐끔 쳐다보고 어렵게 입을 열었다.

"장 소협, 기억하시리라 믿소. 사천성 의혈단의 조영이오. 오늘은 긴히 드릴 말씀이 있어 찾아왔소만."

장염이 조영의 눈을 지그시 바라보며 말했다.

"이곳에는 오직 저의 가족과 조 대협밖에 없습니다. 편하게 말씀하시지요."

조영과 장염의 만남은 이번이 세 번째였다. 첫 번째는 아미파에서, 두 번째는 아미산에서 하산하던 장염이 의혈단으로 잡혀갈 때였다. 그때 장염은 무공을 상실하고 있던 터라 조영 앞에서 운신이 자유롭지 못했다.

조영은 속으로 '세월이 지나니 사람의 처지가 이렇게 뒤바뀔 수도 있구나' 라며 장탄식을 터뜨렸다. 그러나 지금은 장염의 도움이 필요했다. 그의 직관에 의하면 장염만이 이번 일을 해결할 수 있었다.

"휴, 좋은 이야기가 아니기에 자리를 골라 은밀히 상의하고 싶었는데… 사실, 어제 철검대의 대원이 묵고 있던 창천각의 별원에서 다섯 명이 살해당했소이다."

장염이 고개를 끄덕이며 조영을 바라보았다. 계속 말하라는 의미였다.

"처음에 살해당한 사람은 총순찰 일기검 유선재요. 이 사람이 왜 죽었는지는 나로서도 선뜻 감이 잡히지 않소이다. 아마 원한이나 기타 알 수 없는 이유가 있었으리라 생각하오."

조영이 혀끝으로 마른 입술을 적셨다.

그러고 보니 허연 수염을 다듬지도 않은 조영의 얼굴은 수척했고 입술도 갈라져 있었다. 의혈단의 정보부장이라는 직함에 충실하기 위해 밤낮으로 뭔가에 매달린 게 틀림없으리라.

장염은 조영의 집요한 성격을 생각하며 피식 웃었다. 이 사람 때문에 의혈단으로 잡혀가던 과거의 암담함이 떠올랐다. 그날은 유난히도 달이 밝았었다. 그리고 울부짖던 이무심. 이무심과 장소룡은 지금 잘 지내고 있을까?

"문제는 그 다음부터외다. 사 일 전에 창천각에서 철장귀수 최일선이 죽었고, 그 다음날 벽력장 왕지가 죽었소이다. 그리고 어제는, 음… 창천각의 별원에서 철검대원 다섯 명이 죽었소. 이건 결코 우연이 아니오."

장염의 눈빛이 빛났다. 조영이 하는 말을 알아들었던 것이다.

"조 대협은 제갈위기가 다시 돌아온 것이라고 말씀하시는 거로군요."

"그렇소이다. 지금 그가 돌아와 가문의 복수를 하고 있는 것이 틀림없소. 창천각은 의혈단의 고수들이 숙소로 사용하는 곳이오. 사천성의 정파 무림인들은 대부분 무림맹의 주변 객점에 투숙하고 있소. 정말로 그자가 제갈위기라면… 무림맹에서 창천각의 의혈단을 모두 죽고 나면, 객점에 묵고 있는 사천성의 무림인들이 살해당할 것이오. 문제는 그의 가문과 연관이 없는 사람들이 단지 의혈단 출신이라는 것과 사천성에서 왔다는 이유로 죽어갈 것이라는 거외다. 제갈위기는 지금 복수에 미쳐 있소."

장염이 안됐다는 듯한 얼굴로 조영을 바라보았다.

"알고 계시겠지만 제가 지금은 그다지 자유롭지 못한 상태라 조 대협의 말씀을 들어도 해결할 방법이 없군요. 무림맹에는 말씀을 드려보았습니까?"

"지금 가는 길에 먼저 장 소협께 들른 것이오. 아무래도 무림맹에서는 제갈위기의 무공이 어떤지 잘 모를 것 같아서 말이오. 제갈가는 무림맹에서 군사로 있던 터라 사람들은 그의 무공을 그리

높이 평가하지 않소."

조영은 일전에 영빈관의 뜰에서 장염의 무공을 견식한 바 있다. 만약에 제갈위기가 복수를 하고 있는 것이라면 그것을 막을 수 있는 사람은 장염뿐이다. 조영이 생각하기에 무림맹에서는 제갈가의 무공을 높이 평가하지 않았고, 더구나 오행혈마인이 된 제갈위기를 상대할 고수도 없었다. 장염이 제갈위기의 행보를 막아주지 않으면 결국 의혈단의 사람들은 모두 죽게 될 것이다.

"조 대협의 말씀은 잘 알았습니다. 저도 관심을 가지고 창천각의 주변을 살펴보도록 하겠습니다."

장염이 창천각을 돌아보겠다고 하자 조영의 얼굴이 밝아졌다.

"감사하오. 지난날 의혈단에서 장 소협의 마음을 불편하게 했는데 도리어 은혜를 베푸시니 잊지 않겠소이다."

조영이 허리 숙여 인사를 하고 자리에서 떠나갔다.

장염은 조영이 영빈관에서 벗어날 때까지 바라보다가 신형을 돌렸다.

영화와 향이가 불안한 얼굴로 장염을 보았다. 아무래도 연쇄 살인마에 대한 이야기가 오고 가니 표정이 밝을 리가 없었다.

장염이 억지로 웃으며 말문을 열었다.

"의수(意守)는 바로 이럴 때 필요한 것입니다. 마음을 평안히 지키지 않고서야 어찌 단전(丹田)에 올바른 의념을 모을 수 있겠습니까?"

"오라버니, 의수단전(意守丹田)은 잘 알았으니 부디 보중하시기를 바랍니다."

"장 동생, 화매(花妹)의 이야기를 잘 들으세요. 내가 보니 장 동생이야말로 화매의 단전입니다. 화매를 근심하게 만들지 마세요."

"어이쿠, 향 누님……."

영화와 장염의 얼굴이 붉게 물들어갔다.

향이는 얼굴을 돌리며 부끄러워하는 두 사람을 보니 문득 처량해졌다. 두 사람의 정겨운 모습을 볼 때마다 즐거우면서도 서글퍼지니, 자기 마음을 알다가도 모를 일이었다.

第四章
무엇으로 세상을 보는가?

공동파의 장로 참마검 위후동이 '근래의 살인마가 제갈위기인 것 같다'는 얘기를 들은 것은 점심나절이었다. 위후동은 공동파에서 사천성의 의혈단으로 파견한 원로 고수다. 위후동도 이 년 전 워낙 흉흉하던 분위기에 휩싸여 제갈가로 쳐들어갔었다.

휘후동의 뇌리에 애써 잊고 있던 고월산장(孤月山莊)의 비극이 다시 떠올랐다. 자신도 그날 밤 제갈가의 노부부를 죽인 사람들 중 하나다. 비록 직접 노부부를 향해 손을 쓰지는 않았지만, 달아나는 종복에게 참마일검(斬馬一劍)을 날렸다. 허리를 잘린 사람이 살아갈 수는 없으니, 아마 그 종복도 죽었을 게다.

'휴우, 다시 떠올리고 싶지도 않은 일이다. 제갈위기가 다시 나타났다면 그 원한이 실로 적지 않을 터인데, 무슨 수로 감당한단 말이냐.'

생각은 그렇게 하면서도 위후동은 그다지 근심하지 않았다. 제갈위기의 무공을 본 적도 없거니와 은연중에 '제갈가의 무공이란 별 볼일 없는 것이다' 라고 생각하고 있었다. 다만 여러 고수들이 무참히 살해당했으니 경각심만은 늦추지 말아야겠다고 거듭 다짐했다.

'대체 그 녀석이 무슨 꽁수를 사용했는지 모르겠군.'

위후동은 공동파 사람들이 묵고 있는 태평객점을 향해 부지런히 걸어갔다. 한낮의 태양이 머리 위에 머물러 있었지만, 아까부터 등줄기로 한기(寒氣)가 스멀스멀 기어 다니고 있었다.

'좋지 않다.'

느낌이 좋지 않았다. 마치 고뿔에라도 걸린 것처럼 몽롱하기까지 했다. 본능적으로 위기를 느낀 위후동의 눈에 멀리 태평객점의 간판이 보였다.

"휴……."

저도 모르게 안도의 한숨을 내쉬었을 때, 그의 귀로 조롱하는 소리가 파고들었다.

"너무 좋아하지 말아라. 살고 죽는 것은 언제나 함께 몰려다닌다. 마치 손바닥과 손등이 함께 있는 것과 같은 이치지."

위후동은 그제야 아까부터 느껴지던 것이 바로 사기(邪氣)였음을 깨닫고 참마검(斬馬劍)의 손잡이를 움켜쥐었다.

"네가 진정 제갈위기냐? 나는 공동파의 참마검이다."

위후동이 굳이 공동파라고 밝힌 것은 요행을 바래서였다. 의혈단이 사천성(四川省)에 있다면 공동파는 감숙성(甘肅省)에 있다. 즉, 간접적으로 자신은 혈겁과 관계가 없다는 것을 은근히 말해본 것이다.

"크흐흐, 네가 의혈단의 고수로 고월산장에 방문했다는 것을 가르쳐 준 사람이 있으니, 너무 애쓰지 말아라."

"감히 누가 그리 말하더냐!"

위후동이 내력을 끌어올려 사방으로 진기를 발산했다. 사형제(師兄弟) 중에 오직 그만이 전수받은 비전의 사방감청진력(四方監聽進力)이다. 근처에 진기를 일으킨 사람이 있다면 누구라도 사방감청진력의 그물망에서 벗어나지 못한다. 본래는 육합전성과 같은 전설의 수법에 대응해 창안된 신공이다. 위후동은 어떻게든 상대의 위치를 알게 되면 참마검을 날릴 작정이었다.

"크하하핫! 너의 참마일검에 허리가 잘린 제갈가의 문지기가 온몸으로 말해 주더구나."

그 순간 참마검이 곤(坤: 서남 방향)의 방위로 빛살처럼 날아갔다. 참마검은 팔괘(八卦)를 기반으로 만들어진 공동파의 실전 검법이다. 공동파의 장로인 위후동이 전신 공력으로 검을 날리자, 그 기세가 흡사 벼락을 치는 듯했다.

쐐애애액!

'이놈! 베었다!'

묵직하게 와 닿는 감촉에 상대를 베었다고 확신한 위후동이 천천히 좌측으로 몸을 돌렸다. 다음 순간 그의 안색은 흙빛으로 변하고 말았다. 참마검이 한 사내의 허리를 중간까지 베고 들어가 있었다.

"쿨럭! 너, 너는, 왜……!"

낯선 사내가 입으로 피를 토하며 믿어지지 않는다는 얼굴로 위후동을 바라보았다.

"으으… 아니야! 네가 아니야! 누구냐! 제갈위기, 어디 있느냐!"

위후동이 검을 뽑자 사내의 신형이 길바닥으로 쓰러졌다. 그러고 보니 너무 긴장해서 사람들이 우글거리는 대로(大路) 한가운데 서 있었다는 것도 잊고 있었다.

"으아악! 살인이다! 저자가 갑자기 지나가는 사람을 죽였다!"

위후동의 근처에 있던 사람들이 비명을 지르며 사방으로 달아났다. 잠시 후 위후동은 길 위에 혼자 덩그러니 남겨지게 되었다. 이성을 상실한 위후동이 붉게 충혈된 눈으로 사방을 둘러보았다. 그때 그의 귀로 다시 비웃는 소리가 들려왔다.

"크흐흐, 이제 가만히 있어도 관군이 찾아와 너의 목을 베어갈 것이다. 그러나 네가 원한다면 내가 번거로움을 무릅쓸 용의가 있다."

"오냐! 나와라! 나와서 나와 검을 맞대보자! 내가 바로 그날 고월산장에 갔었다. 네 부모가 어떻게 죽었는지 말해 주랴? 사천성 무림인들이 모두 달려들어 패 죽였다. 너도 나를 죽이고 싶으냐? 그렇다면 숨어만 있지 말고 나와라! 기꺼이 상대해 주마!"

위후동이 미친 사람처럼 고함을 질러대기 시작했다. 위후동의 음성이 조금씩 갈라졌다. 고래고래 악을 쓰다가 목이 쉬고 만 것이다.

듣기 거북한 소리로 계속 소리를 질러대는 위후동 앞에 한 사내가 나타났다.

"크흐흐흐, 네가 무슨 짓을 했는지 직접 말했으니 죽는다 해도 여한이 없을 것이다. 고월산장의 문지기 신(辛) 서방이 너를 기다리고 있다. 서로 못 알아볼 수도 있으니 똑같은 모습으로 만들어 주마."

말을 마친 제갈위기가 오행진기 무극토(無極土)의 기운을 일으켰다.

위후동도 참마검을 가슴에 끌어당기고 제갈위기를 노려보았다.

'참마일검식으로 허리를 양단하리라!'

진기를 끌어올린 위후동이 제갈위기를 향해 신형을 날리려고 할 때였다.

제갈위기가 느닷없이 한쪽 발을 '쿵' 하고 굴렀다. 그 순간 믿을 수 없는 일이 일어났다. 위후동의 몸이 땅속으로 잠기기 시작한 것이다. 그것은 마치 사람이 물에 빠진 모습이었다.

"으허허헉! 이놈이 어디서 감히 사술(邪術)을!"

버럭 소리를 질렀지만 그렇다고 빠져 들어가는 몸이 떠오르지는 않았다. 위후동이 두 발을 허우적거렸다. 마치 물속에라도 들어간 듯 철푸덕거리는 소리까지 들렸다.

이건 사실이 아니다! 눈 속임이다! 위후동이 스스로에게 주문을 걸듯 소리쳤지만, 몸은 벌써 허리까지 잠겼다.

다음 순간 위후동의 손목으로 강한 힘이 밀려들었다.

뿌드득!

"크윽!"

위후동의 손목이 부러져 나갔다. 위후동은 공포가 가득한 눈으로 부러진 손을 바라보았다. 아직도 손에는 참마검이 쥐어져 있었다. 겨우겨우 살 껍데기에 의지해 붙어 있던 손목이 좌에서 우로 움직였다.

"끄아아아!"

그날 오후 무림맹에는 하반신이 땅에 묻히고, 상체가 자신의 애병인 참마검에 절단된 위후동의 죽음이 보고되었다. 무림맹의 고수들은 마치 나무처럼 땅에 심기어진 위후동의 하반신을 보고 고개를 흔들었다. 무림사에 이처럼 기괴한 죽음은 아직 없었다.

참마검 위후동이 살해당한 날 저녁, 장염은 추료의 방문을 받았다.

"장 소협, 의혈단에 남아 있던 본 파의 마지막 장로가… 죽임을 당했다오."

"들었습니다. 제갈위기의 소행이 틀림없다고들 하더군요."

추료가 복잡한 눈빛으로 장염을 바라보았다.

"장 소협, 나는 오행혈마인에 대해 알고 싶소."

추료는 영빈관에 오기 전 위후동의 죽음을 눈으로 확인한 바 있다. 일반적인 상식을 초월한 그 죽음에 할 말이 없었다. 의혈단의 사람들이 뒤에서 수군거리는 말을 들었다.

오행혈마인 제갈위기와 원한 관계에 있었다고 했다. 추료는 그때 처음으로 오행혈마인이라는 말을 들었다. 추료가 캐묻자 의혈단의 관계자는 장염의 제보로 오행혈마인에 대해 알게 되었다고 했다. 신비의 오행혈마인에게 공동파의 장로를 잃었으니 간과할 수 없는 일이었다. 문파의 복수든, 혹은 명예를 위해서든 말이다.

"오행혈마인은 세상에 있어서는 안 되는 마인들입니다. 사람의 피를 취함으로써 천하에 있는 오행지기를 극한까지 흡수하게 되는데, 그 이후 인성을 상실하게 된다고 합니다. 오행지기를 다 모으면 반인반선(半人半仙)이 된다고 하는데, 그 이상은 저도 모릅니다."

추료가 깜짝 놀란 얼굴로 물었다.

"허, 반인반선이라니… 장 소협께서는 혹시 그들과 마주한 적이 있으시오?"

장염의 기억 속으로 장소와 복면을 했던 제갈위기가 떠올랐다. 그 두 사람 모두가 자신의 목숨을 노렸었다. 그 절대절명의 위기를 넘기고 아직까지 살아 있는 자신의 생명력도 끈질기다고 생각했다.

"네, 오래전에 두 사람의 오행혈마인을 만난 적이 있습니다."

"헛, 두 사람씩이나! 어쩌자고 그런 마인이 세상에 둘이나 된단 말입니까?"

한 사람의 능력도 고금에 보기 드문 경지인데, 그런 사람이 둘씩이나 된다니……. 추료의 얼굴에 경악이 떠올랐다.

"그들이 둘인지, 혹은 그 이상인지는 아무도 모릅니다."

장염은 말을 맺고 '그 숫자는 오직 경재학만 알 뿐이지요' 라고 중얼거렸다. 폐관 중이라는 경재학만이 오행혈마인이 몇이나 되는지 알고 있다. 그러고 보면 경재학이 출관을 하면 해결하고 확인해야 할 문제가 또 하나 는 셈이다. 은원이야 말할 것도 없지만 대체 오행혈마인을 어디에 몇 명이나 만들려고 했는지 알아야 하는 것이다.

"그러시다면, 나를 그들에게 비교한다면 어느 정도 되오?"

장염이 추료를 바라보았다. 추료로서는 아주 힘들게 꺼낸 말일 테지만, 그를 위로한답시고 거짓말을 했다가는 무슨 끔찍한 일이 생길지 몰랐다.

"솔직하게 말씀드린다면, 추 도장과 장문인들 세 명이 모여야 한 사람의 오행혈마인을 감당할 수 있을 것입니다."

"허어……."

추료의 입이 쩍 벌어졌다. 설마 하니 오행혈마인이 그 정도일 줄이야.

추료가 놀라거나 말거나 장염의 말은 계속 이어졌다.

"그것도 오행혈마인이 오행지기를 모두 모으기 전의 상태입니다. 그들이 오행지기를 모두 모은다면 무림인 전체가 달려들어도 그 하나를 감당하지 못할 것입니다. 그야말로 무림의 멸망이지요."

"반인반선이란 그런 것입니까?"

장염이 고개를 끄덕였다. 인간의 경지를 넘어서 신계(神界)로 접어든 자를 무슨 수로 제압할 수 있단 말인가? 방법이 있다면 오행혈마인이 오행지기를 하나로 합치기 전에 그들을 제거하는 것뿐이다.

"공동파의 복마심검은……?"

장염이 추료의 심사를 알고 슬쩍 웃었다.

"심검은 도(道)를 닦는 방편이지요. 도를 터득하면 혹시 선계(仙界)의 힘으로 마인을 제압할 수 있을지 어떨지……."

말을 하면서도 장염은 도를 터득한다면 오행혈마인을 제압할 수 있기를 소망했다. 그러나 그것이야말로 더욱 어려운 것임을 스스로도 느끼고 있었다. 강호에서 수련을 통해 도를 터득하기란 불가능에 가까웠다. 심검이든, 무검이든, 기검이든 그것들은 모두 도(道)에서 벗어나 무공으로 치닫고 있었다. 무공으로 수련하는 자는 결코 도(道)에 다다를 수 없다. 그것은 요즘 장염이 느끼는 자신의 한계이기도 했다.

다음날 장염은 영빈관에서 나와 창천각으로 갔다. 조영과의 약속을 지키기 위해서이기도 했지만, 제갈위기를 만나보고 싶은 마음도 있었다. 그는 지금 오행지기를 어느 정도 끌어 모은 상태일까? 만약 그가 오행혈마공을 대성한 상태라면 자신이 상대할 수 있을까? 그 모든 것은 제갈위기를 만나면 알게 될 것이다.

장염은 창천각에서 점심때까지 어슬렁거리다가 오랜만에 전이(轉移)를 운용했다. 그러나 어떤 기운도 느낄 수 없었다. 다만 마음이 편해져서일까? 자신이 일으키는 전이의 기운이 전보다 더 멀리, 그리고 더 오래간다는 것을 확인한 정도였다.

도(道)로 돌아가야 한다. 단지 무공만으로는 강호의 은원을 해결할 수 없고, 해결한다 해도 또 다른 은원의 씨앗을 뿌릴 뿐이다. 장염은 이 순간만큼은 무공을 잊고 싶었다. 그토록 회복하기를 열망하던 무공이었지만, 극도의 무공은 자신을 황폐하게 하고 주변에 긴장감을 조성할 뿐이다.

'사람은 무엇으로 사는가? 그리고 나는…….'

한참 동안 전이를 운용하며 세상과 하나 되기를 바라던 장염은 문득 생사(生死)를 잊고 꿈과 현실의 경계마저도 잊고 말았다. 가까이 다가온 조영이 아니었다면 장염은 영원히 지속되는 시간 속에 머물고 말았을 것이다.

처음에 조영은 장염이 창천각의 처마 밑에 앉아 잠이 든 줄 알았다. 장염의 표정이 너무 편했고, 수련하는 사람의 모양새가 아니었기 때문이다.

'쯧쯧, 어쩌다가 밖에 나와 잠이 들었는가…….'

조영이 무심코 장염의 어깨를 손끝으로 툭 건드렸을 때, 장염의 눈이 살짝 떠졌다. 조영은 그 짧은 순간 손끝에 와 닿던 느낌을 결코 잊을 수 없었다. 마치 바람을 만진 듯, 흘러가는 구름을 잡아 본 듯 허허로운 기운이 전신을 강타했다. 그제야 장염이 수련 중이었다는 것을 깨닫고 송구스러워했지만 이미 깨어난 뒤였다.

장염은 조영이 미안해하자 차마 아쉬움도 표현하지 못하고 몸을 일으켰다.

“조 대협, 괜찮습니다. 마침 일어나려던 참입니다. 점심을 먹고 다시 나와보겠습니다.”

조영이 거듭 허리를 숙이며 미안해했지만 장염은 뒤도 돌아보지 않고 영빈관으로 돌아갔다.

영빈관으로 돌아온 장염은 황급히 영화와 향이를 불렀다. 그리고 ‘도(道)로써 사물을 보라’고 당부했다.

영화와 향이는 다짜고짜 불러서 이도관지(以道觀之)하라는 장염을 보며 고개를 끄덕였다. 장염의 말이라면 반드시 이유가 있을 것이기 때문이다.

“도(道)의 관점에서 사물을 보아야 합니다. 물(物)의 관점에서 사물들을 보면 자기는 귀하고 상대방은 천하게 보이지요. 그러나 도(道)로 보면 만물은 같다는 것을 알게 된답니다. 도(道)는 천지 만물의 근본 원리입니다. 도(道)와 하나가 되면 삶도, 죽음도, 꿈도, 현실도 모두 하나가 됩니다. 저는 오늘 아주 잠깐 도(道)를 보았습니다.”

그동안 무공일념(武功一念)으로 공허해 있던 장염의 마음이 뿌듯해졌다. 장염의 만족한 표정을 살피던 영화와 향이는 웃으며 서로를 바라보았다. 모두 알아들을 수는 없었지만 장염의 말은 언제나 마음을 편안하게 해준다.

“오라버니, 만물과 하나가 되어도 배는 고플 테지요? 지금 향 언니와 점심을 준비하던 중입니다.”

“아, 네, 그렇습니다. 먹는 것도 진정한 일체가 되는 것이지요. 하하핫!”

“후훗!”

향이가 마침내 웃음을 터뜨리고 말았다. 저 멋쩍음이야말로 장염에게만 있는 아름다움이었다.

영화가 자리에서 일어나 향이의 손을 이끌고 영빈관에 딸린 주방으로 뛰어갔다.

장염은 두 아가씨가 내온 점심을 먹고 다시 창천각으로 향했다. 의혈단의 사람이 더 이상 죽어서는 안 된다. 그것은 비단 의혈단의 사람만을 위해서가 아니었다.

제갈위기 자신을 위해서도 무의미한 살생은 멈추어야 한다. 잘못 들어선 길은 돌아서면 되는 것이다. 세상에는 잘못된 것을 알면서도 가는 자와 그것에서 돌이키는 자가 있을 뿐이다.

장염은 계속해서 자기 자신에게 주의를 주었다. 세상을 두 개, 혹은 세 개로 나누려고 하지 말자. 제갈위기를 제거해야 할 대상으로 여기지 말아야 한다. 물론 '없애지 않는다면 어떻게 할 것인가?'에 대해 아직 결정을 내리지 못했지만 단지 '제거해야 한다'는 생각만 가지고 있다면, 그것도 제갈위기와 다를 바가 없는 것이라고 생각했다.

혼자서 중얼거리다 보니 어느덧 창천각이었다. 장염은 다시 처마 밑에 앉아 마음을 비우고 전이(轉移)를 시작했다. 몸은 곧 바람이 되어 사방으로 떠다녔다. 얼마나 시간이 지났을까? 문득 의식의 저편에서 속삭이는 소리가 있었다.

'제갈위기가 오고 있다…….'

장염의 심안(心眼)에 무림맹이라 쓰여진 황금 현판을 조롱하듯 발로 찍으며 하늘로 날아오르는 한 남자가 보였다. 그는 눈에 보이지 않는 속도로 전각의 지붕을 타고 안으로 안으로 달려오고 있었다.

제갈위기는 앞으로 달려가다가 잠시 멈추어 섰다. 사방에 묘한 기운이 넘실거리고 있다. 사람은 보이지 않는데 느껴지는 이 기운이란 대체 무엇이란 말인가?

'빌어먹을…….'

제갈위기는 갑자기 머뭇거리는 자신을 보고 화가 치밀었다. 보이지도 않는 상대에게 두려움을 느끼고 있는 것이다. 내심 천하제일이라고 자부하고 있었는데 이 무슨 추태란 말인가!

"흥, 어떤 놈인지 낯짝이나 봐야겠구나."

중얼거리던 제갈위기의 신형이 다시 허공으로 솟구쳐 올랐다. 저 멀리 창천각의 지붕이 보였다. 그 둘레에 은신하고 있는 몇 개의 기운이 느껴졌다.

'크흐, 내가 창천각의 쓰레기들을 치우러 왔다는 걸 이제야 알아낸 모양이군.'

제갈위기가 공중에서 허리를 틀었다. 그의 몸이 쾌속하게 쏘아갔다.

마침내 감겨 있던 장염의 눈이 슬며시 떠졌다. 다음 순간 장염은 앉은 채로 비상(飛上)하기 시작했다.

은신하고 있던 화산파 고수 백리영의 눈에 경탄이 어렸다. 저건 대체 무슨 신법이란 말인가! 서서히 떠오르던 장염의 신형은 이미 사라져 보이지도 않았다.

"휴우……."

백리영이 가슴에 안은 월영검을 더욱 꽉 껴안으며 탄식을 터뜨렸다. 그는 다른 세계의 사람이다. 백리영은 그냥 그렇게 생각하기로 했다. 근처에 있던 다른 감시자들이 공중으로 몸을 솟구쳤다.

그들은 처음부터 영빈관에서 장염과 마주했던 팔대문파의 신진 고수들이었다.

제갈위기는 자기 앞에 홀연히 나타난 사내를 바라보았다. 이제 이십 대 후반 정도로 보이는, 어딘가 낯이 익은 남자가 앞을 막고 있다.

"바로 네놈이냐?"

밑도 끝도 없이 던져진 질문이었지만 상대는 희미하게 웃으며 대답했다.

"그렇소. 바로 그대가 보고 싶어하던 낯짝이요."

순간 제갈위기의 몸이 경직되었다. 여기까지 사람들의 눈을 피해 달려왔다. 자기의 이목을 속이고 가까이 접근할 수 있었다면 상상을 초월한 고수라는 말이다. 혼자 중얼거릴 때 분명히 자신의 주변에는 사람이 없었다. 그렇다면 어떻게 들었을까?

제갈위기가 서서히 공력을 일으켰다. 근처로 칼날 같은 예기가 확산되기 시작했다.

장염도 호신강기를 끌어올렸다.

"오랜만에 만났는데 처음부터 너무 거친 게 아니오?"

막 혈마기를 발출하려던 제갈위기가 건조한 음성으로 되물었다.

"무슨 소리냐?"

장염의 얼굴에 떠오른 미소가 더욱 진해졌다.

"하기야, 우리가 사천성에서 만난 게 벌써 이 년쯤 전이니… 그렇다 해도 기억하지 못한다는 건 너무 섭하구려."

잠시 생각하던 제갈위기가 '아!' 하고 신음을 터뜨렸다.

"너는 사천제일루의 요리사로구나. 크하하핫! 세상이 이렇게 좁

다니, 그날 네가 말없이 떠나서 얼마나 걱정했는지 아느냐?"

"설마 지금까지 걱정하고 있지는 않으리라 믿소. 그대가 오행혈마공을 익히고 있다는 소식이 무림에 이렇듯 퍼져 있으니 말이오. 그나저나 오랜만에 그대를 만나니 지난날의 일들이 꿈만 같구려."

장염의 말이 너무 초탈한지라 제갈위기는 일순 기괴한 표정을 지었다. 따지고 보면 상대는 자기에게 피해를 입은 사람이라고 할 수 있다. 그런데 자신에 대한 원한이 느껴지지 않았다. 무공의 우열 때문만은 아닌 것 같았다. 이곳은 자신에게는 적지(敵地)인 무림맹이다. 더구나 어떤 기연이 있었는지는 모르겠지만 사내의 기도는 자기와 크게 차이가 나지 않았다.

지붕 위로 한줄기 바람이 불어왔다. 바람은 쉼없이 두 사람의 옷자락에 매달리고 있었다. 제갈위기가 마음의 결정을 내리지 못하고 머뭇거릴 때였다.

제갈위기와 장염의 뒤편으로 몇 사람의 신형이 솟구쳤다. 장염을 따라다니던 팔대문파의 고수들이었다.

"이런, 아무래도 다음에 다시 만나야 하겠군."

제갈위기가 몸을 반쯤 돌렸다. 장염을 믿는 건지, 혹은 자신의 무공에 그만큼 자신이 있다는 건지 얼핏 이해하기 힘든 태도였다.

돌아서는 제갈위기의 귓가로 담담한 음성이 파고들었다.

"남을 이기는 자가 힘이 세다면 자기를 이기는 자는 강하다 했소(勝人者有力 自勝者强). 그대의 혈한(血恨)을 아오만 그대를 강한 사람이라고 믿고 있소. 원인없이 어찌 스스로 결과가 있었겠소."

제갈위기의 몸이 가늘게 떨렸다.

"흥, 오늘은 그냥 간다만 찢어진 입이라고 함부로 놀리지 말아라. 네가 고상무사(高尙無私)한 생각으로 세상을 살아가고 싶다면 말리지는 않겠지만 말이다."

제갈위기의 마지막 말은 이미 십 장 밖에서 들리고 있었다.

팔대문파의 고수들은 제갈위기를 알아보지 못했기에 별다른 조치를 취하지 않았다. 제갈위기가 워낙 빨리 움직이기도 했지만, 그들이 무림맹에서 활동하기 시작한 것은 지난해 원단 이후였기 때문이다.

제갈위기가 사라지자 장염은 텅 빈 하늘을 우두커니 바라보았다. 제갈위기를 처음 만난 건 이 년 전이었다. 그때까지만 해도 좋은 일과 슬픈 일을 함께 나눌 사람들이 많았다. 갑자기 부모님과 소영이 보고 싶어졌다. 그러나 지금은 때가 아니었다. 강호의 짐을 어깨에 지고 고향 집까지 가서는 안 된다.

장염은 주변에 어색하게 서 있는 팔대문파의 젊은 고수들을 둘러보다가 훌쩍 몸을 날렸다. 장염이 사라지자 팔대문파 고수들도 하나둘 자리를 떠났다.

* * *

제갈위기가 무림맹에서 복수를 하는 동안 소걸은 낙양을 누비고 다녔다. 소걸이 볼 때 사람은 일을 해야 먹고 살 수 있었다. 그런데 아무리 봐도 샌님 같은 스승은 일할 생각을 하지 않는 듯했다. 결국 생각만 분주한 소걸은 스승을 대신해서 돈벌이를 찾기로 결심했다.

소걸이 만난 첫 번째 스승은 소걸에게 빈 손으로 먹고 살 수 있는 기술을 가르쳐 주었다. 대단한 것은 아니었지만, 그 기술로 십대의 초반을 굶어죽지 않고 버텨냈다. 소걸이 길거리에서 배사지례(拜師之禮)를 취한 두 번째 스승이 제갈위기였다.

'휴, 첫 번째 스승은 먹고 살 수 있게 해주었는데, 두 번째 스승은 내가 먹여야 하다니… 인생은 화(禍)와 복(福)이 오락가락하는구나.'

그러나 처음 스승처럼 살갑게 대해주지는 않았지만 지금의 제갈위기도 썩 마음에 들었다. 물론 매일 눈을 마주할 때마다 기다렸다는 듯이 '공부는 잘 되느냐?' 라고 물어와 머리를 아프게 하지만 말이다. 그것만 뺀다면 두 번째 스승도 괜찮은 사람이다.

첫 번째 스승은 귀주성에서 몰매를 맞아 죽었다. 귀주신투(貴州神偸)가 노리던 물건을 소매치기했다가 뒤늦게 그의 일당들에게 보복당한 것이다. 스승은 죽어가면서도 자존심을 지켰다. 소걸에게 맡긴 옥보살상(玉菩薩像)을 끝내 불지 않은 것이다. 소걸은 스승이 죽던 날 옥보살상을 부수고 운남성으로 달아났다. 그때 소걸의 나이 아홉 살이었다.

소걸은 호객 행위 중에 제갈위기를 만난 것을 하늘의 뜻이라고 믿었다. 마치 굶어 죽기 직전에 첫 번째 스승을 만나서 무영투도(無影偸道)를 전수받았던 것처럼 말이다.

'무영투도는 놀고 먹는 스승을 공양해야 하는 나를 위해 하늘이 내려준 게 분명해!'

기초부터 튼튼히 해야 대성할 수 있다고 일곱 살 때부터 혹독하게 수련시킨 첫 번째 스승. 그 밑에서 삼 년 간 떠올리기도 싫은 무영투도 십팔식(十八式)을 익혔다. 물론 십팔식 중에 그가 익힌 것은 단 일 초 무음취득(無音取得)뿐이었다.

이제 그 무음취득을 써먹어야 할 때가 도래한 것인가! 스승은 죽어가면서도 '제발 십팔식을 다 익히기 전까지는 무영투도를 쓰지 말라'고 당부했지만 산 사람은 살아야 하는 것이다.

소걸은 비장한 각오로 사방을 둘러보았다. 키가 작아서 그런지 분주히 오고 가는 사람들의 발걸음만 눈에 들어왔다. 저 어딘가에 대단한 기물이나 금원보가 떠다니고 있을 것이다. 비록 지금은 투도(偸盜)의 정수를 깨치지 못해 어느 주머니에서 귀한 냄새가 나는지 알 수는 없지만 말이다.

일찍이 스승은 소걸에게 오징(五徵)으로 알 수 있다고 했다.

'눈동자가 커지고, 이마에 땀이 흐르며, 분주히 몸을 놀리고… 또 뭐더라?'

애석하게도 소걸의 머리에 남은 단편적인 기억은 거기까지였다.

일단 소걸은 오가는 사람을 유심히 살피기 시작했다. 키가 작고, 시력조차 단련되지 않은 소걸이 볼 수 있는 것은 극히 제한적이었다. 결국 소걸은 분주히 움직이는 사람을 대상으로 하기로 했다.

한 남자가 허둥대며 소걸의 앞을 지나쳤다. 소걸은 저도 모르게 사내의 등 뒤를 따라가기 시작했다. 소걸의 가슴이 쿵쾅거리기 시작했다.

한성재(韓成才)는 부지런히 발을 놀렸다. 슬쩍한 주머니의 육중한 무게가 가슴 어림께로 느껴졌다. 방금 스쳐 지나간 화복(華服)의 중년인과는 최대한 멀어져야 한다. 혹시라도 그가 눈치를 채는 날이면 일심(一心) 한성재의 무사고(無事故) 백일(百日) 기록은 깨지게 된다.

꽈당!

한성재는 화려한 장포를 걸친 중년인에게 신경을 쓰다가 뛰어든 어린아이와 부딪쳤다. 아이는 충격을 받았는지 뒤로 발랑 자빠졌다.

'이런 개쉐이가!'

속으로 욕지기가 치밀어 올랐지만 지금은 사람들의 시선을 끌 때가 아니었다. 한성재는 재빨리 아이를 일으켜 세워주고 몸을 돌이켰다.

'헉! 당했다.'

돌연 한성재의 입이 쩍 벌어졌다. 하남성 제일이라는 소매치기 일심 한성재가 품 안의 돈주머니를 뺏긴 것이다. 그것도 집 안에서 재롱을 부리고 있어야 할 어린아이에게 말이다.

'무도한 녀석! 감히 선배의 물건을 채 가다니……!'

한성재가 이를 으드득 갈며 아이의 뒤로 걸음을 옮길 때였다.

"이놈! 감히 내 주머니를 훔치다니, 죽으려고 환장을 한 게로구나!"

한성재의 뒷덜미를 잡아채는 굵직한 손이 있었다. 꽃무늬가 화려한 옷을 입은 중년인, 하남 거부 막부성(莫富盛)이다. 외문기공으로 단련된 막부성의 손아귀가 옷깃을 바짝 조였다.

"어허! 이거 놓으시오. 보지도 않고 생사람을 잡는 경우는 뭐요?!"

천운(天運)이었다. 조금 전 꼬마에게 소매치기를 당하지 않았다면 이렇게 큰소리치지는 못했을 것이다. 전화위복(轉禍爲福)이란 바로 이런 경우를 두고 하는 말일까?

한성재가 큰소리를 치자 막부성이 움찔 놀라며 슬그머니 손에서 힘을 뺐다.

"정 미덥지 않으면 내 품을 다 뒤져 보시구려. 나는 지난해 개방(丐幫)의 하남 분타에 있는 아구(我口)와 의형제를 맺으며 손을 씻었소."

개방의 이름까지 팔아가며 소매치기에서 손을 씻었다고 하자 막부성의 얼굴이 조금 굳어졌다. 개방은 무림 구대문파에 끼지는 못하지만, 그래도 제자들의 수가 급증하여 그 위세가 대단했다.

'이런 놈이 개방과 연이 닿았단 말인가!'

사실 막부성은 조금 전에 품 안에 손을 넣었다가 주머니가 사라진 것을 발견했을 뿐이다. 벌렁거리는 가슴으로 사방을 둘러보던 막부성의 눈에 한 사내가 들어왔다. 그는 땅에 자빠진 어린아이를 일으키고 있었다. 그런데 저게 누군가! 하남성에서 유명한 소매치기 일심 한성재가 아닌가! 돈푼깨나 만진다는 사람들의 입에 심심찮게 오르내리던 도둑놈이었다.

"아, 정 못 믿겠으면 뒤져 보시구랴!"

한성재가 답답하다는 듯 큰소리치며 가슴을 탁탁 칠 때였다.

철그렁! 철그렁!

손바닥이 닿을 때마다 한성재의 가슴에서 꿈에도 그리운 돈 소리가 울려 퍼졌다.

순간 한성재의 얼굴이 굳어졌다. 그렇다면 조금 전에 꼬마 놈이 훔쳐 간 주머니는 뭐란 말인가?

막부성이 굳어 있는 한성재의 품 안에서 재빨리 돈주머니를 끄집어냈다. 자신이 애지중지하는 돈주머니였다.

"이 뻔뻔한 도둑놈아!"

퍽! 퍽! 퍽!

막부성의 주먹을 견디다 못한 한성재가 땅에 쓰러졌다. 분노한 막부성의 폭력은 멈추지 않았다.

한성재는 막부성의 발에 밟히면서도 꼬마가 가져간 것이 무엇인가를 골똘히 생각했다.

'그렇구나!'

그 어이없는 녀석은 돈주머니를 두고 아구가 형제지연을 맺던 날 기념으로 준 현철 덩어리를 훔쳐 간 것이다. 이것으로 무적의 비도(飛刀)를 만들라던 아구의 환한 얼굴이 떠올랐다.

'여기서 맞아 죽을 수는 없다!'

설령 맞아 죽지는 않더라도 관에 끌려가면 당분간 밝은 세상과는 이별이다. 한성재는 막부성의 발길질이 조금 뜸해졌다고 느끼는 순간 번개처럼 옆으로 뒹굴었다. 그리고 재빨리 몸을 일으켜 미친 듯이 달리기 시작했다.

뒤늦게 막부성의 욕설과 고함이 터져 나왔다. 그러나 외문기공만 익힌 곽부성이 악에 받친 소리만으로 달아나는 한성재를 잡을 수는 없었다.

•

소걸은 사내의 품에서 묵직한 것을 훔쳐 내자마자 정신없이 내달았다. 오랜만에 하는 일이라 그런지 가슴이 평소보다 더 벌렁거렸다. 마침내 으슥한 곳에 다다른 소걸은 자글거리는 마음을 가다듬고 살그머니 주머니를 열었다.

"에게게, 이게 뭐야?"

무려 삼 년 만에 재개한 일이라 그런지 영 신통치 않았다. 쇠뭉치 하나. 이런 걸 쓸 데나 있을까?

소걸은 현철 뭉치를 품 안에 넣고 다시 길거리로 나섰다. 첫 개시가 좋지 않아서였을까? 해가 저물도록 거리를 쏘다녔지만 오징에 해당되는 사람은 없었다. 소걸은 현철 덩어리만큼이나 무거워진 가슴을 안고 낙양성 서쪽의 소화촌(小火村)으로 돌아갔다.

•

소화촌은 낙양의 빈민들이 모여 사는 곳이다. 원래는 작은 동산이었는데, 불을 놔서 땅을 일구던 화전민들 때문에 소화촌이라는 이름이 붙었다고 했다.

그 소화촌의 쓰러질 듯한 움막 앞에 제갈위기가 서 있었다.

"하루 종일 어딜 쏘다니는 게냐?"

제갈위기가 야릇한 표정으로 소걸을 바라보았다.

"아, 스승님, 일거리를 좀 알아보다 왔어요."

제갈위기의 얼굴이 어색하게 굳어갔다. 어린 소걸에게 생활의 불안을 느끼게 했던 것이다.

'내가 어른답지 못했구나……!'

이제 고작 열두 살짜리가 무슨 할 일이 있다고 거리를 쏘다닌단 말인가!

"네가 그렇게 걱정하지 않아도 두 사람 지내기에는 어려움이 없을 것이다."

"……."

정이 담뿍 담긴 제갈위기의 목소리를 듣는 순간 소걸의 온몸에서 기운이 쭉 빠져나갔다.

'오늘따라 스승이 왜 저렇게 따뜻한 말을 할까?'

소걸이 밑이 구린 표정으로 제갈위기를 올려다보았다.

"너, 무슨 잘못한 일이라도 있는 게냐?"

"스승님, 이렇게 어리고 연약한 제가 무슨 일을 벌이겠어요?"

제갈위기의 얼굴에 미소가 떠올랐다. 하기사 이제 열두 살의 꼬마가 무슨 일을 저지르겠는가. 그나저나 해가 뉘엿뉘엿질 때 쯤 돌아온 녀석의 꼬락서니가 영 말이 아니었다.

"화기(和氣)는 어디에 있느냐?"

“숨을 쉴 때마다 요수혈(腰輸穴: 미골 하단에서 바로 위쪽으로 3촌의 함몰 부위)에서 뭔가 박작거리는 느낌이 드는데요…….”

“이상하군. 지금쯤이면 명문혈(命門穴: 제2, 제3 요추의 사이)까지 올라왔을 터인데…….”

제갈위기의 얼굴이 찡그려졌다. 소걸에게 오행지기를 끌어 모으는 토납법을 가르친 지 어언 육 개월, 지금쯤 명문혈에서 진동이 느껴져야 했다. 아무리 사람에 따라 다르다지만 이 정도로 진도가 더디다니 믿기 어려웠다.

“너는 하루에 얼마나 숨 쉬기를 하고 있는 것이냐?”

소걸이 잠시 생각하더니 대답했다.

“한 시진(2시간)씩 하고 있어요.”

제갈위기가 소걸의 천연덕스러운 얼굴을 보며 묵묵히 고개를 끄덕였다. 하루에 한 시진이라면 적지 않은 시간이다. 그런데도 이처럼 속도가 느리다면, 조금 더 숨 쉬기를 시켜야 한다.

“내일부터는 아침저녁으로 한 시진씩 숨 쉬기를 하도록 하자.”

“네!”

소걸이 씩씩하게 대답하자 제갈위기가 중얼거렸다.

“당분간 내가 곁에서 지도해 주마. 명문혈만 넘어선다면 그 다음부터는 혼자 해도 괜찮을 것이다.”

그 순간 소걸의 표정이 급속도로 일그러졌다. 오늘 아침까지도 스승은 슬그머니 나갔다가 해가 떨어지면 돌아왔다. 스승이 그처럼 바쁘자 소걸도 수련을 팽개치고 강아지처럼 돌아다녔는데, 무슨 일인지 내일부터 수련을 지도한단다.

조금 전 요수혈에서 진동이 느껴진다고 대답했지만 사실은 요수혈은 커녕 장강혈(長强穴: 미골 하단과 항문 사이)에서조차 아무런 느낌이 없었다. 스승이 말하기를 '오행토납법을 충실히 행할 때, 한 달이면 진기를 느끼게 된다'고 말한 곳이 장강혈이다. 대충 넘어가기 위해 거짓말을 했는데, 이제 내일이면 모든 것이 탄로가 나고 말 것이다.

'아우우~ 모르겠다. 내일 일은 내일 걱정하자.'

소걸이 머리를 벅벅 긁다가 스승을 바라보았다. 스승은 오늘따라 멍한 표정을 자주 취했다. 스승에게 무슨 일이 생긴 것일까? 소걸은 손톱 밑에 낀 때를 톡톡 털어냈다. 그게 무엇이든 그것 때문에 자기의 인생에 먹구름이 낀 것이다.

잠시 후 소걸은 제갈위기의 눈치를 살피며 마당 한쪽 구석으로 갔다. 그곳에는 소걸이 종종 뒹굴던 아귀가 부서진 돗자리가 방치되어 있었다. 소걸은 슬며시 돗자리 위로 올라갔다. 아무리 뻔뻔한 소걸이라 해도 내일 일이 신경 쓰이지 않을 리가 없다.

다리를 어렵게 꼬아 겨우 주저앉은 소걸이 오랜만에 이름도 없는 토납법으로 오행지기를 끌어 모으기 시작했다. 소걸은 머리 속으로 이름만 간신히 외운 혈도를 수없이 되뇌었다. 그리고 숨을 멈추며 아랫배를 오무렸다가 부풀리기를 반복했다. 그러나 역시 아무런 느낌이 없었다.

'에라, 그만 자자.'

第五章

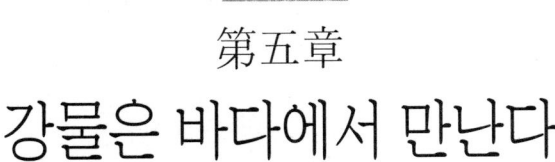

강물은 바다에서 만난다

무당파 사람들의 숙소로 배정된 곳은 황룡각(黃龍閣)이다. 춘양진인은 그 황룡각의 한구석에서 원융지의(圓融之意)에 몰두하고 있었다.

점심 무렵, 도천 도사가 명상에 잠겨 있는 춘양진인에게 다가와 조용히 입을 열었다.

"장문인, 사백께서 오셨습니다."

춘양진인의 얼굴이 어두웠다. 물론 사형들이 돌아왔다고 해서 그런 것은 아니다. 춘양지인의 심기가 불편해진 것은 전적으로 원융지의 때문이다. 우연히 접하게 된 원융구결! 지난 육 일 동안 정진했으나 진전이 없었고 그 뜻은 여전히 모호했다.

육 일 전 사천성의 요리사라는 젊은 고수가 보여준 신위에 탄복한 춘양진인이다. 사내가 삼대문파 장문인들과 겨루며 중얼거린 무공구결을 생각하면 잠도 오지 않았다. 그 구결을 끊임없이 되새

기며 정진했건만 도무지 성취가 없었다.

그러는 동안 육 일이라는 적지 않은 시간이 흘렀다. 심득은 전혀 없었지만, 파고들수록 아련해지는 신공구결의 현묘함 앞에서 춘양진인은 점점 마음을 빼앗기고 말았다. 그러나 신공구결은 여전히 그의 접근을 거부하고 있었다.

지금 자신에게 도움을 줄 수 있는 사람은 사형이자 무당파의 원로인 추풍검 심방과 만리검 양극이다. 그러나 심방과 양극은 영빈관의 사건이 일어나기 며칠 전 무당산으로 갔다. 무당산 근처에서 사파 무림인들이 배회하고 있다는 소식을 들었기 때문이다. 무림이 이처럼 어수선하니 사파 무림인들이 구대문파의 영역까지 슬그머니 파고들어 온 것이다.

천만다행으로 무당파에는 아직 고수가 적잖게 남아 있었다. 무림맹에도 그렇지만 본산에도 사백인 비천무영 창허자가 있다. 심방과 양극 사형이 무당산에 돌아갔던 이유는 본산의 제자들을 이끌고 본산 근처를 정리하기 위함이기도 했다. 아무래도 창허자는 무림의 일에 나서려고 하지 않았기 때문이다.

어느새 심방과 양극이 황룡각의 문을 열고 들어서고 있었다.

고민하고 있던 춘양진인이 황급히 자리에서 일어났다.

"사형, 무당산의 일은 어찌 되었습니까?"

심방이 무겁게 입을 열었다.

"생각보다 좋지 않소. 팔대문파가 무림맹에 몰려 있는 동안 마두들이 사파를 하나로 묶어 세력을 확장하고 있소. 이미 무당산 근처의 사파 삼대 세력도 하나로 뭉쳤다고 하오. 더 큰 문제는 그들의 뒤를 봐주고 있는 곳이 마교라는 얘기까지 나오고 있다는 것이외다. 그런저런 이유로 사파인들이 정파 무림인들과 시비를 일으켜 살육을 일삼고 있으니 곳곳이 어수선하오. 산에 남은 제자들과 함께 근처를 돌아보고 살명(殺名)이 드높은 몇 명의 마두를 제거했소. 그러나 소문이 심상치 않아 바로 돌아오는 길이라오. 장문인도 들으셨소?"

춘양진인이 심방의 말을 못 알아듣고 되물었다.

"무엇을 말입니까?"

"소문이오만, 공동산으로 간 무림맹의 선발대가 거의 몰살을 당했다고 하오."

"헉! 그럴 리가 있습니까? 그들은 단지 기습조에 불과한데 어찌 그런……!"

양극이 낮게 가라앉은 음성으로 중얼거렸다.

"달아나지도 못할 만큼 그들이 빠르고 강했다면 어쩔 수 없지 않았겠소."

춘양진인이 두 사형을 바라보았다. 대체 어찌 된 일일까? 그나저나 어떻게 무당산에 갔던 사형들이 그런 정보를 더 빨리 입수할 수 있었을까?

'무림맹이 제대로 돌아가지 않고 있는 게로구나.'

춘양진인이 허탈한 얼굴로 주변을 둘러보았다. 혈육같이 아끼는 제자들이 몇 명씩 모여 두런두런 얘기를 나누고 있었다. 무당파뿐만 아니라 무림맹 자체가 지금은 오합지졸이다. 맹주가 없으니 산만하고 풀어진 것이다. 대적을 앞두고 이처럼 방만해져 있었다니. 춘양진인의 마음이 무거워졌다.

맹주는 과연 출관하여 흐트러진 맹을 추스를 수 있을까? 그런데 맹주는 이처럼 긴박한 순간에 왜 폐관 수련을 선언한 것일까? 그만큼 무공의 증진이 중요한 것이었나? 이미 불사신검 경재학은 무림에서 천하제일인으로 인정받고 있었다. 그렇다면 혈마사의 라마승들은 천하제일인이 감당하기 어려운 무위를 가지고 있다는 것일까? 아니면 또 다른 이유라도?

'모르겠다…….'

춘양진인이 머리를 흔들고 말았다. 모든 것은 상리에서 어긋나 있었다. 상승의 무공을 보여준 사천성 요리사와 그 무공의 요결조차도.

"무슨 고민이 있으시오?"

심방이 의아하다는 얼굴로 춘양진인을 바라보았다. 혼자서 근심하는 얼굴로 고개를 젓고 있으니, 당연히 '무슨 일이 생긴 게 아닌가?' 싶었던 것이다.

춘양진인은 원융지의의 무공요결로 사형들에게 도움을 구하려던 참이라 즉시 고개를 끄덕였다.

"실은 얼마 전 우연히 알게 된 무공의 구결로 사형들께 가르침을 청하려고 하던 참입니다."

춘양진인은 심방과 양극에게 닷새 전 영빈관에서 있었던 일을 자세히 설명했다. 마침내 춘양진인의 입에서 '사천성의 요리사 장염이 영화를 데리고 나가려다가 삼대문파 장문인들과 무공 대결을 벌이기까지 했다'고 말했을 때였다.

"사천성의 장염이라고 했소?"

춘양진인의 고개가 끄덕여지자 심방의 얼굴이 딱딱하게 굳어졌다. 일반이라면 모를까 무림에서 장염이라면 흔치 않은 이름이다. 게다가 사천성이라니… 그렇다면, 어쩌면 애써 묻어두려던 사숙 소광자(小狂者) 장염일 수도 있다.

춘양진인은 심방의 얼굴이 딱딱해지자 잠시 말을 멈추었다.

"설마 그럴 리가……."

혼자서 중얼거리던 심방이 춘양진인에게 눈짓을 했다. 계속 말하라는 의미였다.

"그때 그가 매화검 영화에게 원융지결을 전수했습니다. 그것은 심오한 무학으로……."

춘양진인의 얘기 도중에 심방이 다시 질문을 던졌다.

"그런데 삼대문파 장문인들은 어찌 되었소?"

"그들은 믿을 수 없게도 장염이라는 사람의 삼초도 받아내지 못했습니다."

만리검 양극이 탄성을 터뜨렸다.

"헛! 어찌 그런 일이……."

그제야 추풍검 심방이 천천히 말했다.

"그라면 충분히 그럴 수 있습니다. 아니, 오직 강호에서 그만이 그런 일을 할 수 있다고 해도 과언이 아니지요."

춘양진인과 양극이 심방을 바라보았다. 심방은 그 젊은 고수의 정체에 대해 어렴풋이 짐작이 간다는 듯 말하고 있었다.

양극이 놀란 얼굴로 물었다.

"큰 사형은 그 고수를 알고 있다는 것입니까?"

심방이 미미하게 고개를 끄덕이며 중얼거렸다.

"아마도……. 장문인은 그의 무공을 생각해 보시오. 어쩌면 장문인도 그가 누구인지 짐작할 수 있을 게요."

춘양진인으로서는 아무리 생각을 해도 젊은 나이에 그만한 고수를 떠올릴 수 없었다.

"그건 그렇다 치고, 그 고수가 전한 무공을 어찌 장문인이 들었단 게요?"

양극이 궁금하다는 듯 묻자 춘양진인은 영빈관의 뜰에서 벌어진 일들을 단숨에 말했다.

"그러니까 장문인 말씀은 삼대문파 장문인이 합공할 때 장염이 영화에게 무공을 전수했다는 말씀이오?"

양극이 기가 막히다는 듯이 소리쳤다.

춘양진인이 고개를 끄덕였다. 믿을 수 없지만 사실이었다. 자신도 남에게 전해 들었다면 믿지 않았을 것이다. 그러나 직접 지켜본 그로서는 본 대로 말하는 수밖에 없었다. 비록 자신의 말이 얼마나 비현실적인가를 충분히 느끼고 있었지만 말이다.

문득 심방이 한숨을 내쉬며 물었다.

"휴우, 장문인은 장염이라는 사람이 전한 요결을 기억하시오?"

"예. 그러나 지난 육 일 간 그 요결을 생각했으나 뜻만은 좀처럼 알 수가 없었습니다."

심방이 답답하다는 듯이 말했다.

"그렇듯 쉽게 얻어질 것이라면 장염이 사람들 앞에서 전할 수 있었겠소?"

춘양진인이 민망한 표정으로 심방을 바라보았다. 그러고 보니 쉬운 것이라면 장염이 대중 앞에서 그토록 자신만만하게 전수할 리가 없다. 그러나 상승요결을 접한 무인으로서의 호기심이 도무지 그냥 넘기지 못하게 했다.

"큰 사형, 아무래도 요결을 들어보아야 하지 않겠습니까? 어디 한번 들어나 보시죠."

양극의 말을 듣고 춘양진인이 조심스럽게 심방을 바라보았다. 춘양진인으로서는 이미 이십여 년 전, 경천일기공이라는 희대의 신공을 연마하려다가 주화입마에 든 경험이 있는지라 사백들 보기가 더욱 송구스러웠다.

심방이 고개를 끄덕였다. 아무래도 이런 일은 직접 들어보기 전에는 뭐라고 말하기 어려웠다. 요결을 듣는다면 어쩌면 장염이라는 사람의 정체에 대해 더욱 확실히 알게 될 것이다.

춘양진인이 마른침을 꿀꺽 삼키고 구결을 읊기 시작했다.

"제일, 원융무애(圓融無碍)! 인생은 뿌리도 꼭지도 없으니(人生無根蒂), 들길에 날리는 먼지와 같다(飄如陌上塵). 제이, 원융무상(圓融無常)! 흩어져 바람 따라 굴러다니니(分散逐風轉), 이것이 이미 불변의 몸뚱아리가 아니다(此已非常身). 제삼, 원융무극(圓融無極)! 태어나면 모두 형제가 되는 것(落地爲兄弟). 제사, 원융무연(圓融無緣)! 어찌 꼭 한 핏줄 사이라야 하는가(何必骨肉親)."

구결을 말한 춘양진인이 입을 다물었다. 심방과 양극도 조용히 눈을 감았다. 대체 이게 무슨 무공의 요결이란 말인가! 현묘한 기운이 마음속 깊은 곳까지 파고드는데, 생각할수록 가슴이 뭉클한 것이 외롭고 쓸쓸하기까지 했다.

한참을 묵상하던 양극이 심방을 향해 말했다.

"큰 사형, 그런데 어디선가 많이 들어본 구절 같습니다."

심방과 춘양진인의 얼굴이 기대감으로 가득 찼다. 사람은 누구나 그렇겠지만 무당파의 도사도 과거가 다양하다. 춘양진인과 심방이 알고 있는 양극은 명문가(名文家)의 자제로 입신양명(立身揚名)을 꿈꾸던 학자였다.

그는 젊은 시절 학문을 하던 중 도가의 공부에 심취하여 결국은 입산수도까지 이르게 되었다고 했다. 그러다 보니 자연히 무당파 내에서도 학문에 대한 성취가 남다르다고 인정하고 있었다. 그 양극이 무언가 신공구결의 실마리를 발견한 것이다.

한참 동안 사색하던 양극이 마침내 무릎을 '탁' 소리가 나도록 내려치며 외쳤다.

"그렇구나! 이제 봤더니 도연명의 시(詩)로구나! 그런데 도연명의 시가 어찌 무공으로 둔갑을 했다는 말인가?"

춘양진인과 심방이 양극을 바라보며 눈살을 찌푸렸다. 도연명의 시라니! 이처럼 현기가 담기 무공구결이 어떻게 시가 될 수 있단 말인가!

"사제, 혹시 잘못 안 것 아닌가? 이것은 내가 듣기로도 현묘한 무공의 구결이 분명한데 시(詩)일 수 있는가?"

양극이 두 눈에 힘을 가득 주고 단호히 말했다.

"이것은 시가 분명합니다. 그러나 시는 분명한데, 원융의 요결과 같이 있으니… 정말 단지 시에 불과한 것인지, 혹은 시의 형식을 빌어 무공을 전한 것인지 알 수가 없군요."

워낙 양극의 태도가 분명하자 춘양진인은 이것이 정말 시라면 '시의 몸을 빌어 무공을 전한 것이다' 라고 한 발 양보하지 않을 수 없었다.

시로써 무공을 전수하다니 그 시도는 놀라운 것이지만, 이미 절학은 세상에 공개되었다. 자신의 무공이 세상에 알려져도 상관없다는 것인지, 혹은 그만큼 터득하기 어렵다고 생각한 것인지는 앞으로 천천히 익혀봐야 알 것이다.

춘양진인은 다시금 그날의 장염을 떠올려 보았다.

'아아! 그토록 젊은 나이에 이같이 절륜한 무공 전수를 생각해낼 수 있다니 참으로 대단한 사람이다.'

무공의 고수가 학문까지 밝기란 어려운 일이다. 그런데 절정의 고수인 젊은이가 학문에도 상당한 조예가 있었다. 장염에 대한 감탄과 더불어 사형 덕분에 무공의 실체에 한 걸음 가까이 나아갔다고 생각한 춘양진인은 흐뭇하기만 했다. 육 일 내내 감추어져 있던 것이 조금 드러난 것이다.

춘양진인과 심방, 그리고 양극은 머리를 맞대고 장염이 전수했다는 원융의 요결을 연구하기 시작했다. 그러나 한참을 연구해도 도무지 그 해법이 보이지 않았다.

그들로서는 장염이 단지 자신의 울적한 심사를 귀에 익은 시구에 담아 외친 것이란 걸 알 길이 없었다. 장염도 바보가 아닌 다음에야 영화에게 무공을 전수하면서 다른 사람이 다 듣도록 가르칠 이유가 없지 않겠는가? 그러나 사람들은 원융의 요결과 한시(漢詩)가 만나서 보여주는 탈속함에 모든 것을 무공으로 받아들이고 있었다.

시간이 흐르자 춘양진인이 생각났다는 듯 물었다.

"그런데 사형은 장염이라는 사람을 알고 계시는 것입니까?"

심방의 표정이 묘하게 변해갔다. 장염이라는 사람이 정말 그라면 무당파는 산 넘어 산을 만난 것이다. 무림맹의 푸대접은 비껴갈 수 있다. 그러나 그가 정말 사숙이라면 무당파는 그의 앞에 설 면목이 없다. 춘양진인이야 십여 년쯤 전의 과거 일이라 장염을 못 알아보겠지만, 자신과 사제인 양극은 겨우 사 년 전 그와 동행을 했었다. 그를 푸대접하던 무당파의 제자들을 이끌고 말이다.

심방이 애매한 표정으로 되물었다.

"글쎄요, 장문인이 보기에 그의 무공은 어떠했습니까?"

"무공이라뇨?"

장문인은 심방의 말뜻을 알아듣지 못하고 있었다.

심방이 약간은 답답하다는 듯이 대답했다.

"장염의 무공에서 어떤 기운이 느껴졌느냐는 말입니다. 예컨대 불가의 장중함이랄까, 도가의 현묘함이랄까, 혹은 일반적인 무가의 패도적이며 현란한 느낌 같은 것 말입니다."

춘양진인의 안색이 야릇하게 변해갔다.

"그의 무공은 마치… 장중하면서도 현묘했고, 또 패도적이었습니다. 그래서 저도 그의 출신을 추측하기 어려웠던 것입니다."

장염이 가르치며 펼친 원융의 요결은 무당파의 무량검과 화산파의 기천검, 그리고 공동파의 복마심검의 심득이 담긴 것이라고 할 수 있다. 그러다 보니 자연히 장염의 무공 내력을 추측한다는 것은 결코 쉬운 일이 아니었다.

"사형, 그의 거처가 영빈관이니 여기서 멀지 않습니다. 차라리 그를 찾아가서 얼굴을 한번 보는 것이 어떻겠습니까? 더구나 그곳에는 지금 무당파의 여제자도 함께 머물고 있으니……."

춘양진인의 말이 끝나기가 무섭게 심방이 말했다.

"우리가 무당산으로 떠나가기 전에 그 여아(女兒)는 파문을 결정하지 않았소? 문파의 치부를 더 이상 내보이기 싫어 은밀히 파문을 시키기로 했으니, 그 아이는 이미 본 파의 제자가 아니오. 지금에 와서 어찌 그 아이를 보기 위해 무당파가 영빈관까지 간단 말이오."

심방으로서는 파문하기로 결정한 영화를 보러 가기도 어려웠을 뿐만 아니라, 만약 사내가 정말로 장염 사숙이라면 그에게 뭐라고 해야 할지 대책이 서지 않아 영빈관으로 가는 것 자체를 꺼려하고 있었다.

춘양진인은 심방의 속도 모르고 '그저 간단히 얼굴만 확인하면 될 일을 왜 저렇게 고민하시는가?' 라고 중얼거렸다.

심방과 양극이 더 이상 말이 없자 춘양진인은 조용히 밖으로 나갔다.

춘양진인이 나가자 양극이 나지막한 소리로 심방에게 물었다.

"사형께서도 혹시 그가……."

심방이 묵묵히 고개를 끄덕였다.

양극은 야릇한 표정으로 심방을 바라보았다. 사 년 전 천하무림대회에 가던 중 소광자 장염을 보고 얼마나 실망을 했던가! 춘양진인에게 사숙인 소년 장염의 주화입마에 대한 이야기를 들은 바 있지만 설마설마 했다. 그러나 강호에서 만난 이십 대의 장염은 소광자라는 말이 어울리는 사람이었다. 그 천박한 술 주정과 심야의 호곡성이라니! 그런데 그가 무당파의 곁으로 돌아온 것이다.

아까부터 말은 하지 않았지만 양극은 영빈관의 사내가 장염 사숙이라고 믿고 있었다. 사 년 전 소광자 장염과 호기심 많은 무당파 여제자가 친하게 지내는 것을 본 기억이 있다. 그러므로 무림맹까지 찾아와 소란을 일으킬 사천성의 장염이라면 더 생각할 것도 없었다. 그는 바로 진원청 사조의 제자이며, 자기에게는 사숙이 되는 소광자 장염이다.

"사형, 그가 정말 진 사조의 제자라면 우리가 먼저 찾아가 그간의 일을……."

양극이 말꼬리를 흐렸다. 그간의 일을 어쩌자는 말인가? 장문인과 원로들이 모두 그의 존재를 인정하지 않았다. 그간 무당파 제자들도 그에게 무례를 범했다. 한마디로 명문정파에서 있을 수 없는 일이 발생한 것이다. 훗날 무림의 동도들이 이 일을 알게 되면 무당파의 명예는 천마후 때에 비할 바가 아니다. 천마후는 여제자 하나가 관여된 일이다. 그러나 이번 일은 장문인과 원로들이 직접

적으로 공모한 것처럼 되고 말았다. 사형과 자신이야 어찌어찌 넘어간다 해도, 사문의 존장을 모른 척 내친 장문인은 어찌할 것인가!

"우리가 이제 와서 사숙에게 무슨 말을 할 것인가? 그저 적당한 때를 기다려 보기로 하세. 함께 지내다 보면 자연스럽게 기회가 오지 않겠나. 지금 장문인과 우리가 불쑥 다가가 사죄를 하는 것은 상책이 아니라고 보네. 게다가 무림인들의 눈이 사숙에게 집중되어 있으니 섣불리 행동했다가는 추접지근해 보이기만 할 걸세."

심방의 말이 틀린 것이 아닌지라 양극은 고개를 끄덕였다. 아닌 게 아니라 지금 장염 사숙은 무림맹의 최대 관심사로 떠올랐다. 영화와 달아날 것을 염려해서인지 팔대문파 고수들은 원거리에서 장염 사숙을 감시했다. 그런 장염 사숙에게 다가가 소리 소문없이 어떤 일을 도모할 수는 없다. 더구나 그 일이 타인에게 알려져서는 안 되는 일임에야 더 말해 무엇 하겠는가!

* * *

자연은 정해진 길을 순리대로 걸어간다. 시간이 흐르자 공동산의 초목(草木)은 푸르게 푸르게 변해갔다. 봄 기운은 산하(山河)를 초록으로 덧칠하는 것으로도 모자라 만물에 생동감마저 불어넣었다. 혈마사의 당대 주지인 마하륵은 공동파를 둘러보며 혼자 고개를 끄덕였다. 그동안의 정체를 딛고 일어나야 할 때가 도래한 것이다.

마하륵은 느린 걸음으로 공동파의 구석구석을 둘러보았다. 전에는 서로 몰랐지만 지난 겨울을 잘 지내게 해준 공동파의 전각들이다. 지금 마하륵은 서장의 혈마사에서 떠날 때와 같은 마음이었다.

사람에게는 피아(彼我)가 있지만 일체(一切)는 하나다. 공동파의 도사들은 혈마사를 받아들이지 않으려 했기에 겨우내 굶주린 짐승들에게 몸을 내주었다. 그러나 공동파의 목조 건물과 주변의 수목은 자연스럽게 혈마사의 라마승들을 받아들였다.

마하륵은 지난해 겨울 공동산에서 피 칠한 선장을 휘두르며 쉬지 않고 '너와 나는 누가 먼저 가고 뒤따라가느냐의 차이만 있을 뿐이다' 라고 중얼거렸다. 일이 끝난 뒤 공동파의 앞뒤 계곡에 있는 도사들의 시체를 내다 버리면서도 슬프거나 괴롭지 않았다.

티벳의 사람들은 본래 죽음을 두려워하지 않는다. 그들은 가족이 죽어도 시체를 독수리나 새들의 먹이로 내어주는 독특한 장례의식을 가지고 있다. 가족이 죽어도 천장이나 조장으로 새들에게 먹이는데, 하물며 중원에까지 와서 타인의 시체를 달리 예우할 까닭이 없다.

고원에서 생활하다 보면 시체를 땅에 묻는다는 것은 어려운 일이기도 했다. 그러다 보니 전염병이나 중죄인의 시체가 아니면 아예 묻으려고 하지 않았다. 고원 지대의 얼어붙은 땅을 파기도 어려웠지만, 시체가 땅속에 오래 남아 있기 때문이다.

승려가 되기로 작정했을 때, 생사(生死)에 대한 집착을 버렸다. 그리고 조사들의 신위(神位) 앞에서 건곤혈마기(乾坤血魔氣)를 익히기로 맹세한 날 이후로는 오욕칠정(五慾七情)도 잊었다. 본래부터 재물이나 육신에 별반 미련이 없었지만 혈마사에 귀의하면서 그런 생각은 더욱 굳어졌다.

혈마사의 라마승들이 익히는 건곤혈마기는 욕(慾)과 정(情)의 상극이다. 그러나 욕과 정은 극단적으로 멀리하려고 노력할수록 절대적인 유혹으로 다가왔다. 그래서 어쩌면 혈마사의 승려들은 흡혈로 타협을 보았는지도 모른다. 인간은 건곤혈마기를 담을 만큼 순수하지 못했던 것이다.

그런데 그 저주의 흡혈을 중지한 라마승이 있다. 마하륵에게 있어 영혼의 아버지이자 스승인 노라마! 노라마는 금단의 열매를 맛본 뒤에 스스로의 의지로 욕과 정을 통제했다.

노라마는 마하륵이 혈마사를 떠나기 전날 밤 숙소로 찾아와 중요한 말을 남겼다.

"흡혈을 하지 않으면 오행은 상생(相生)하고 건곤은 일기(一氣)가 되나, 흡혈을 시작하면 오행은 상극(相剋)하고 건곤은 이기(二氣)가 된다."

마하륵은 자신의 몸속에 가득 찬 기운이 건곤이기(乾坤二氣)임을 잘 알고 있었다. 흡혈이라는 과정을 통해 익힌 건곤혈마기인지라, 정상적인 방법으로 무공을 수련한 사람들은 그 상대가 되지 못한다. 오행혈마인만 아니라면 중원에는 그의 적수가 없을지도 몰랐다.

'흐음, 오행혈마인…….'

현재 마하륵이 가장 고심하고 있는 부분은 오행혈마인이다. 강호행을 하다 보면 필연적으로 오행혈마인과 조우하게 될 것이다. 건곤이기로는 오행혈마인의 상대가 되지 못한다. 그러나 건곤이기를 하나로 만들면 결과는 쉽게 예측할 수 없게 된다.

어쩌면 스승의 경지를 엿보게 될지도 모른다. 자신이 중원에 나온 뒤로 흡혈을 하지 않고 있는 것은 오직 그 때문이다. 매일 한 차례씩 단전이 텅 비고 전신에 오한(惡寒)마저 들었지만 아직까지는 견딜 수 있었다.

요즘에 와서는 과연 이기(二氣)를 하나로 모아야 하는가에 대한 의구심이 들기는 했지만, 그런 마음조차도 미혹이라고 생각했다. 건곤이기를 하나로 모으면 과연 무엇이 있을까?

마하륵은 공동파의 복마전 앞에서 덜덜 떨려오는 몸을 추스르기 위해 눈을 꽉 감았다.

뒤따르던 혈마륵은 마하륵이 웅크리고 앉아 부들부들 떨기 시작하자 재빨리 달려왔다.

"마하륵이시여……."

마하륵이 냉기(冷氣)를 토해내며 중얼거렸다.

"훅훅… 괜찮다……. 모든 것은, 인과에 따라, 얻어지는 것. 으으으… 다른 사람들의, 영혼이, 나의 몸에, 헉헉… 안식을, 허락치 않는 것, 뿐이다. 이 길의, 끝에 가서, 으음… 내 눈으로, 보고 난 연후에, 네가, 이 길을, 가도 되는가, 가르쳐 주마."

마하륵에게는 기명 제자가 없다. 혈마사의 주류는 강경파로 구성되어 있고, 혈마륵은 강경파의 대표로 차기 주지감이다. 그렇기 때문에 제자가 없던 마하륵은 중원에 나온 뒤로 혈마륵을 후계자로 생각하여 심득을 조금씩 전해주고 있었다.

'마하륵이시여, 무엇 때문에 고통을 자처하시는 겁니까?'

혈마륵은 하고 싶은 말을 목구멍으로 억지로 삼켰다. 혈마사의 주지이자 중원에 나온 뒤로 자신에게 조금씩 무공과 경전을 전수해 주는 마하륵이다. 혈마사에도 몇 개의 파벌이 있지만, 마하륵만큼 세력 싸움 없이 주지가 된 사람도 드물다. 그 마하륵이 자기를 차기 주지로 인정해 주고 있었다. 물론 그의 인정이 없어도 결국 주지가 될 것이지만, 그래도 혈마륵은 마하륵의 신임 속에 주지가 되기를 바라며 공경했다.

마하륵은 충분히 존경받을 만한 주지였다. 근래에 들어 흡혈을 거부하고, 고통 속에 뒹구는 기행을 일삼고 있지만 말이다. 혈마륵은 흡혈의 열렬한 신봉자이니 더욱 마하륵을 이해하기 어려웠다. 마하륵에게 몇 번 물어보았지만 그때마다 '노라마의 가르침을 따르고 있다' 라고 했다.

'노라마가 마하륵에게 대체 뭐라고 했기에 저렇게까지 망가져 가는 것일까?'

혈마륵은 어쨌거나 존경하는 마하륵이 고통에 떠는 것을 방관하지 않았다.

마하륵은 혈마륵이 자신의 몸을 안아 올리자 희미하게 웃으며 말했다.

"수고를 끼쳤구나. 한낮의 태양이 머리 위에 떠오르면 하산(下山)해야겠다."

혈마사의 라마승들은 입산(入山)한 지 사 개월 만에 행장을 꾸렸다. 혈마륵과 함께 라마승들의 분주한 몸놀림을 지켜보던 마하륵이 그들의 앞으로 나섰다.

"혈라마(血喇嘛: 피의 스승)께서 이끄시는 대로 길을 갈 것이니, 아미타삼혈존(阿彌陀三血尊)은 형제들을 이끌라."

아미타삼혈존은 혈마사의 절대고수 세 사람을 가리킨다. 그들은 마혈존(魔血尊)과 수호존(守護尊), 그리고 분노존(憤怒尊)으로 혈마사 강경파에서 선출된 최고의 고수들이었다.

홍의(紅衣)를 걸친 라마승들이 잠시 웅성거리기 시작했다. 드디어 다시금 피의 제전이 시작된 것이다. 라마승들은 앞으로 오백

명 이상의 무림인이 제물로 바쳐지면, 이 피의 제전도 멈춰질 것이라고 믿었다.

그러나 어쩌면 그 이상의 죽음이 필요할지도 몰랐다. 피의 제전을 준비하며 죽어간 라마승들도 적지 않을 것이기 때문이다. 그들의 원한도 다스려 줘야 하지 않겠는가! 결국 어느 시점에 가서는 단지 피의 제전을 위해 중원을 돌아다니게 될지도 모른다. 인간의 불완전함과 혈마사의 숙명 중 어느 것 때문인지는 아무도 모르겠지만 말이다.

지금 마하륵이 라마승들 앞에서 거론한 '혈라마'는 혈마사에 환생한 '강쪼 라마'를 의미한다. 물론 환생한 혈라마는 지금 서장의 혈마사에 머물고 있다. 혈라마는 어디까지나 혈마사를 존재하게 하는 사람이기 때문에 아무 곳에나 그 존체(尊體)를 드러내지 않는다.

혈마사가 라마교에서 갈라져 나오게 된 결정적인 이유가 바로 혈라마에 대한 믿음 때문이다. 혈라마는 혈마사 신앙의 대상으로, 주지와는 다르다.

본래 강쪼는 '큰 바다', 라마는 '스승'이라는 뜻을 가지고 있다. 강쪼 라마라는 말은 '큰 바다와 같은 지혜의 스승'이라는 말이며, 티베트 어로 관세음보살이다(후에 16세기 말 제3대 법왕인 소남 강쪼가 당시 몽고왕 알칸탄으로부터 달라이라는 존칭을 받으면서 달라이 라마가 생겼다. 이 달라이라는 말은 의미상 강쪼와 같다).

그런데 진정한 강쪼가 혈마사에 환생하였다고 믿으면서부터 혈마사는 라마교로부터 완전히 분리가 되고 말았다. 혈마사의 시조가 된 강쪼 라마는 언제부터인지 흡혈을 시작했고, 그 뒤로 혈마사는 흡혈의 전통을 가지게 되었다.

혈마사 승려들은 본래 의밀(意密), 구밀(口密), 신밀(身密)의 삼밀법(三密法)을 수행하던 라마교의 무승들이다. 그들은 무(武)에 대한 강한 집착으로 혈마사로 귀의하였다. 혈마사는 그 무공의 괴이독랄(怪異毒辣)함은 물론 내공으로 서장 제일이었기 때문이다.

혈마사의 라마승들은 '혈라마가 환생할 뿐 아니라 현생의 길도 인도해 준다'고 믿었다. 아마도 주지인 마하륵은 공동산을 내려가며 정신적인 교감으로 혈라마의 지시를 받게 될 것이다.

마하륵의 지시에 따라 아미타삼혈존은 각자 구십 명씩의 라마승을 이끌고 질서 정연하게 하산하기 시작했다. 그들이 마침내 하산을 마쳤을 때 마하륵은 다음과 같이 말했다.

"혈라마께서 종남산(終南山)으로 가라고 말씀하셨다."

공동산에서 하산한 혈마사 라마승들이 종남산 밑 자락에 도착한 것은 그로부터 한 달 후였다. 혈마사의 라마승들은 종남산으로 가는 길에 백도 문파 두 곳과 흑도 문파 세 곳을 초토화시켰다. 그나마 다행스러운 것은 그들 다섯 문파가 미리 장원을 비우고 문도들을 해산시켰기에 희생이 크지 않았다는 것이다. 무림에는 혈마사가 지나간 곳은 무가(武家)가 해체된다는 말이 공공연하게 나돌았다.

종남파의 태상장로 구룡진인(九龍眞人)은 문도들을 한자리에 모아들였다. 장문인이 정예들을 이끌고 하남의 무림맹으로 간 뒤로 종남파에 남아 있는 사람들은 모두 백 명을 넘지 않았다. 종남파의 문도(門徒)는 도합 백오십여 명이다. 그렇게 본다면 무려 삼할의 전력이 외부에 있는 셈이다.

물론 종남파에 남은 백여 명의 사람들 중 장로가 셋이나 되니,

그 힘이 결코 작다고는 할 수 없다. 그럼에도 불구하고 이들이 창백한 얼굴로 어쩔 줄 몰라 하는 것은 상대가 혈마사이기 때문이다.

구룡진인의 노안(老顔)이 잔뜩 찌푸려졌다. 자신은 종남파의 최고 배분으로 혈마사를 목전에 두고 종남파의 진퇴를 결정해야 했다. 그런데 아직까지 도우(道友)들의 의견이 모아지지 않으니 답답했다. 느닷없이 밀려든 혈마사 때문에 종남산 부근의 인적(人迹)마저 끊긴 지 오래다.

그럼에도 백여 명의 사람들은 아까부터 '여기서 장렬하게 산화하자'와 '달아나서 훗날을 도모하자'로 나뉘어 갑론을박(甲論乙駁)하고 있었다. 이미 공동파의 멸문이 무림에 유명한데 그보다 더 적은 숫자의 무리들이 명예와 실리를 두고 갈팡질팡하고 있는 것이다.

구룡진인은 이십 년 전 무림맹의 결사대로 혈마사를 상대한 적이 있다. 그때는 이미 이패가 보정산에서 결별한 뒤라 손쉽게 격파할 수 있었다. 그러나 손쉬웠다고는 해도, 만반의 준비를 하고 있던 무림맹의 피해는 상상을 초월했다. 구룡진인 자신도 그날 어떻게 목숨을 건졌는지 모른다. 가슴을 선장에 격중당하고 정신을 잃었는데, 깨어나 보니 시산혈해(屍山血海)의 한가운데 누워 있었다. 종남파에서 출정한 삼십 명의 도우(道友) 중 살아남은 사람은 고작 다섯 명…….

그날을 생각해 내자 선장에 맞았던 가슴이 뻐근하게 저려왔다. 이 자리에 있는 젊은 도우들은 아직 혈마사의 공포를 모른다. 어쩌면 그래서 더욱 명예를 앞세우는지도 몰랐다.

'어쩌면 종남파의 도맥(道脈)이 유실되려는 것인지도…….'

용기 백배하여 무림맹으로 달려간 장문인 현천검객은 결사대로 참가하지 않아 아직 혈마사를 모른다. 남아 있는 세 명의 장로들도 모르기는 마찬가지. 지금에 와서는 오직 자신만이 그날의 생존자일 뿐이다.

멀리 유유히 흐르는 구름을 보니 이제 그만 속세를 잊으라는 듯했다. 이미 세상을 살 만큼 살았으니 득도하지 못한 것에의 미련이 있을 뿐 생의 집착은 없다. 그러나 저 젊은 도우들은 아직 해야 할 일이 많이 남아 있다. 저들을 지켜주는 것이 자신의 할 일이 아닐까?

"들으시오. 이미 혈마사의 라마승들이 코앞까지 다가왔소. 오늘 우리가 적은 수로 그들을 상대하기 어려우니 문파의 보존을 생각해야 할 것이오."

태상장로의 웅혼한 외침이 끝나자 몇 사람의 젊은 도사가 즉시 대답했다.

"장로님의 말씀은 옳습니다. 그러나 만약 우리가 혈마사가 왔다는 소리만으로 문파를 내어준다면, 두고두고 강호동도들의 비웃음을 면치 못할 것입니다. 혈마사와 잠시라도 어울린 연후에 즉시 몸을 돌이킨다면 문파의 맥과 명예 모두를 보존할 수 있을 거라고 생각합니다."

대다수의 젊은 도사들은 그의 말에 동조를 했다. 도망을 가더라도 혈마사를 보고 도망가자는 의견은 어찌 보면 합리적으로도 보였다. 맥을 보존하고 명예도 잃지 않는다. 그러나 과연 혈마사와 만난 뒤에도 종남파의 생각대로 세상이 돌아갈 것인가!

태상장로의 말이 끝났다. 종남의 도사들은 결국 즉시 물러나지 않고 혈마사를 본 후에 몸을 피하기로 했다. 종남파의 문하들은 간단한 짐을 꾸려 허리나 등 뒤로 묶고 병장기를 손에 움켜쥐었다. 그리고 그때부터 지루한 기다림이 시작되었다.

구룡진인은 자기가 직접 가르치던 제자 다섯 명을 불러들였다.

"너희들은 지금 하산하여 무림맹으로 가도록 해라. 이것은 내가 원해서 하는 일이니 지금부터 혈마사나 종남파의 명예를 운운하지 말거라. 무림맹으로 가서 장문인에게 내가 전하더란다고 하며 이 검보를 가져다 주거라."

구룡진인이 품 안에서 비단으로 싼 책 한 권을 내주었다.

용화 도사(龍華道士)가 조심스럽게 입을 열었다.

"스승님, 이것은……?"

"그렇다. 종남파 비전의 태을무형검보(太乙無形劍譜)다. 목숨처럼 지켜 장문인에게 전해지도록 해야 할 것이다."

용화 도사가 천천히 비단을 들어 품 안에 갈무리했다.

다섯 명의 도사들이 머뭇거렸다. 스승을 홀로 두고 모두 떠나야 하니 쉽게 몸이 움직여지지 않았기 때문이다.

제자들의 마음을 짐작한 구룡진인이 크게 웃으며 말했다.

"허허헛! 아직까지 도화향(桃花香)도 맡아보지 못한 내가 어찌 이승의 삶을 쉽게 버릴 수 있겠느냐? 나를 위해 근심하지 말아라. 그보다는 득도(得道)를 위해 너희의 마음을 열어두어야 할 것이다."

다섯 명의 도사들은 구룡진인의 마지막 말 한마디를 가슴에 담아두었다. '득도를 위해 마음을 열어라'. 어쩌면 이 말은 스승의 유언이 될지도 모른다. 문파의 존장들은 대부분 문파가 몰락할 때 함께했기 때문이다.

용화 도사가 사제들과 함께 큰절을 올렸다.

구룡진인은 만족한 듯 연신 껄껄거리며 제자들의 등을 토닥여 주었다.

용화 도사는 구룡진인을 눈에 담고 가려는 듯 한참 바라보다가 자리에서 일어났다. 이왕 하산할 거라면 서둘러야 했다. 스승의 염원인 태을무형검보를 장문인에게 전하는 일도 쉬운 일은 아니었다. 종남산에 이미 혈마사가 당도해 있다는 기별을 받았기 때문이다.

용화 도사는 사제들을 이끌고 재빨리 종남산에서 내려가기 시작했다. 종남산 어느 구석에 혈마사가 진을 치고 있을지 알 수 없었다. 결국 용화 도사는 가장 험한 산세를 타고 하산하기로 했다.

혈마사의 라마승들은 용화 도사가 사제들과 하산한 뒤에도 별반 움직임을 보이지 않았다.

결국 종남파의 문도들은 긴장 속에서 하루를 보내야 했다.

해거름의 종남산은 첫날밤의 새색시처럼 고요하고 아름다운 자태를 드러내고 있었다. 그러나 사람들의 고조된 긴장 때문일까? 살기에 눌린 짐승들이 모두 떠나 버린 종남산은 적막하기만 했다.

노을이 종남산을 검붉게 물들이기 시작할 때, 한 떼의 사람들이 산문으로 향하는 소로(小路)로 걸어왔다. 오늘따라 홍의가 더 짙어 보이는 혈마사의 라마승들이었다.

그들은 마치 유람이라도 하러 온 듯 여유로웠다. 종남파의 도사들은 라마승들을 견제하며 서서히 진형을 갖추었다. 종남파 절기인 천성검(天星劍)을 펼치기에 용이하도록 창안된 천성만절진(天星萬絶陣)이 그 모습을 드러냈다. 종남파의 문도들은 이 절진이면 적어도 후퇴할 만큼의 여유는 보장받을 거라고 믿었다.

홍의의 라마승들은 천성만절진이 다 갖추어질 때까지 묵묵히 바라볼 뿐이었다. 그리고 절진이 다 갖추어지자 마하륵의 짧은 소리가 종남산에 울려 퍼졌다.

"안식을 베풀라!"

세 명의 라마승이 각각 구십 명의 혈승을 이끌고 천성만절진으로 부딪쳐 갔다. 그리고 다음 순간 믿을 수 없게도 천성만절진은 구동 한번 제대로 못하고 모래성처럼 무너져 내렸다. 품 자(品字) 형태로 몰아쳐 간 혈승들의 공세는 빠르고 무자비했다.

핏빛 노을이 종남파 문도들의 가슴에서 떠올라 하늘로 사라져 갔다.

구룡진인은 아직 칠성의 경지에 머문 태을무형검을 끌어올렸다. 검을 다루기에는 무리가 따랐지만, 종남의 문도들을 하나라도 더 구하기 위해서는 어쩔 수 없었다.

구룡진인의 태을무형검이 혈마사의 라마승 두세 사람을 베어 넘겼을 때, 사십 대의 라마승이 그 앞을 가로막았다. 아미타삼혈존의 한 사람인 마혈존(魔血尊)이었다.

구룡진인과 마혈존이 사투를 벌이기 시작했다.

파파파팟!

태을무형검의 검기가 마혈존을 몰아쳐 갈 때마다 마혈존은 건곤혈영장으로 맞받아 쳤다. 두 사람이 눈에 보이지 않는 속도로 진퇴를 반복했다.

얼마쯤 시간이 흘렀을까? 구룡진인은 한동안 검기를 날리다가 문득 사방을 둘러보았다. 너무 조용했다. 자기가 싸움에 몰두한 탓도 있지만 그래도 이럴 수는 없다.

"허어어어……!"

구룡진인의 입이 벌어졌다. 품 자 형태로 둘러선 라마승들의 안

쪽에 종남파의 도사들이 머리와 팔다리가 으깨진 채로 누워 있었다. 단 한 사람도 이 자리에서 빠져나가지 못한 것이다.

종남파의 멸문이 눈앞에 펼쳐졌다. 불행 중 다행이라면 태을무형검보를 장문인에게 전해주었다는 것이다. 구룡진인은 그것으로 만족했다.

다시 상대의 핏빛 장풍이 전신으로 밀려들었다.

구룡진인은 그동안 집착하던 모든 것을 잊기로 했다. 사문인 종남파는 멸문했지만 후사를 배려했다. 이미 이십 년 전에 세상과 작별했어야 했는데, 지금까지의 삶은 덤으로 얻은 것이리라.

오래전 라마승의 선장에 맞았던 가슴이 뜨겁게 달아올랐다. 그 순간 구룡진인의 몸이 허공으로 둥실 떠올랐다. 생사를 잊은 순간 그토록 염원하던 태을무형검의 검의(劍意)가 깨달아졌다.

'왜 이제야… 심득이 오는가!'

구룡진인은 하늘로 솟구치며 발 아래 누워 있는 문도들의 주검을 내려다보았다. 그리고 자신의 몸에 집요하게 달라붙으려 하는 혈장(血掌)으로 눈을 돌렸다.

"허허헛!"

이미 모든 것이 끝났다. 세상에의 미련이 사라진 지금 홀로 혈우(血雨)를 뿌려야 하는가? 잠시 주저하는 구룡진인의 몸으로 수십 개의 혈장이 꽂혔다.

구룡진인은 태을무형검의 검의(劍意)를 떠올리며 크게 외쳤다.

"잊으라!"

지금 새삼스레 '잊으라'는 것은 죽음 앞에 선 자기 자신을 격려하기 위해서 던진 말일까? 혹은 태을무형검의 전수자에게 전하고 싶은 것이었을까? 다만 한 가지 분명한 것은 그의 고함 소리가 결코 심상치 않았다는 것이다.

저녁노을은 구룡진인의 터져 나간 몸을 감싸 안고 서쪽으로 완전히 기울어졌다. 살기(殺氣)가 가라앉은 종남산으로 짐승들이 돌아오기 시작했다.

第六章

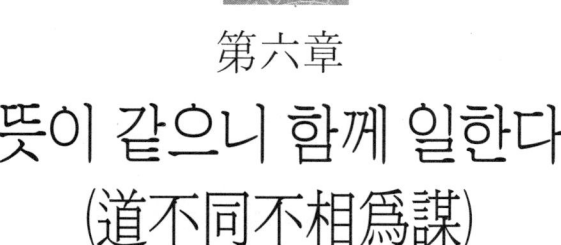

뜻이 같으니 함께 일한다 (道不同不相爲謀)

혈마사의 라마승들에 의해 종남파가 멸문당한 지 하루가 지나지 않았을 때다. 정체 불명의 무리들이 청성산(靑城山) 아래에 집결하고 있었다.

정오 무렵, 등에 거대한 꾸러미를 멘 강북제일마존(江北第一魔尊) 마광옥(馬光玉)은 장탄식과 함께 주변을 쓸어보았다. 초목(草木) 사이로 낯선 얼굴들이 빼곡이 들어차 있었다.

'빌어먹을 녀석들! 저런 놈들을 이끌고 구대문파의 뒷정리나 하러 다녀야 하다니…….'

마광옥은 얼마 전까지 마교 총단의 승천문에서 총감으로 일했었다. 그러나 달아난 천마후 때문에 피의 숙청이 있은 후 그는 좌천당했다. 외전의 일개 순찰조는 몰살을 당했지만, 작은 연줄이라도 가지고 있던 내전의 사람들은 겨우 위기를 모면했다.

그렇다고는 해도 마교 서열 삼십 위 안에 드는 자신이 이렇게 강호를 떠돌아야 하다니! 마광옥은 주변에 널려 있는 흉폭한 인상들을 또다시 둘러보았다. 어느 얼굴 하나에도 인간다움은 엿보이지 않았다.

'휴우…….'

인간다움은 둘째 치고 어디서 골라온 화상(畵像)들인지 혈통조차 애매한 면상들이다. 몽고족이 대부분이었지만, 가끔가다 섞인 까무잡잡한 피부와 눈알이 파란 색목인들까지, 볼수록 가관이었다.

'허어, 이거야 완전 인간 시장이로구나.'

강북제일마존은 스스로를 예술가라고 여기고 있는 문화적 소양이 강한 마인(魔人)이다. 그의 삼절(三絶)가운데 금절(琴絶)은 괜히 포함된 것이 아니다. 마광옥의 나이 어언 일갑자(60살). 이제는 정착하여 여유롭게 노후를 즐기고 싶었다. 승천문에서의 복무만 아니었어도 지금쯤 내전에서 조용히 금을 타고 있었을 것이다.

'구대문파의 떨거지들을 정리하고 내전으로 복귀해야 한다.'

마광옥의 눈에서 광채가 쏟아져 나왔다. 인생의 황혼기를 변방에서 떠돌며 보낼 수는 없다.

"천산구마(天山九魔)는 들어라."

"하명(下命)해 주십쇼!"

몽고족이며 신강과 서장에서 흉명을 날리는 아홉 명의 마인들이 앞으로 나섰다. 이들은 모두가 마교 서열 오십 위 안에 드는 마두들이다. 천산구마는 무공 서열을 논할 때만 제외한다면, 언제나 사이좋게 몰려다니며 일을 벌이는 들개 같은 마두들로 유명했다.

"청성파에 남아 있는 놈들은 겨우 백이십 명 정도라고 한다. 수하들을 십 대(十隊)로 나누어라."

말을 하고 싶은데… 조금만 나의 말에 귀 기울여 줘요. 나도… 나

늘따라 옷을 가볍게 입고 있었다. 게다가 가만히 유리 창문을 보고 있

노라니 왠지 문틈 사이로 바람이 솔솔 들어오는 듯한 기분이 들어 너

무 추웠다. 난방도 안 되는 이런 곳에서 이렇게 가벼운 옷을 입고 버털

수 있을 리가 없었다.

"이럴 줄 알았으면 집에서 나올 때 옷을 몇 개 더 껴입고 나오는 건

데!"

나는 투덜거리면서도 결국 1층으로 나올 수밖에 없었다. 그리고 전

부 포기하고 밖으로 나가려고 하는데 문득 지하실 쪽에 뭔가 잔뜩 쌓

여 있는 물건이 눈에 들어왔다.

1년의 시간이 지났다. 나는 휴게실의 의자에 홀로 앉아 있었다.

"안녕하세요? 아… 참 아름다우시군요… 히노 혼 리아가 맞지요?

저… 그러니까……"

나는 불끈 주먹을 쥐고 다시 한 번 결의했다. 그리고 문앞의 반쯤 열

번 지하실의 문을 조금 더 열어보았다.

난 역시 말을 꺼낼 수가 없었다. 그러나

가끔 잘을 제대로 안 했는지 철문은 고통스러운 비명 소리를 내며 열리지 않았다. 그러나 복수심을 원동력 삼아 불타오르는 불굴의 의지로 문을 열고 그 안쪽을 살펴보았다. 안에도 역시 여기저기에 지저분한 모포가 잔뜩 쌓여 있었다. 모포들을 보노라니 깨끗하긴 해도 아무것도 없는 썰렁한 위층보다는 이곳에 있는 것이 더 좋을 것 같다는 생각이 들었다. 모포를 들고 위로 올라가는 것이 귀찮다는 이유도 한몫했다.

제자들이 일백이십여 명이니 어지간한 일은 처리할 수 있을 것이다.

"이 ……"

"어쩜 이렇게 귀엽니?"

가끔씩 무공을 시험하거나 비급에 대한 욕심으로 불청객이 찾아오곤 했다. 한 사람의 불청객을 잡기 위해서는 백 명이 달려들어야 한다. 그렇다면 지금은 대체 어떤 경우일까?

그 아이는 나의 머리카락을 쓰다듬기 시작했다.

"아유! 귀여워라! 일지, 나랑 같이 안 놀래? 내가 재미있는 거 많이 가르쳐 줄게. 이래 봬도 내가 아는 게 많거든? 나랑 같이 놀자, 응? 착하지?"

온몸에 소름이 돋는 것과 동시에 나는 잠에서 깨버리고 말았다.

"……응."

나는 보모 사이로 손끝만 살짝 빼서 눈꼬리를 당겼다. 그러나 기름

…소리를 놓치지 않았던 것일까.

칠이 잘 안 되어 있어서 그런지 뻑뻑한 눈은 한 손의 힘만으로는 끝까

도현의 눈이 크게 치떠졌다. 놀랍게도 수백의 라마승들이 도검

지 잘 감히지 않았다.

"어디… 까칠거릴 때부터 알아봤어……."

십여 명에 불과했다.

"…아인 거야? 네 이름이?"

나는 결국 보모를 내려놓고 질문을 약간 열었다가 다시 세차게 닫았

"어허! 혈마사가 어찌!"

신기하게도 카류는 또다시 내 말을 알아들은 듯했다. 나는 너무나

다.

도현의 신형이 급속도로 멈추어졌다. 믿기 어려운 일들이 눈 앞

기뻐하며 눈가를 끄덕였다.

에 펼쳐져 있었다. 공포와 저주의 혈마상가 공동산에서 돌아와 청

성파까지 쳐들어온 것이다.

"봐봐, 흉크, 카멜!! 히노 선배래. 서로 인사해야지! 어서어서."

포위당한 청성파의 도사들은 속절없이 죽어갔다.

"…나… 나… 흉… 흉크라고 합… 합니다."

나는 … 보모를 다시 똘똘 말고 저쪽 구석으로 번데기처

"멈추지 못할까!"

"저 카멜!! …이라고 하는데… 저……."

도현이 정면에 섰다.

"왜 그렇게 말을 더듬는 거야? 어울리지 않게! 히노 선배, 우리랑 같

이 가자! 에… 그리고 보니 난 초면부터 반말이었네. 미안해요, 히노

…있던 라마승들의 몸으로 칠십이

선배. 선배가 너무 귀여워서 그만. 하하하……."

파검(七十二波劍)이 떨어졌다.

역시 그랬다. 카류라도! 나의 말을 알아들을 수 있는 최초의 아이.

휴게실에서 자리를 옮겨 나는 흉크와 카멜, 그리고 카류 이렇게 네

이서 이야기를 나눌 수 있었다. 몇 년 만의 사람들과의 대화인지! 나는

너무 기뻤다.

…처음 눈을 뜬 것이다. 그런데 이불을 걷고 밖으로 나왔지만 이상하게

나는 탁 소리가 나게 이마를 쳤다. 그제야 내가 부모님을 놀려주려고 지하철로 들어와 잠을 자고 있었다는 사실을 깨달은 것이다.

"얼마나 잤지? 빨리 학교 갈 준비를 해야겠어."

나는 옆에 던져 둔 가방을 들고 벽을 더듬거려 문 쪽으로 갔다. 그리고 문고리를 잡고 그것을 힘껏 밀었다.

"…잉?"

나는 문득 문고리가 돌아가지 않는다는 것을 깨달았다.

철컥, 철컥.

"이거 왜 이래?"

철컥, 철컥.

나는 계속 문고리를 돌리면서 문을 밀었다. 그러나 문고리는 마치 잠긴 것처럼 돌아가지 않았다.

갑자기 어젯밤의 일이 머리 속을 스쳤다. 마지막에 문을 닫을 때 뭔가에 걸린 것처럼 잘 닫기지 않았던 그 일이 생각난 것이다. 그저 문이 뻑뻑해서 부드럽게 닫기지 않는 것뿐이라고 생각했는데 그것이 문고리가 잠긴 상태여서 그랬던 것일까!

"억!"

라마승들의 동검이 뱀처럼 꿈틀거리며 두 사람에게 파고들었다.

쉬쉬쉬쉭!

도현과 도방은 비류신보(飛流神步)로 공세를 피하며 칠십이파검을 날렸다.

츠츠츳!

병장기가 아슬아슬하게 서로의 몸을 비껴가고, 마주쳤다가 떨어지기를 반복했다.

라마승들은 한동안 도현과 도방을 공격했는데, 합격술이 밝지 않았기에 두 사람을 처리하지 못했다.

창성파의 장로인 도현과 도방도 자신들의 재간을 다 사용하지 못하기는 마찬가지였다. 상대를 너무 높이 평가하여 공격보다는 수비에 치중했고, 결정적인 [illegible]

[illegible] 밀어붙이는 쪽은 실력이 딸렸고, 수세를 취하는 쪽은 손발이 [illegible] 소리와 함께 찢어지는 듯한 비명 소리가 [illegible]

[illegible] 라마승들에 의해 몇 명의 도사들이 고꾸라졌다. 그리고 그보다 더 흉포한 기세의 라마승 [illegible] 명의 도사들을 도륙했다.

도현은 더 이상 살아남은 도사들이 보이지 않자 사제를 향해 전음을 날렸다.

"저들이 모두 동쪽에 몰려 있으니, 서쪽으로 달아나도록 하자."

도현이 있는 힘껏 칠십이파검을 펼쳐 라마승들과의 거리를 벌

12 특별한 아이

짧은 비명과 함께 나는 옆의 벽을 잡고 겨우 중심을 잡았다. 잠시 딴 생각을 하며 앞을 제대로 보지 않고 걷다가 발이 무언가에 걸려 넘어질 뻔했던 것이다.

"에이씨! 저 공사장은 아직까지 저 상태인가? 빨리 좀 끝내지."

나는 길 한쪽에 잔뜩 쌓여 있는 철근들을 발로 툭툭 차며 투덜거렸다. 나의 앞에는 작은 아파트 단지를 재개발하던 중에 공사를 하던 회사가 부도가 나는 바람에 얼마 전부터 방치되어 있는 공사장이 있었는데, 이 철근들은 그 공사장에서 쓰던 것이었다.

공사가 끝나건 말건 나와는 관계없는 일이지만 여기저기 널린 공사 자재들은 다 치우고 가야 할 거 아냐!

[illegible] 한참 동안 공사장을 째려본 다음에 나는 집으로 향했다. 집 앞에 도착한 나는 [illegible]

[illegible]

그러나 두 번째 현관문을 연 나는 [illegible] 수밖에 없었다. 엉망이 된 집 안 꼴을 보고야 말았기 때문이다. 뒤엎어진 식탁과 지저분하게 널브러진 음식. 깨어진 장식장과 덕분에 방바닥에 가득 깔린 유리 조각들. 집 안의 물건들은 텔레비전부터 시작해서 멀쩡한 것을 찾아보기가 힘들었다.

순간, 나는 갑자기 머리가 띵해지는 것을 느꼈다.

였다. 그리고 서쪽으로 신형을 날렸다. 도방이 재빨리 그의 뒤로

"지금… 뭐 하는 거야!!"

따라붙었다. 두 사람이 막상 달아나기로 작정을 하자 그 다음은

한 번도 부모님에게 소리를 질러본 적이 없던 모범생 중의 모범생인

그다지 어렵지 않았다. 의외로 라마승들의 몸은 느렸고, 그다지 집

나였지만 이때만큼은 소리를 지르고 말았다.

요하게 따라붙지도 않았다.

"지금 바쁘다! 나가 있어!!"

도현과 도방을 끝으로 사방이 잠잠해지자 라마승들은 곳곳에

아버지가 날 째리며 말했다. 아니, 뭘 잘했다고 날 째리느냔 말이야!

불을 놓기 시작했다.

"뭐? 지금 집이 이게 뭐냐고!!"

얼마쯤 지나자 마침내 정성파의 도관은 불길에 휩싸여 서서히

"나가 있어라! 엄마, 아빠 지금 싸우는 거 안 보이니?!"

기울어졌다.

[illegible]

[illegible]

[illegible]

[illegible]

하나밖에 없는 아들이 수능을 앞두고 집으로 돌아왔는데 따뜻한 위로

[illegible]

[illegible] 라마승 행세를 하랄지는 모르겠지만, 그

[illegible] 이럴 수가!! 내가 아무리 집구석과는 관계

'그때가 되면 또 어떻게 되겠지…'

없이 [illegible] 일생을 건 시투(?)를 치르기

한동안 불길을 지켜보던 마광옥의 가슴에 짜르르 하고 진동이

직전인데 [illegible] 싸우고 싶어도 나를 위해 참았어야 할 거

와닿다. 폭삭 주저앉는 전각을 보는 순간 무려 삼 년 가이나 잠들어

아니야? 참는 건 둘째 치더라도, 째려? 눈을 부라려? [illegible]!!

있던 예술 혼이 깨어난 것이다.

보통 수능을 앞둔 아들을 가진 부모들은 그 아들이 조금이라도 기분

마광옥은 서둘러 등에 지고 있던 거대한 자루를 풀었다. 꾸밈이

나쁜 일이 생길까 염려하며 온갖 비위를 맞춰주는 게 보통이 아니냐고.

없이 수수한 소금(素琴)이 햇살 아래 모습을 드러냈다.

아니, 비위 같은 건 바라지도 않는다. 그저 따뜻한 집 안에서 아버지와

이윽고 한낮의 불길과 전혀 어울리지 않는 거문고 소리가 청성

어머니랑 도란도란 연속극 여자천하를 보는 정도로… 쿨럭! 그리고 보

산에 울려 퍼졌다.

니 여자천하!! 시파! 정말 열받았다! 생방송으로 보려고 친구 놈한테

녹화해 놓으라고 말 안 했단 말이다! 이제 이 집구석은 끝이야!! 나 혼자 잘 처먹고 잘 살고 말 테다!!

* * *

나는 너무 화가 나서 정신없이 휘적휘적 걸어나갔다. 한참을 씩씩거리면서 걸어가다가 문득 조금 전에 보았던 공사장이 눈에 들어왔다.

…한 하루 정도 외박하고 들어가면 그 부모들도 반성하지 않을까.

가출을 할 생각은 없었다. 집 나가면 고생이라는 건 안 해봐도 충분히 알 수 있는 일이니까 말이다. 나는 하루 동안 연락없이 집에 들어가지 않는 것으로 부모님들을 골탕 먹이기로 했다. 실상 이제까지 부모님들에게는 나 엄청난 모범생이었으므로 단 하루의 외박이라도 분명 큰 사건이 될 것이다.

그런 [illegible] 해도 [illegible] 거나 [illegible] 과를 얻지 못했다.

나는 [illegible]

[illegible]

일단 공사장으로 들어가기 전에 편의점에서 암식으로 쓸 빵이랑 우유를 하나씩 샀다. 그리고 동네 사람들 중 누가 날 알아보고— 내가 원래 [illegible]

강북제일마존 마광옥이 청성산에서 한가하게 거문고를 타고 있을 때, 마교의 파천대는 황하수채를 상대로 한 치의 양보도 없는 세력전을 벌이고 있었다.

"왜! 왜! 저 빌빌어진 수적들이 아직까지 눈앞에서 걸리적거리고 있단 말이냐!"

쾅!

혼세마왕(混世魔王)의 우락부락 떨어진 탁자는 둔탁한 소리와 함께 폭삭 주저앉았다.

파천대의 [illegible] 무영혈장(無影血掌) [illegible]

[illegible] 통천(通天 [illegible]

[illegible] 마교에 할당받은 재물과 무사들을 제공해야 한다. [illegible]

특별한 아이

내 이름은 허로 혼 리아. 리아 후작가의 외동딸이다. 난 어렸을 때부터 몸이 약해서 혼자 나의 방에서만 지냈다. 아버지는 굉장히 높은 사람이라 일이 매일 너무나 바쁘셔서 거의 집에 들어오지 않고 왕궁에서만 생활하셨고, 어머니도 그런 아버지를 위해 매일 파티를 열거나 해서 다른 부인들의 호감을 사는 등의 일을 하셨기에 나는 언제나 나의 방에서 책이나 읽고 새들을 바라보며 생활했다.

나와 함께 있어주는 사람은 나의 유모인 헤라뿐이었다. [illegible]

우리 동네에서 좀 유명하다. 매일 싸움질하는 부모 밑에서도 건전하게 큰 착한다. 마교의 인원과 재력이란 한계가 있는 것이어서 팔대문파와 무림 삼장(三莊) 중 몇 개만 상대를 해도 절단이 나기 때문이다.

끊임없는 전력의 보강과 재력의 후원이 정사양도(正邪兩道)를 일통할 필수적인 조건이다. 지금 파천대와 천마대가 하고 있는 일은 바로 그 기반을 다지는 일이다. 교주는 혈마사의 일로 정파가 정신이 없을 때 기반을 다지고, 혈마사의 혈풍이 지나가면 천하를 뒤엎겠다는 계획을 가지고 [illegible] 교주의 뜻에 어긋나지 않도록 파천대는 반드시 황하수채를 정복해야 한다.

"소대장들을 불러라. 자시 초(子時初: 23~24시)에 다시 합습을 가하도록 하겠다. 오늘 밤에는 반드시 귀수신룡(鬼秀神龍) 장소룡의 목숨을 취해야 한다. 황하수채의 뒤에는 그놈이 도사리고 있다. 그놈만 사라진다면 황하수채는 절로 무너지고 말 것이다."

"존명!"

부대주 방월향이 소대장들을 불러 모았다.

[illegible]

오늘처럼 홀로 술상을 받으면 장가촌이 더욱 그리워진다.

"무영아, 무혼아!"

장소룡이 나직한 음성으로 두 의형들의 이름을 불렀다. [illegible] 당고랍산맥에서 이승을 떠났건만, 이처럼 달 밝은 밤이면 왠지 '네' 하고 나타나 줄 것 같았다.

의형(義兄)인 이무심은 사공철이 이끄는 일십 인의 청룡당 사람들과 함께 공동산으로 떠났다. 자신도 이무심과 함께 공동산으

3 학교에서의 일상

고 있었던 것이다.

그 순간의 감동이라니! 그 시계가 얼마나 사랑스러워 보이는지… 당해보지 않은 사람은 정말 모를 것이다.

난 곧 정신을 차릴 수 있었다. 그만큼 그 자그마한 빛이 나에게 굉장한 힘이 되어주었던 것이다.

난 그 작은 빛에 의존해 가방에 들어 있던 책을 읽기 시작했다. 할 일이 없으면 또 발광할 것만 같았다. 뭐든 해야만 한다고 생각했다. 수능 시험이 얼마 남지 않은 나의 가방 속에 든 거의 전부가 책들이었다. 공부하려는 의도에서 가져온 게 아니라 이젠 이 책을 사용할 일도 없을 거라 생각해 수능 시험이 끝난 직후에 근처의 헌 책방에 팔아버리려고 그러니 무서운 것이었다.

불침 시계에서 나오는 빛이 밝으면 얼마나 밝았겠는가. 하지만 책에 시계를 바짝 갔다 대면 글자 몇 개 정도는 보였다. 난 그렇게 책을 읽고 외웠다. [illegible] 것을 느꼈다.

문득 마음이 가라앉자 수능 시험에 대한 생각이 머리를 스쳤다. 그 [illegible] 으로 넘어 [illegible] 이 지었다고…

"…[illegible]" 해도 거의 미친놈처럼 X랄을 떤 주제에 수능 시험이라니… 그냥 책이나 읽자. [illegible] 충분해!

책을 반쯤 읽었다. 아니, 외웠다. 무서울 정도로 집중을 했던 듯이었다.

다. 시계가 있어서 시간이 5시간 정도 지났다는 것도 알 수 있었다.
로 가고 싶었지만 참았다. 지금은 홀로 걸어다닐 게 된 것만도 감
난 지금 굉장히 후회하고 있었다. 지금 무척이나 배가 고팠기 때문
사할 일이다. 자기의 욕심 때문에 일행에게 피해를 줄 수는 없었
이다. 지금은 그래도 참을 만했다. 그러나 언제 여기서 나갈 수 있을지
다. 장소룡은 무림에 나와 나서야 할 때와 기다리는 법을 배웠다.
도 모르는데 마지막 식량을 그 따위로 낭비하다니! 너무나 후회가 됐
배움의 대가는 이루 말할 수 없이 컸지만 말이다.
다. 조금만 빨리 시계를 발견했었더라면……
장소룡이 다시 술잔을 들어 화조주를 입 안에 털어 넣었을 때
머리가 점점 더 식어갔다. 나는 어쩌면… 어쩌면 굶어 죽을지도 모
다. 어디선가 미풍(微風)이 불어와 가슴을 시원하게 했다. 혹시 저
른다는 생각이 들었다. 죽음 중에서도 가장 고통스러운 것이 '아사'라
승에 간 두 아들의 선물일까? 장소룡은 피식 웃으며 다시 잔을 가
하지 않던가.
득 채웠다.

"설마. 아니야. 누군가… 누군가 찾으러 오겠지."
콰아앙!

나는 벌써 네 권째 책을 읽고 있었다. 그러다가 책을 확 집어 던졌
어디선가 날아온 수전(袖箭)이 장소룡의 뒤말을 스치고 날아가
다.
전각의 기둥에 꽂혔다.

[illegible] 화광이 충천했다.

쳇! 혼신전(魂神箭) 한완성(韓完成)은 아깝다는 표정으로 발을
굴렀다. [illegible]
[illegible] 전 너무 긴장한 나머
지 [illegible]의 목줄기를 노리고
[illegible]
추살조(追殺組)를 이끌고 있는 한완성은 어떻게든 귀수서룡의
을지도 모른다는 생각이 더 머리를 [illegible] 내가 태어나 언제 이렇
목숨을 끊어야 했다. 지금 저 불길은 구워 추살조를 돕기 위해 파
게 오래 굶어본 적이 있었던가. 그것도 이런 칠흑과 같은 어둠 속에서.
천대의 기술조가 벌인 공작이다.
그러다가 갑자기 극하게 소변이 마려운 것을 느꼈다.
한완성이 열 명의 수하를 이끌고 추운루의 나무 계단을 오르려
"……"
할 때였다.
목이 마르다.
본능적으로 위기를 느낀 한완성이 뒤로 물러났다.
"소변도 물이잖아. 지금 찬물 더운물 가릴 때야? 난 죽고 싶지 않아!"
파파파팍!

난 나 스스로에게 소리쳤다.

어둠 속에서 수십 개의 암기가 날아와 나무 계단에 박혀들었다.

난 손을 모았다. 그리고 손에다 그것을 모았다. 기분이 진짜로 더러웠다. 너무너무 더러웠다.

'헉! 대체 어디서!'

한완성이 주변을 둘러보는 순간 또다시 암기가 날아들었다. 이번에는 십여 명의 [illegible] 되고 있었다.

그래도……

나는 죽고 싶진 않았다.

'으헉! 설마 만천화우(滿天花雨)?'

하늘에서 쏟아져 내리는 암기의 소나기. 이건 이미 무림에서 절전되었다는 당문의 절기 만천화우였다.

"우웩…! 웩~! 컥컥! 커헉!"

난 아무것도 없는 나의 위를 게워내고 있었다. 소변이 나의 입술에 약간 닿자마자 이렇게 구토를 하고 있는 것이었다. [illegible]

그러나 암기는 하늘을 빼곡이 뒤덮고 있었는데, 생각했던 것보다 그 움직임이 느렸다. 하긴, 만천화우를 본 사람 중에 살아난 사람은 거의 없다고 들었으니 이 움직임이 진짜 만천화우인지 확인할 길도 없었다. [illegible] 만천화우라고 [illegible]

[illegible] 기쁘다고 생각할지도 모르겠지만 이것 역시 당해 [illegible]

"카류!! 다른 건 없어?"

"제장! [illegible] 암기가 [illegible] 떨어져 내리자 조금 안도한 표정이었다. 그러나 다음 순간 [illegible]

뭐냐, 또! 이 녀석이나 저 녀석이나 저런 발육 부진아의 어디가 그렇게 좋다고 난리인 거야?! 매일 카류, 카류… 저 빌어먹을 녀석!

[illegible] 가만히 생각하니 정말 내가 미쳤던 게 [illegible]

"음, 이번엔 다른 거 가르쳐 줄까? 다들 의외로 이런 거 좋아하네? 그러니까 옛날에 토끼랑 거북이가 살았거든. 그런데 토끼랑 거북이가 달리기 시합을 하기로 했어……"

'암기가 모두 어디로 간 것일까?' 라고 생각하던 한완성은 수하들이 움직이지 않고 있다는 것을 깨달았다. 십 인의 마인들은 그 자리에서 [illegible] 피하려던 몸짓 그대로 멈춰 있었다.

[illegible] 죽으리라!

난 다시 [illegible]

우욱! 대체 저 녀석은 저런 이상한 걸 어떻게 생각해 내는 거냐. 토끼와 거북이 좋아하시네. 저런 현실성 없는 얘길 지껄여 대다니.

'당했다! 진짜 만천화우로구나!'

한완성이 [illegible] 계단을 노려보았다. 어차피 수하들 [illegible] 한 수에 모두 죽었다. 임무를 성공하지 못하고 수하들마저 잃어버린 자신이 돌아간들 무슨 영광이 있겠는가.

7일. 일주일이다. 벌써 일주일이나 지난 것이다.

"달티, 세피를, [illegible] 제로, 엘! 휴게실로 갈자! 간식 과자라도 사 먹자고."

후회가 몰려왔다.

뭔가? 왜 그때 소변을 마시지 않았나? 네가 언제부터 그렇게 고상했다고! 이젠 소변도 나오지 않는다. 뭘 먹었어야 소변이 나오지!

"응? [illegible] 재미있다고."

[illegible] 취하는 것이 좋겠다.

"그래, 달티 말처럼 듣고 가면 안 되나? 저거 의외로 재미있다고."

신경질이 났다. 미칠 것만 같았다.

목이 마르다! 목이 마르다! 너무 고통스럽다!

시간은 정말 썩어날 정도로 많았다. 저쪽에 널브러져 있는 책들은 이미 다 외워 버렸다. 몇 쪽에 커피 얼룩이 있는 것까지 알아맞힐 수 있을 정도로 말이다. 이제껏 내가 할 수 있는 행동은 오로지 잠을 자고 책을 읽는 것뿐이었기 때문에 그런 일이 가능했다. 미치고 싶지 않다는 일념 하나로 난 그렇게 처절하게 책을 읽어온 것이다.

"죽는 걸까……"

나는 바짝 메마른 입술과 혀를 겨우 움직여 중얼거렸다.

아마 나는 죽을 것이다. 그래! 나는 이런 곳에서 굶어 죽을 것이다! 이런 황당한 장소에서! 이 건물이 공사를 재개할 때까지 내 시체조차 이곳을 빠져나가지 못하리라!

난 수능 시험을 치르기 직전에 이런 곳에 갇혀서 죽어버리게 됐구나.

나가게 된다면 죽기 전에 후회없는 삶을 살고 싶어!

…쓸데없는 생각이다. 어차피 죽을 건데 이제 와서 이런 생각을 하고 후회한들 무슨 소용이 있겠는가.

난 죽어서 천국에 갈 수 있을까. 나는 분명 악인은 아닐 것이다. 그

저런 놈들이 감히 에스문드 가문의 장남인 이 몸에게 큰소리를 치다니!

델티, 세미르, 체드, 엘, 저 녀석들까지 저딴 이야기에 빠져 버리다니……

참자, 참아. 똑똑하고 마음 넓은 내가 참아야지. 무식한 것들이 저런 얘기에 빠지는 거 내가 이해해 줘야지 어쩌겠어. 하지만 델티 녀석들… 나만 졸졸 따라다닐 때는 언제고… 젠장.

어떻게 저 카류라는 놈의 콧대를 그대로 뭉개 버릴 만한 좋은 수가 없을까? 저놈이 꼴에 왕자라고 그냥 구석에 몰아넣고 마구 패버릴 수도 없는 일이고 말이야.

카류 놈에 대한 생각을 하면서 너무 이를 갈았더니 목이 칼칼해져 왔다. 나는 음료수라도 살까 싶어서 휴게실 쪽으로 걸음을 옮겼다.

…음? 저기에 앉아 있는 여자 아이는? 히노 선배님이다! 아아~! 언제 봐도 아름답구나. 선배의 미모는 정말 화려 그 자체다. 태양으로 빚어놓은 듯한 금빛의 머리카락과 금빛의 눈동자, 앙다물어진 붉디붉은 입술, 진주 같은 피부! 정말 천상의 미로다!!

나는 문에 몸을 비구 부딪쳐 봤다. 그러나 내 어깨만 아플 뿐 문은 꿈쩍도 하지 않았다. 문틈 사이로 빛도 새어 들어오지 않을 정도면 이 문이 얼마나 제대로 된 문인지 충분히 알 수 있었다.

"쓰벌! 뭐야! 어떤 놈이 문을 이렇게 만든 거야아~!!"

나는 문을 주먹으로 두드리며 고래고래 소리를 질렀다. 하지만 나의 목소리는 지하실 안을 맴돌 뿐이었다.

"젠장! 젠장할! 나 예비 소집에 가야 한단 말이야!! 젠장! 누구 놀리니 말이야!! 누구 없어요? 문 좀 열어봐요!!"

나는 한동안 계속 문을 두드리며 소리를 질렀다. 주먹이 얼얼해질 정도로 문을 친 다음에야 나는 겨우 문을 치는 일을 포기했다.

"누가… 누가 찾아오겠지."

나는 그렇게 중얼거리며 문 앞에 쭈그리고 앉았다.

"…으으응."

슬프게도, 이번에도 난 이상하게 말을 할 수밖에 없었다. 으응이라니, 대체 카류가 뭐라고 생각하겠어?!

"헤헤… 봐라, 괜찮다잖아. 귀엽다는 말도 다 칭찬이라구!! 칭찬!! 하하하하~

역시! 헤라만이 알아들었던 나의 목소리!! 헤라!! 이제는 헤라 말고도 나의 목소리를 알아들을 수 있는 사람이 생겼어요.

나는 수업이 끝나자마자 카류가 다시 올 것을 기대하면서 다시 그 휴게실로 갔다. 그런데 갑자기 수많은 남자 아이들이 나에게 말을 걸어왔다. 난 너무 당황했다. 그들의 말에 대답을 해줬으면 좋았겠지만 금세 나의 입은 딱딱하게 굳어지는 것이 느껴졌다.

아아… 믿어 내가 정말 싫어.

탁 털고 여기저기 만져 보았다. 다행히 크게 파손되지는 않은 것 같아 그때였다. 그렇게 많은 사람들의 웅성거림 속에서도 작고 앳된 카류의 목소리가 정확하게 나의 귀에 들려왔다. 너무 기뻐서 눈물이 터질 것만 같았다. 나는 남자애들을 헤치고 카류가 있는 쪽으로 다가갔다.

서니는 한숨을 쉬었다. 휴대폰에 잘못이 있는 것도 아닌데 이런 식으로 괜히 화풀이를 하는 건 바보 같은 짓 아닌가. … 최신형인데 말이다.

나… 이대로 굶어 죽는 건가.

그렇게 중얼거리면서 서니는 피식 웃었다. 인간이 이렇게 쉽게 죽을 수 있을 리가 없잖아. 여긴 서울 한복판이란 말이다. 내가 실종되면 찾으러 오겠지. 아마 이 주변을 샅샅이 뒤져 분명 나를 찾아낼 것이다. 까짓거 며칠 이곳에서 버티지 뭐.

[illegible]

카류와 함께 온 아이가 약간 신경질적으로 소리를 쳤다. 그는 평민을 더러운 벌레 취급하는 전형적인 귀족인 듯싶었다. 처음 나에게 말을 걸었을 때도 평민들과 함께 있던 카류가 왜 저런 아이들과 함께 있는 걸까?

[illegible]

"같이 가기 싫으면 그만둬, 에르가 형. 하늬 선배는 지금 기분이 그다지 좋지 않아 보이니까. 모르는 사람보다는 말도 통하고 의미 아는 사이인 후크하고 카멜이랑 같이 있는 게 더 좋을 거야. 그렇죠, 하늬 선배?"

[illegible]

팔대문파 장문인들이 갑론을박(甲論乙駁)하는 동안 현천검객(玄天劍客) [illegible]

[illegible]

[illegible] 말이죠.

그런 '왕자'가 대체 뭘 잃으란 말인가?"

얼마나 시간이 지났을까.

몇 번이나 잠들었다가 깼다가 했는지 모르겠다. 정말 오랜 시간이 지난 것 같은 느낌이었지만 변한 것은 아무것도 없었다. 오로지 사방의 어둠과 적막뿐.

[illegible] 현천검객은 지금까지도 그 소리에 [illegible]

멍하니 앉아 있다가 문득 배에서 요란한 소리가 들린다는 사실을 깨달았다. 배고픔도 느끼지 못하다니, 나도 정말 긴장하고 있는 모양이다. 나는 손으로 책가방 속을 더듬어 어젯밤 저녁으로 먹으려고 사 왔다가 [illegible] 먹지 않고 남겨두었던 빵을 꺼냈다.

현천검객의 생각은 길게 이어지지 못했다. [illegible]

[illegible] 격앙되어 갔기 때문이다.

[illegible] 출신이라서 그런 것만은 아니었다. [illegible]

"뭐? 네가…… 아니, 당신이 카류리드 왕자 전하라고……요?"

그 말에 나도 정말 놀랐다. 처음 말할 때부터 카류는 귀족답지 않게 쾌활하고 활발했으니까. 게다가 평민으로 보이는 아이들에게도 이렇게 스스럼없이 대하지 않았던가.

[illegible] 차례 기습의 결과치고는 사상자가 너무 많았다. 생존자 삼십오 명, 무려 사십오 명이나 죽었다. [illegible] 십 명이다. 그중 팔십 명이 [illegible]

"그래! 너 같은 평민들이 마음 놓고 얘기할 수 있는 상대가 아니란 말이다! 이거야!"

에루가라는 남자 아이가 흐크와 카멜을 보고 소리쳤다. 정말 마음에 들지 않는 아이다. 평민이 뭐가 어떻다고 저런 식으로 흐크와 카멜을 몰아붙이는 거지?

[illegible] 신중함을 누구보다 [illegible]

"……에루가 형, 사실 에루가 형이 처음 날 봤을 때 평민이라고 욕하면서, 더럽다고 말했던 거 아직 잊지 않았거든? 나에겐 역시 왕자로서의 [illegible] 내가 왕자인 걸 못 알아보거든."

[illegible] 배가 고픈 건 아니었다. 그럼에도 난 그것을 먹고 있었다. 빵과 우유가 [illegible] 나도 알고 있었다. 그런데도 그렇게 행동한 것은 정말 뭔가를 하지 않으면 미칠 것만 같아서였다. 아무것도 보이지 않아도 먹을 수는 있었으니까. 먹는 행위를 한다는 [illegible]

것이 느껴짐으로써 내가 존재한다는 사실을 겨우 느낄 수 있었다.

빵도 우유도 다 떨어졌다. 어둠이란 이런 것일까. 무섭다. 답답하다. 끔찍하다! 빠져나가고 싶다! 내가 왜 이런 곳에 있어야 하지?

난 주먹으로 미친 듯이 문을 두들겨 댔다. 반대 편에서 몸 사리지 않고 문 쪽으로 달려가 온몸으로 쳐보기도 했다. 발이 마비될 정도로 문을 찼다. 아니, 부수는 건 무리다. 난 문의 연결 부위를 찾아 떼어내려고 손톱으로 긁어내며 발광을 했다. 그러나 문은 너무나도 견고했다. 황당하고 황당했다. 서울 한복판에서 방 안에 갇혀 죽게 되다니. 이게 웬 자다가 봉창 두들기는 소리란 말인가.

눈물이 흘렀다. 아니, 아까부터 나는 울부짖고 있었다.

난 책을 내던지고 재빨리 그 빛을 집어 들었다. 그 빛의 정체는 내가 귀찮아서 손목에 차지 않고 가방 안에 넣어두었던 시계였다. 손목시계의 숫자 부분과 분침, 시침에 붙은 작은 야광 스티커가 약한 빛을 내뿜

들도 그것을 보았는지 에르가라는 남자 아이와 다른 4명의 얼굴이 창백해졌다.

카류의 말에 그들은 눈살을 크게 찌푸리는 듯싶다가 곧 어쩔 수 없다는 태도로 후크와 카멜에게 악수를 청했다.

"조, 좋아. 치, 친하게 지내자, 후크, 카멜……"

"그래… 친하게 지내자……"

후크와 카멜은 재미있다는 표정을 지으며 그들과 악수를 했다. 카류는 참 이상한 면이 많은 것 같다. 얼굴은 나보다 한창 어려 보이는데도 나보다 몇 배는 생각이 깊어 보인다고 할까?

내 인생에서 그렇듯 큰 의미를 가지게 할 날이 지나가고 있었다.

내가 학교에 다니기 시작한 지도 1년이 되던 해였다.

장염은 영화의 근심 어린 얼굴을 보며 조용히 대답했다.

"약함이 강함을 이기고, 부드러운 것이 딱딱한 것을 이기는 법(弱之勝强 柔之勝剛)입니다. 사람들이 알면서도 행하지 못할 뿐이지요. 본래 죽은 것이 강하고, 살아 있는 것은 모두 연약하답니다. 이 이치를 아시겠습니까?"

왠지 기죽기 싫은 영화가 고개를 끄덕였다. 그렇다고는 해도 영화의 얼굴에는 뭔가 미심쩍은 표정이 가득했다. 혈마사의 사람들이 그처럼 강하냐고 물었는데, 강한 것은 죽은 것이라고 대답했다. 그렇다면 장 오라버니는 스스로 약하다고 인정하는 것인가? 죽은 것이 강하고 살아 있는 것이 연약하다는 말은 솔직히 이해할 수 없었다. 그렇다면 세상은 약한 사람들의 천국이 되어야 하는데, 사방을 둘러보아도 연약하고 힘이 없는 사람들은 모두 눌려 고통받고 있었다.

장염은 영화의 얼굴을 유심히 바라보았다.

"영화 소저, 나도 전에는 눈에 보이는 것이 세상의 전부인 줄로만 알고 살았습니다. 그러다 스승님의 가르침을 생각하며 오랜 시간 세상에서 떠돌 때 비로소 알게 되었습니다. 세상을 지탱하고 있는 것은 눈에 보이지 않는 것들입니다. 물 한 방울, 바람 한 줄기, 구름 한 조각, 그 모든 것들이 조화롭게 어울려 세상은 움직이고 있습니다. 물론 종종 비바람도 치지만 그것은 결코 오래가지 못합니다. 세상에 충만한 것은 이 부드럽고 힘없는 바람이지요."

영화는 문득 깨달아지는 것이 있었다.

'원융지의(圓融之意)다……. 장 오라버니는 내게 원융의 의미를 설명하는 것이구나!'

영화가 희미하게 웃으며 대답했다.

"오라버니, 가르침을 잘 알겠습니다. 그런데 저는 여전히 혈마사가 마음에 걸리는군요."

장염은 영화의 끈질긴 질문에 두 손을 들지 않을 수 없었다.

"하하! 혈마사는 강하지만 저는 부드럽습니다. 이제 됐습니까?"

그제야 영화의 얼굴에도 웃음이 감돌기 시작했다. 속뜻이야 잘 알아듣지 못했어도 장 오라버니가 자기 입으로 '약함이 강함을 이기고 부드러움이 딱딱함을 이긴다'고 했다. 즉, 장 오라버니는 그들에게 죽지 않는다고 대답한 것이다.

*　　　*　　　*

청룡신검 사공철은 청룡당의 수하 이십 명을 이끌고 공동산으로 향하고 있었다. 삼도회의 회주 남궁척의 제안을 황하수채의 채주 서문당이 받아들였기 때문이다. 서문당으로서는 '정파의 고수들과 비교해 뒤처짐이 없어야 한다'는 남궁척의 조언이 아니더라도 어정쩡한 사람을 보내고 싶지 않았다. 그야말로 정파와 사파의 자존심 대결이 시작된 것이기 때문이다. 서문당은 청룡당의 정예 중에서 이십 명을 선발하고 사공철로 하여금 그들을 인솔하게 했다.

사공철은 출발한 지 보름이 지나 공동산 근방에 이르러서야 혈마사와 무림맹의 접전 소식을 들었다.

"이 사백님, 무림맹의 생존자가 과연 몇이나 될까요?"

사공철이 이무심의 눈치를 살피며 말을 건넸다.

사공철 일행과 동행한 지난 보름 동안 이무심은 잘 조각한 목상처럼 입을 꾹 다물고 한마디 말도 하지 않았다. 사공철로서는 지난번 장 소협의 일이 있었기에 그저 눈치만 살필 뿐이었다.

사공철이 은근히 말을 걸어도 이무심의 입술은 좀체로 열리지 않았다.

이무심이 대답을 하지 않자 사공철은 머쓱해진 얼굴로 주변을 돌아보다가 다시 혼자 떠들기 시작했다.

"제 생각에 절반은 살지 않았나 싶은데요. 아무리 정파의 바보들이라고 무서운 걸 모르겠습니까? 게다가 남들의 눈도 없으니 의식할 필요도 없고. 그저 살겠다고 발이 안 보이도록 달렸을 게니 절반쯤은 살아 있어야……."

"방정맞은 입 좀 닥치거라. 사람의 생명은 그렇게 농지거리에 오를 만한 것이 아니다."

마침내 이무심의 입술이 열렸지만, 사공철로서는 차라리 대답이 없느니만 못했다.

'이 정도의 농담도 안 통하다니… 이 사백은 정말 꽉 막힌 분이 틀림없다니까.'

사공철이 기가 죽은 얼굴로 '네, 네' 라고 대답하자, 그제야 이무심의 굳은 표정이 풀렸다. 그러나 이무심의 입술은 굳게 닫혀 다시 열릴 기미가 보이지 않았다.

사공철은 작게 한숨을 내쉬고 말머리를 돌려 수하들 쪽으로 자리를 옮겨갔다. 아무래도 이 사백보다는 수하들과 웃고 떠드는 것이 정신 건강에 유익했다.

"어이! 쌍혈귀(雙血鬼), 자네들은 원래 아비가 같은가, 어미가 같은가?"

쌍혈귀라 불린 두 사내는 사공철이 다가오자 실실거리는 웃음을 흘리며 대답했다.

"당주님, 저희는 부모가 다 다른 사람들입니다요. 강호에 나와 외로운 생활 끝에 형제지연을 맺은 거죠."

"헛, 이 사람들아! 외로우면 여자를 사귀어야지 어째 형제지연을 맺나?"

쌍혈귀의 안색이 벌겋게 물들어갔다.

쌍혈귀와 사공철의 대화를 듣던 다른 수적들이 '쌍혈귀는 본래 여자보다 남자를 좋아한답니다' 라고 말했다.

사공철은 무공은 높지만 순진한 편이라 남녀의 일을 전혀 알지 못했다. 그저 속으로 '아하, 이들의 의리는 참으로 고절한 것이로구나' 생각하며 고개를 끄덕였다.

사공철이 감탄한 얼굴로 쌍혈귀를 둘러보자 수적들의 웃음이 요란하게 터져 나왔다.

멀리서 그들의 농지거리를 듣던 이무심의 안색이 또다시 굳어갔다.

'나는 이제 어떻게 해야 옳다는 말인가! 장 아우가 수적(水賊)의 무리가 되었으니… 언제까지 그곳에 함께 머물 순 없다. 그렇다고 이미 강호에서 이름이 드높은 장 아우를 끌고 나오기도 어렵고…….'

사실 이무심의 고민은 그것이었다. 장소룡이나 이무심은 무가 출신의 사람들이다. 그런데 강호의 일에 휘말리다가 장소룡은 그만 수적이 되고 말았다. 본래 장가촌 사람들이 강호에 나와 소망하던 일이 표사였던 만큼 도둑질이나 일삼는 사파의 무리들과는 차원이 달랐다. 그런데 말 그대로 어쩌다 보니, 정파에서는 따돌림을 받고 사파에서는 귀인이 되고 만 것이다.

'여기서 나마저 우물쭈물하다가는 우리 모두 장 사부를 뵐 면

목이 없어진다. 속히 결단을 내려야 할 텐데……'

자신이야 지금은 아미파에서 인정해 주는 협사이니, 앞으로도 얼마간은 그런대로 청명을 유지할 수 있을 것이다. 그러나 계속해서 수적들과 어울리다 보면 조만간 정사 중간의 괴협이 되고 말 것이다.

이름이야 아무려면 어떤가. 이무심이 괴로운 것은 그가 동행하고 있는 이 무리들이 속 깊숙한 곳까지 사파의 근성으로 물들어 있다는 것에 있다. 당장 사질인 사공철만 해도 사람의 생명을 장난스럽게 여기고 있으며, 주위에 있는 저 수적들은 그런 사공철마저 순진한 사람이라는 생각이 들 정도로 흉악 무도한 도둑들이었다.

그것이 이들과 동행하는 내내 이무심으로 하여금 근심하고 말문을 열지 못하게 한 원인이었다. 곁에서 지켜본 바에 따르면 이들은 재고의 여지가 없는 도둑놈들이었기 때문이다. 그리고 자신은 이들과 함께 정파의 사람들을 만나야 하는 것이다.

'이 무리과 함께 정도의 고수들을 만나야 한다니… 아무리 뜻이 같아 함께 일한다고 해도 참으로 부끄럽구나.'

* * *

지검천왕이 무리들을 이끌고 혈마사의 뒤를 따라 섬서성 동남(東南)의 평리(平利)에 이르렀다. 현재 기습조의 생존자는 삼십 명으로 줄어 있었다. 그간 다섯 명의 부상자가 더 죽어갔다. 그렇다 해도 기습조가 이제 와서 혈마사의 곁을 떠날 수는 없었다.

이미 기습조의 목적은 상실했지만, 무림맹에서 이렇다 할 다른 지시가 내려오지 않은 이상 혈마사의 주변을 맴돌며 또다시 기회를 노리는 수밖에 없다. 그렇기 때문에 더욱 처진 어깨의 기습조 삼십 명은 멀리서 혈마사의 뒤를 따르고 있었다.

광권천왕이 곁으로 다가와 지검천왕에게 나직이 말했다.

"사형, 어째 저들의 움직임이 예사롭지 않습니다. 저들에게 무슨 문제라도 생긴 걸까요? 하남의 무림맹으로 향하는 것 같지 않군요."

지검천왕이 사제를 돌아보며 고개를 끄덕였다. 지금 혈마사는 곧바로 하남의 무림맹으로 가지 않고 있었다. 정확히 말해 공동산에서 하산한 뒤부터 갈지(之) 자로 움직이고 있다. 이들의 목적을 모르는 사람이 본다면, 마치 중원 유람이라도 하고 있는 것같이 보일 정도였다.

혈마사의 움직임이 변한 이유는 무엇일까? 이들은 지금 단순히 강호를 종횡하고 있는 것인가? 아니면 내부에 무슨 문제라도 생긴 것인가? 지검천왕의 눈빛이 복잡해졌다.

'그 이유가 무엇이든 간에 무림맹에 좋은 방향으로 일이 풀렸으면……'

지검천왕의 얼굴을 바라보던 광권천왕이 조금은 상기된 표정으로 말했다.

"사형, 혹시… 혈마사에 무슨 일이 생긴 게 아닐까요? 의견이 나누어졌다든지, 혹은 전염병이 돌았든지 말입니다."

"글쎄, 그야 섣불리 속단할 수 없는 일이지 않는가."

지검천왕은 말은 그렇게 하면서도 속으로는 '제발 그런 일이 있었으면 좋겠다'고 생각했다. 혈마사의 전력을 상대해 본 그로서는 정말 그러기를 바랬다. 그 바램이 얼마나 덧없는 것인가를 잘 알고 있었지만 말이다.

그들이 그렇게 부질없는 상상을 키워 나가고 있을 때였다. 잔뜩 긴장한 넷째 다비천왕의 음성이 들렸다.

"사형들, 정체 불명의 무림인들이 접근하고 있습니다."

지검천왕과 광권천왕의 전신에 긴장이 감돌았다. 지금 이 상황에서 정체를 알 수 없는 무림인들을 만난다는 것은 좋지 않았다. 지검천왕이 재빨리 앞으로 신형을 날렸다.

광권천왕이 손에 철구를 채우고 그의 뒤를 따랐다. 지금 상황에서는 무림 십대고수의 반열에 들었다는 그들 사대천왕 외에는 달리 의지할 사람이 없었다. 달리던 광권천왕이 뒤를 힐끔 바라보았다.

삼십 인의 무림맹 고수들 후미에는 증창천왕이 조용히 자리하고 있었다. 꼿꼿하게 세워진 비익신창이 한눈에 들어왔다.

'사제의 비익신창은 언제 보아도 듬직하군.'

광권천왕의 얼굴에 만족한 미소가 감돌았다. 어쩌면 자기보다 더 고수인 사제가 뒤를 맡고 있으니 이제는 앞에 있는 무림인들만 신경 쓰면 될 일이다.

'혈마사는 평리 동쪽에 자리 잡고 아직 움직이지 않고 있는데 대체 어느 무리들이란 말인가? 무림맹에 연락을 취했다고는 하나 이처럼 빨리 도달하지는 못했을 텐데……'

만약 저들이 혈마사와의 전투로 힘이 빠진 무림맹을 겨냥한 사파인들이라면 일은 심각해진다. 정보를 담당한 사제가 분명히 정체 불명이라고 했으니, 안면이 있는 정도(正道)의 무림인들이 아닌 것만은 분명하다. 그렇다고 사파의 고수라고 단정하기도 어려웠다. 다비천왕이 모르는 사파의 거두들이란 거의 없기 때문이다.

'정파도 아니고 사파도 아니라면 대체 어디의 사람들일까?'

마침내 삼천왕이 관도로 향하는 작은 길 끝에 나란히 섰다. 하나하나가 비범한 사람들이라 그들이 어깨를 맞대니 소로(小路)는 철벽으로 가로막힌 듯했다.

지검천왕이 두 명의 사제를 둘러보며 자신있게 어깨를 폈다. 누구라도 사대천왕이 친히 나섰다는 것을 알면 함부로 행동을 하지는 못할 것이다. 비록 지금까지 혈마사 때문에 주눅이 조금 들었지만, 무림에서 사대천왕은 결코 녹록한 이름이 아니다.

십대고수의 반열에 든다는 사대천왕 중 세 명이 어깨를 나란히 하고 서 있으니 그 기세가 하늘을 찌를 듯했다.

그들의 앞으로 이 십여 명의 무림인들이 조심스럽게 다가왔다.

선두에서 농지거리를 하며 기세 좋게 말을 몰던 사공철이 멈추어 섰다. 길 위에 서 있는 세 사람의 기도는 자신이 처음으로 대하는 경지였다.

그들의 태산 같은 기세에 밀린 사공철이 엉거주춤한 자세로 말에서 내려왔다. 사공철이 내리자 그 뒤에 있던 이십 명의 무림인들도 머뭇거리며 지면으로 내려섰다.

"허어……."

여전히 말 위에 앉아 있던 이무심의 입에서 절로 탄식이 새어 나왔다. 잡배들의 싸움이야 할수록 는다고 하지만, 기도는 하루이틀에 생기는 것이 아니다. 지금까지 천하에 거칠 게 없다는 듯이 떵떵거리던 청룡당의 고수들이 단 세 사람의 기세에 눌려 쭈뼛거리고 있는 것이다.

'이것이 정파와 사파의 차이라는 것인가……'

이무심은 나름대로 그렇게 생각하고 있었지만, 사실 엄밀히 말하면 꼭 정사(正邪)의 기풍(氣風) 때문만은 아니었다. 마주 선 삼천왕이 워낙 고수이다 보니 청룡당은 그들 앞에서 절로 긴장하고 두려움을 느끼게 된 것이다.

이무심의 탄식을 들은 사공철의 안색이 붉게 물들어갔다. 다른 사람은 차치하더라도 청룡당의 당주이자 천하에 두려울 게 없다던 청룡신검이 말 한마디 못해보고 주눅이 든 것이다. 그것도 평소에 자신을 탐탁지 않게 여기고 있는 이 사백의 앞에서 말이다.

'그러나, 그러나 정말 어쩔 수가 없다. 저들의 기도는 나로서는 도무지 감당할 자신이 없다.'

사공철이 숨을 깊게 들이 마신 후 고개를 들었다. 아무리 그렇다고는 해도 자신에게는 이곳까지 찾아온 목적이 있다. 마음 같아서는 누구라도 대신 나서서 이 일을 처리해 주었으면 싶지만 그건 대장부의 도리가 아니다.

사공철이 한 걸음 나서며 정중히 읍(揖)을 했다.

"불초 소생은 황하수채 청룡당을 책임지고 있는 사공철이라 합니다."

황하수채라는 말이 나오자 다비천왕의 얼굴이 조금 펴졌다. 황하수채라면 요즘 마교와 대적하고 있는 사파였다. 짧은 순간 다비천왕의 머리 속으로 무수히 많은 생각이 스쳐 지나갔다.

'황하수채가 이곳까지 왜 왔을까? 어쨌든 이들은 우리에게 적대적인 감정으로 온 것이 아니다. 지금 마교와 싸우고 있는데 무림맹과 시비를 일으킬 겨를이 있겠는가. 그렇다면 왜 청해성을 떠나 산서성까지 왔을까?'

다비천왕의 얼굴에 기이하다는 기색이 떠올랐다. 아무리 생각해도 황하수채가 머나먼 산서성까지 올 이유가 없다. 더구나 지금 마교와 싸움 중이라고 알고 있는 마당에 말이다.

"하하, 청룡당의 사공 소협이셨구려. 나는 무림맹의 지검천왕이라 하오. 무슨 일이신지는 모르겠지만, 지금 이 근방은 무림맹의 행사가 열리고 있어 외인의 출입을 통제하고 있는 형편이오."

사공철이 다시 한 번 허리를 숙이며 말을 받았다.

"무림맹 사대천왕의 대명(大名)은 익히 들어 알고 있습니다. 이번에 제가 무리들을 이끌고 이곳에 온 이유는……."

사공철이 잠시 뜸을 들이자 삼천왕의 얼굴이 굳어졌다.

지검천왕의 눈에서는 신광이 이글거리며 불타올랐는데, 당장에라도 달려들어 사공철을 때려눕힐 듯한 기세였다.

'감히, 무림 사대천왕의 앞에 수적들이 나타나다니……!'

사실 근처에 혈마사만 없었다면 자신은 이들과 대화를 나누고 있지도 않았을 것이다.

'일검이면 이승을 하직할 하찮은 도적들이!'

무림의 사대천왕은 어줍잖은 하수들이 평생 동안 대면하기도 힘든 고수다. 더구나 사대천왕은 평소에도 사파인들과는 교류를 갖지 않았다. 하물며 요즘처럼 시국이 어수선한 때라면 말해 무엇하겠는가!

근래 들어 마교에 흡수된 사파가 정파를 대상으로 적지 않은 싸움을 일으켰다. 그 바람에 정파 무가(武家)가 관할하는 지역의 전장(錢莊)과 도박장(賭博場), 그리고 주루(酒樓)와 상권(商權)을 중심으로 크고 작은 분쟁이 연일 계속되었다. 모두가 마교에 귀속된 사파인들이 잇속을 챙기기 시작하면서 발생된 일이었다.

마교는 아직도 반기를 드는 사파인들을 복종시키랴, 다른 한편으로는 혈마대로 기력이 쇠한 정파를 제거하느라 그런 사소한 문제까지 관여할 경황이 없었다. 무림맹에서는 전력으로 혈마사를 상대하느라 사파의 잔당들이 일으키는 분쟁을 해결할 여력이 없었다.

그러다 보니 무림은 한마디로 무법천지가 되고 말았다. 무림이 극도로 어수선해지기 시작하자 정파와 사파의 갈등은 더욱 심화되었고, 무림의 명숙들은 사파인들을 지극히 혐오하기 시작했다. 외부 세력인 혈마사가 중원으로 몰려들어 정사(正邪)를 가리지 않고 도륙을 내는데, 사파인들이 집안싸움을 일으키고 있었기 때문이다. 그런데 지금 이 자리에 감히 수적들이 나타나 길게 말을 끌어가고 있는 것이다.

삼천왕의 안색이 서서히 찌푸려지자 사공철은 마른침을 꿀꺽 삼켰다. 까딱 잘못하다가는 합류는커녕 이곳에서 뜻하지 않은 칼부림이 일어나게 생겼다. 사공철의 뇌리로 다비검 남궁척의 당부가 떠올랐다.

"근래 들어 정파의 명사들은 사파인들을 극도로 혐오하기 시작했소. 아마도 혈마사를 앞에 두고 분란을 일으키는 사파인들 때문인 것 같소. 소협은 젊은 혈기를 다스리고 그들의 비위를 최대한 맞추어주어야 할 것이오."

그러나 젊은 혈기는커녕 목숨마저 오락가락하고 있다고 생각한 사공철은 더욱 깊숙이 허리를 숙였다.

"강호에 혈마사가 뛰어들어 혈겁을 일으키고 있는데, 어찌 저희들만 모른 척 외면할 수 있겠습니까? 무림맹의 여러 영웅들과 함께 혈마사를 막아내기 위해서 집과 형제들의 만류도 뿌리치고 예까지 찾아왔습니다. 부디 넓으신 마음으로 저희의 동행을 허락하여 주시기 바랍니다."

지검천왕이 가소롭다는 표정으로 사공철을 내려다보며 대답했다.

"소협의 마음은 가상하오만, 그대들이 무슨 도움을 줄 수 있다고 생각하지는 않소."

다비천왕도 사형의 말을 들으며 고개를 끄덕였다. 무림맹의 정예들도 어쩌지 못하고 도망 다니는 판국에 수적들이 감히 무슨 일을 할 수 있다는 것인가!

"무림이 이토록 어수선하니, 오래 살고 싶다면 고향으로 돌아가 개과천선(改過遷善)하시기를 바라오."

고수들을 많이 경험해 보지 못한 사공철의 안색이 파리해졌다. 지검천왕의 마지막 말은 극히 싸늘해서 등골이 서늘할 지경이었다. 이대로 돌아가야 한단 말인가? 만약 여기서 물러난다면 황하수채의 앞날은 예측할 수 없었다.

'빌어먹을 놈들, 자존심만 더럽게 세구나! 조금 같이 있어주며 우리의 말을 들어주면 어디가 덧난단 말이냐? 제놈들도 혈마사의 라마승들이 무서워 피해 다니는 주제에!'

사공철이 속으로 원없이 욕을 늘어놓고 있을 때였다. 멀찍이 서 있던 이무심이 서서히 다가왔다. 아무래도 그냥 듣고 있기가 거슬렸다. 여기까지 수적들과 함께 오는 동안 적지 않게 실망을 했지만, 그렇다고 삼천왕처럼 첫 대면에 저처럼 대놓고 멸시를 한다는 것도 좋게 보이지 않았다.

이무심은 불편해진 심기를 애써 다스리려 하지 않았다. 그러자 저절로 공력이 일어났다.

지검천왕은 어디선가 밀려드는 검기에 전신의 공력을 끌어올렸다.

'이토록 은근한 검기라니… 대체 누구란 말이냐!'

지검천왕의 두 사제는 사형이 갑자기 긴장하자 의아하다는 듯이 그를 쳐다보았다. 지검천왕의 얼굴이 더욱 어두워졌다. 상대는 이 많은 사람들 중에 오직 자신에게만 무형의 검기를 쏘아보낸 것이다.

'과연 나라도 이처럼 할 수 있을까?'

전신의 공력을 끌어올린다면 가능할지도 몰랐다. 그러나 상대도 과연 전신 공력으로 이 같은 신위(神位)를 보여준 것일까? 지검천왕이 주위를 살피기 시작했다. 그제야 삼 장 밖에서 느긋하게 걸어오는 중년인을 발견할 수 있었다.

第七章

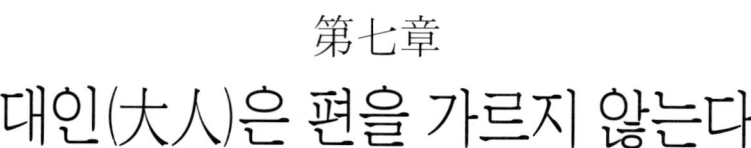

대인(大人)은 편을 가르지 않는다

"으음, 그대는 누구인가?"

점창파의 장로 불귀검(不歸劍) 백원(白原)이 부들부들 떨리는 손끝으로 전방을 가리키며 물었다. 그의 손가락이 가리키는 곳에 한 사내가 서 있었다. 도관을 지키고 있던 문도 백오십 인 가운데 겨우 십여 명이나 살아서 산을 빠져나갔을까? 백원의 앞에 서 있는 사람은 아무리 문파의 정예가 무림맹으로 가 있다고는 하나 자그마치 백사십여 명의 목숨을 앗아간 무리들의 수뇌였다.

"너에게만 알려주마. 본좌는 일찍이 강북에서 금(琴)으로는 따라올 자가 없다고 알려지신……."

"그렇다면, 네놈은……!"

그 순간 백원의 가슴으로 삐죽 튀어나와 있던 검끝이 뒤로 쑥 빠져나갔다.

"쿨럭!"

피를 토하던 백원이 스르륵 무너지며 중얼거렸다.

"감히, 감히… 마광옥 따위가… 점창파의 땅을 밟다니……."

백원의 뒷말은 차마 이어지지 못했다. 뒤에서 검을 뽑은 마인이 거칠게 걷어차는 바람에 앞으로 엎어지고 말았던 것이다.

혈마대의 부대주인 사영검마(死影劍魔) 갈천상(葛天上)이 백원의 등판에 피 묻은 검을 문지르며 말했다.

"험험, 마 거시기 따위라니, 이런 곱게 죽지도 못할 놈 같으니라구. 대주(隊主), 죄송합니다. 이런 놈들에게 친절을 베푸시면 결국 욕만 돌아오게 되어 있습니다."

본래 조금 전까지 갈천상은 백원과 아슬아슬한 접전을 펼치고 있었다. 갈천상은 혈마대의 부대주이기 이전에 마교 천산파의 고수며, 백원은 점창파의 원로니 서로가 쉬운 상대는 아니다.

그러나 일각의 시간이 흐른 뒤 갈천상은 백원의 가슴에 사영검을 꽂을 수 있었다. 비록 백원이 갈천상보다 반 수(半手) 정도 위라고 할 수 있었지만, 싸움의 결과는 반대로 나타났다.

백원이 갈천상을 맞아 싸운 일각 동안 점창파의 사람들 대부분이 죽었다. 그리고 홀로 남겨진 백원이 아득한 절망과 함께 커다란 분노를 느낀 순간, 승패가 결정되고 만 것이다. 결국 고수 백원은 갈천상의 사영십이식(死影十二式)에 가슴을 내주고 말았다.

조금 전 죽어가던 그 백원이 지나가던 강북제일마존 마광옥에게 질문을 던졌다.

갈천상은 대주의 눈치를 살핀 뒤 아주 잠시 동안 검을 뽑지 않았다. 대주가 관심을 가지고 돌아보았기 때문이다. 그런데 두 사람이 그렇게도 분에 넘치는 친절을 베풀었건만 죽어가던 백원은 대주를 욕되게 했다.

'썩을 놈 같으니라고, 마지막으로 좋은 소리나 하고 갈 것이지……'

갈천상이 백원을 서둘러 땅바닥에 자빠뜨려 놓은 뒤 대주의 눈치를 살폈다. 천만다행으로 마광옥은 그다지 백원의 말에 신경을 쓰지 않는 것 같았다.

마광옥은 아주 잠시 동안 백원의 주변이 검붉게 물들어가는 것을 지켜보다가 등에 지고 있던 거문고를 가볍게 끌어내렸다. 그리고 소리를 가다듬고는 천천히 입을 열었다.

"크하하! 이 사람아, 무엇이든 살아 있는 사람이 주인인 법이야. 땅에 어디 임자가 따로 있던가? 예부터 '군자는 덕을 생각하고, 소인은 땅을 생각한다(君子 懷德 小人 懷土)' 고 했다네. 그러니 도인(道人)도 속인(俗人)도 되지 못한 것들이란 소리나 듣지. 쯧쯧……"

마광옥이 곁에 엉거주춤 서 있는 갈천상을 향해 물었다.

"한데, 살아남은 자가 모두 몇이더냐?"

"그런대로 성한 자가 백여 명 남았습니다. 아무래도 더 이상은 무리일 듯싶습니다."

제법 장중한 거문고 소리가 점창파에 울려 퍼졌다.

"알고 있다. 본좌의 '덕(德)을 위한 연주' 가 끝나기 전에 쓸 만한 것들을 챙기도록 해라."

"존명!"

갈천상의 신형이 장내에서 사라졌다.

*　　　*　　　*

섬서성 동남의 평리(平利)에 야릇한 기운이 감돌기 시작했다.

지검천왕이 다가오는 이무심을 뚫어지게 바라보았다. 그제야 광권천왕과 다비천왕도 무언가 심상치 않음을 느끼고 고개를 돌렸다. 저 부실한 사람들 중에 사형을 잔뜩 긴장하게 만드는 사람이 있다니 그저 놀라울 뿐이다.

"나는 지검천왕이라 하오만… 대협의 존성대명(尊姓大名)은 어찌 되시오?"

느린 걸음으로 청룡당의 사람들 사이에서 빠져나온 이무심이 조용히 대답했다.

"그저 호북 출신의 이무심이라 하외다."

지검천왕은 물론 정보에 밝은 다비천왕까지 머리 속을 뒤집어 보았지만, 그들이 아는 한 호북성에 이무심이란 고수는 없다.

지검천왕의 눈살이 살짝 찌푸려졌다. 정체를 알 수 없는 고수, 정파 출신이라면 이미 무림맹에 알려지지 않았을 리가 없다. 저처럼 한쪽 손이 보이지 않는 사람이라면 더 더욱 말이다.

'그렇다면 저자는 최근에 등장한 사파의 고수란 말인가?'

오십에 가까워 보이는 이무심을 보며 지검천왕이 마른침을 꿀꺽 삼켰다. 전통적으로 사파의 고수는 무림에 늦게 등장할수록 대단했다.

'얼마나 어마어마한 마공을 익혔기에 이제야 무림에 출도했을까?'

그러나 그의 무공 경지가 어떻든 사대천왕 앞에 나섰으니, 피차에 돌아갈 길은 없다.

"호북성의 이 대협이셨구려. 나의 견식이 짧아 미처 알아보지 못했소이다. 그런데 이처럼 무림맹의 앞에 모습을 나타내신 것에는 어떤 뜻이 있소이까?"

이무심이 담담한 눈빛으로 삼천왕을 둘러보았다. 나이는 전부 오십 대쯤 보이는데, 한 사람 한 사람이 고수의 풍모를 보이고 있었다. 자신도 이제 어느덧 오십 줄에 들어섰으니 비슷한 연배이리라. 장염과의 만남이라는 기연이 없었다면 어디 이들의 발뒤꿈치에나 따라갈 수 있었을까? 근래에 들어 제법 고수가 되었노라고 자부하고 있었는데, 역시 세상은 만만한 것이 아니었다.

'과연 강호가 넓다더니, 이들은 아미파의 파경 사태보다 더욱 고강해 보이는구나.'

상대를 가늠한 이무심의 고개가 미미하게 끄덕여졌다. 그나마 위안이라면 이전에는 상대를 보는 눈조차 없었다는 것이다. 그에 비하면 지금의 자신은 얼마나 장족의 발전을 이룬 것인가.

몇 걸음 뒤에서 이무심과 삼천왕의 이야기를 듣는 사공철의 등으로 진땀이 흘러내렸다. 이 사백의 솜씨야 눈으로 확인한 바 있지만, 저 무림의 사대천왕은 전설적인 사람들이다. 사파인들은 사대천왕보다 훨씬 아래에 있는 정파의 고수를 만나도 벌벌 떨며 살아왔다.

'오늘 내 인생의 최대 위기로구나. 세상에 있는 모든 신(神)님들이시여, 오늘 미천한 사공철의 한목숨을 보장해 주시면 반드시…….'

사공철이 옆 사람도 알아듣지 못할 정도로 나지막하게 중얼거릴 때였다. 이무심의 가라앉은 음성이 주변에 은은히 울려 퍼졌다.

"내 변변치 않은 무가(武家)에서 자라 다른 것은 다 잊었으나 '군자는 남의 장점을 도와주어 이루게 하고, 단점은 선도하여 이루지 못하게 한다'는 말은 마음에 담아두고 있소이다."

사실 이무심의 가문인 천무도장이 별 볼일 없다고는 하나 장가촌에서 후진들을 양성하던 무가(武家)다. 그러다 보니 자연히 인간관계나 사람을 가르치는 것들에 대해서는 제법 정통했다.

방금 이무심이 한 말은 그의 부친인 이해룡이 입에 달고 다니던 것이었다. 무림에서 삼류도 안 되는 이해룡이기에 무공보다 처세술이나 마음가짐을 더욱 강조해 왔는지도 모른다. 그런 이해룡의 가르침을 어려서부터 받아들인 이무심이다. 물론 강호에서 그런 인간적인 배려가 얼마나 통할지는 미지수이지만 말이다.

지검천왕의 이마에서 힘줄이 꿈틀거렸다. 한마디로 조금 전에 수적들에게 내뱉은 소리가 자기의 귀에 거슬렸다는 것이리라.

"이 대협의 말뜻은?"

이무심이 지검천왕의 눈을 직시하며 대답했다.

"대협의 말씀이 조금 지나쳤다고 생각하고 있소. 비록 이들이 수적이기는 하나 강호의 안녕을 위해 이곳까지 쉬지 않고 달려왔소. 그런 그들의 협의(俠義)에 탄복은 못할망정 오히려 돌아가 행실이나 바르게 하라고 하니, 어찌 심하다 하지 않겠소?"

지검천왕이 어이없는 얼굴로 이무심을 바라보았다. 협의라니, 강호의 협의(俠義)가 다 말라죽어도 수적에게서 그것을 기대할 수는 없다. 아니, 누구도 수적에게 협의를 기대하지 않는다. 그가 아는 한 '돈이 떨어지면 강도질을 하고 배가 부르면 협의를 찾는 것' 이 수적들이기 때문이다.

지검천왕의 얼굴이 잔뜩 구겨지자 다비천왕이 재빨리 나섰다.

"이 대협의 말씀도 일리는 있소만, 협의가 있고 없고를 떠나 저들에게 그럴 능력이나 있겠소? 사형이 저들에게 돌아가라고 하는 것은 바로 저들 자신을 위하는 말이기도 하외다."

다비천왕으로서는 내력을 추측하기 힘든 상대와 번거로운 일은 피하고 싶었다. 게다가 상대의 말을 들으니 그 마음 씀씀이가 그다지 악하게 느껴지지 않았다. 그렇다면 더 더욱 혈마사를 곁에 두고 싸울 일을 만들어서는 안 된다.

그러나 매사가 어느 한두 사람의 뜻대로 좋게만 풀려 나가는 것은 아니다. 이무심은 이 자리에서 삼천왕과 길게 말다툼을 벌이고 싶지 않았지만 발길을 돌리기도 어려웠다.

'황하수채가 아니라 장 동생을 보호하기 위해서 나는 그대들과 청룡당을 만나게 해야 한다.'

장소룡을 위해 마음을 정한 이무심이 굳은 음성으로 되받았다.

"그렇다면, 대협의 말씀은 저기 뒤에 서 있는 분들이 모두 사대천왕과 같은 분들이라는 말씀이시오?"

이무심의 말이 끝나자마자 지검천왕이 노호(怒號)를 터뜨렸다.

"어디서 그런 말을 하는 게요! 귀하의 무공이 얼마나 대단한지는 몰라도 너무 심한 게 아니오?"

지검천왕이 부르르 떨며 이무심을 노려보았다. 분노한 것은 지검천왕뿐이 아니었다. 광권천왕과 다비천왕도 곱지 않은 시선으로 이무심을 노려보았다. 상대의 말은 결국 '무공이 뛰어난 사람은 사대천왕뿐이고 나머지 무리들은 양측이 비슷하지 않겠는가?' 였기 때문이다.

광권천왕이 손에 착용한 신영철구를 쓰다듬으며 중얼거렸다.

'감히 무림 팔대문파의 기재들을 수적 따위와 비교해서 말하다니!'

모든 것이 혈마사와의 혈전으로 인명을 유실했기 때문이다. 강호의 사파마저도 무림맹 기습조를 우습게 여길 정도로 소문이 났

더란 말인가! 광권천왕의 피가 부글부글 끓어오르기 시작했다.

마침내 침묵을 지키던 광권천왕이 착 가라앉은 목소리로 말했다.

"그대가 이끌고 온 무리와 우리 무림맹의 사람들이 비슷하다는 말이구려. 그렇다면 그대의 무공 또한 사대천왕과 비슷하거나, 혹은 그보다 더 뛰어나다는 것인데, 과연 말뿐인지 실력도 그런지 어디 확인해 봅시다."

그 순간 다비천왕이 얼굴을 찡그리며 광권천왕의 어깨를 붙들었다.

"사형, 혈마사를 목전에 두고 어찌 다툼을 일으키려 하시오. 저들이 근처에 와 있다가 소리라도 듣게 된다면, 우리 모두는 또다시 위태롭게 됩니다. 서로 만나지 않은 것으로 하고 오늘은 그냥 돌아가십니다."

광권천왕의 얼굴이 울그락불그락하는 듯싶더니 곧 어깨를 축 늘어뜨렸다. 분하지만 사제의 말을 따를 수밖에 없다. 괜히 분란이 일어나 쌍방이 병장기를 들고 맞부닥치기라도 한다면, 혈마사도 문제지만 쌍방에 손실이 없다고 보기도 어려웠다.

지검천왕이 살기를 가득 담은 눈으로 이무심을 노려보며 말했다.

"이 대협을 잊지 않으리다. 혈마사의 일이 해결되는 대로 황하수채를 방문해 드리겠소. 그때까지 살아 있다면 말이오."

그러나 이무심으로서는 모처럼 잡은 기회를 놓치고 싶지 않았다. 지금 이들과 합류하지 않으면 황하수채에 희망은 없다.

"나는 황하수채의 사람이 아니니 굳이 황하수채까지 갈 필요가 없소. 그대들이 나의 말에 수긍하지 않는 듯하니 이렇게 하는 것이 어떻겠소? 나와 일합(一合)을 겨루어 이기는 쪽의 말이 맞는 것으로 합시다. 그대들이 이기면 분수를 알고 여기서 물러나겠소. 그러나 요행히도 내가 이긴다면 내 일행이 그대들과 동행하게 해 주시오."

광권천왕이 거칠게 되받았다.

"그대가 나의 일장에 피곤죽이 되어도 뒤에 있는 수적들이 달려들지 않는다면 나는 찬성이오!"

"사형……."

다비천왕이 나섰지만 이미 내뱉은 광권천왕의 말을 돌이킬 수는 없었다.

다비천왕의 눈이 수적들과 이무심에게로 향했다. 조금 전 광권천왕을 만류한 것은 수적들이 싸움에 가세하게 될 경우, 그 파장이 실로 적지 않은 것이기 때문이다. 사형의 말처럼 수적들이 결과에 승복한다면 그로서는 싸움을 말릴 이유가 없다.

이무심은 기회를 놓치지 않고 재빨리 사공철에게 말했다.

"청룡당의 당주는 수하들을 이끌고 뒤로 물러서 주시구려. 내가 여기서 화를 당하더라도 결코 싸움을 일으켜서는 안 되오."

사공철은 일단 이 사백의 말을 따르지 않을 수 없는 터라 '예'라고 대답한 뒤 수하들과 함께 뒤로 물러났다. 그러면서도 속으로는 '만약 이 사백에게 무슨 일이 생긴다면, 혈마사든 지랄이든 신경 쓰지 않고 한판 붙어버리겠다'고 다짐했다.

사공철과 청룡당이 뒤로 물러나자 관도 위에는 삼천왕과 이무심만 남았다.

주위가 한적해지자 광권천왕이 신영철구를 맞부딪쳐 '쾡!' 하는 기음을 낸 후 소리쳤다.

"사형이 나서시면 아무래도 나에게까지 기회가 오지 않을 듯 하니 제가 먼저 손을 쓰겠습니다."

삼천왕은 누구도 이무심이 그들의 일장을 모두 받아낼 것이라고는 믿지 않았다.

무림 십대고수의 반열이라고 하는 사대천왕의 무위는 결코 과장된 소문이 아니다. 광권천왕의 신영철구로 펼치는 파랑십삼절(波浪十三絶)은 무림에서 유명한 절기였다. 본래 소림사의 장경각 내서고(內書庫)에 보관되어 오던 것으로 그 내력이 불분명했지만, 위력만큼은 비교할 바가 없었다. 광권천왕이 사대천왕으로 불리울 수 있었던 것은 신영철구라는 희대의 기병과 파랑십삼절 때문이다.

"나는 사대천왕의 둘째인 광권천왕이오. 서로가 단지 일합(一合)만 나누기로 하였으니 나도 한 번의 손질만 하겠소. 모든 것은 그대가 자처한 일이니 결과를 원망하지 마시길 바라오."

이무심이 검을 뽑아 지면으로 비스듬히 향하게 한 후 대답했다.

"나도 그대에게 단 한 번의 칼질을 할 터이니 요령껏 피하시구려."

두 사람의 하는 양을 지켜보던 지검천왕의 표정이 어두워졌다.

'이상하구나. 저자는 좌수검을 쓰는 자 같은데, 그의 절기는 쾌검이 아니란 말인가?'

대부분의 좌수검을 쓰는 자들은 검을 숨기거나 가리고 있다가 벼락같이 뽑아 상대를 베어왔다. 그들의 좌수검은 알면서도 피하기가 어려워 꺼름칙한 점이 있었는데, 지금 저 중년인의 검은 이미 뽑혀 땅을 향하고 있었다.

'그렇다면 더욱 좋지 않다.'

이미 검으로 불패의 경지에 이른 지검천왕이다. 상대가 단지 좌수쾌검을 쓰는 자라면 어느 정도 대비할 수 있겠으나, 저처럼 초연한 모습으로 나오면 더 이상의 계책이란 없다. 말 그대로 진정한 고수는 시간이 지나야 드러나게 될 것이다.

광권천왕은 파랑십삼절의 권결을 떠올리며 자세를 바로잡았다. 마음이 어느 한 지점으로 모여갈수록 광권천왕의 두 손은 힘없이 축 늘어졌다.

얼마 후 광권천왕이 파랑십삼절의 최고 경지인 무타념(無打念) 무타상(無打象)에 이르렀다. 그 순간 신영철구를 낀 두 손이 부드럽게 들리는가 싶더니 이무심을 향해 힘없이 휘저어졌다.

광권천왕의 힘없는 손짓이 시작되자 이무심의 신형도 뿌연 안개에 휩싸여 갔다.

멀리서 지켜보던 수적들이 '맑은 하늘에 웬 물안개냐?' 라고 중얼거릴 때 지검천왕의 두 눈은 경악으로 부릅떠졌다. 광권천왕의 파랑십삼절이 연출하는 무영권(無影拳)에 맞서고 있는 저 안개는 유형화된 검기였다.

'대체 어떻게 했기에 검기가 안개같이 피어 오른단 말이냐!'

안개에 휩싸인 이무심의 신형은 미친 듯이 팔괘의 방위를 밟고 있었다. 이무심이 한 걸음 움직일 때마다 안개가 흐트러지며 '퍽! 퍽!' 하는 격타음이 일어났다.

이무심은 열세 번이나 방위를 바꾸었는데, 마지막 걸음을 내디뎠을 때는 안개가 다 걷혀 있었다. 이무심은 열세 번이나 자리를 옮긴 뒤 무겁게 검을 들어 올렸다.

다음 순간 무량검 일초식 중검(重劍)이 만근의 힘을 담고 광권천왕에게 밀려들었다.

광권천왕은 금강부동보(金剛不動步)를 펼치며 신형을 안정시키고, 다시 신영철구를 휘두르기 시작했다.

파파파팍!

어느새 광권천왕의 두 발은 발목까지 땅속으로 파고들어 가 있었다.

"끄응!"

광권천왕이 두 발을 땅에서 뽑고는 지검천왕의 뒤로 돌아갔다. 수적들과 삼천왕이 모두 입을 꾹 다물었다. 광권천왕의 주먹을 고스란히 받아내는 사람이라니!

그러나 놀라움도 잠깐이었다. 두 사람이 손을 맞댔으나 고하(高下)가 가려지지 않았으니 비무는 계속되어야 한다.

지검천왕이 곤혹스런 표정으로 이무심을 바라보았다. 조금의 의심도 없이 상대가 무영권에 피를 토하고 쓰러질 줄 알았다. 지금까지는 상대가 절명하면 과연 저 수적들이 순순히 물러날까였는데, 이제는 입장이 바뀌고 말았다.

'저 중년인의 손에서 사대천왕의 명성을 지킬 수 있을까?'

지검천왕이 이무심의 검법에 대해 고민하고 있을 때, 그의 귓가로 다비천왕의 전음성이 들려왔다.

"사형, 제가 저자를 시험할 동안 검법의 허점을 찾아보십시오."

"……."

지검천왕이 뭐라고 대답하기도 전에 다비천왕의 신형이 제자리에서 꺼지듯 사라졌다.

그리고 다비천왕의 신형은 이무심의 삼 장 앞에 다시 나타났다.

이무심은 원래부터 그 자리에 서 있었다는 듯 태연자약한 다비천왕을 유심히 바라보았다. 눈에 보이지도 않을 만큼 빠른 저 신법이 아니더라도 왠지 이 사람에게서는 위험한 냄새가 났다.

"나는 사대천왕의 넷째인 다비천왕이오. 지금부터 나는 그대에게 비검을 날리겠소. 나의 절기는 오직 비검뿐이니 그대가 비검을 모두 막아내면 패배를 인정하리다."

이무심의 얼굴에 미소가 떠올랐다. 생각했던 것 이상으로 머리가 좋은 사람이었다. 비검은 고수일수록 잔혹한 공격의 수법이 될 수 있다. 그런데 자신은 단지 막아내기만 할 뿐 상대를 공격해서는 안 된다. 저 다비천왕이라는 사람은 말 한마디로 자신의 손발을 묶어버린 것이다.

말 한마디의 차이는 매우 컸다. 서로가 공격을 할 수 있을 때는 절기를 마음껏 펼치기 어렵다. 언제 상대의 공세가 날아들지 모르기 때문이다. 그렇기 때문에 공격이란 자고로 최선의 방어가 되기도 한다. 그런데 상대가 단지 막기만 한다면 공격하는 쪽은 선택의 폭이 넓어지게 된다.

'모든 것은 마음먹기에 달린 것이지. 막는 것에만 정신을 모은다면 그것 또한 장점이 될 수 있다.'

이무심이 고개를 끄덕이며 소리쳤다.

"그렇게 하시구려. 본래부터 그대들과 목숨을 걸고 싸우고 싶은 생각이 없었으니 그것 또한 좋은 방법이오."

이무심이 토를 달지 않고 선선히 승낙하자 다비천왕의 눈빛이 복잡해졌다.

'그러나 어쩔 수 없다. 사문의 명예와 사대천왕의 대명이 이제와 무너지게 할 수는 없다.'

다비천왕이 품 안에서 소검(小劍) 두 자루를 꺼냈다. 건곤쌍검(乾坤雙劍)을 여러 사람이 보는 데서 꺼내기는 처음이다.

'작정을 하고 꺼냈으니 반드시 좋은 결과가 있어야겠지.'

다비천왕이 스스로에게 다짐하듯 중얼거리고 쌍검을 양손에 나눠 들었다. 다비천왕이 서서히 무상반야공(無相般若功)을 끌어올렸다. 누구도 알지 못하는 건곤쌍검의 비밀은 무상반야공에 있다. 소림사의 절학인 이 무상반야공의 공력이야말로 두 자루 단검에 신통력을 불어넣는 원동력이다.

어느 순간 다비천왕의 양손이 눈에 보이지 않는 속도로 교차했다. 건곤쌍검이 다비천왕의 손에서 떠나 공간 속으로 사라졌다.

스팟!

이무심은 눈에서 사라진 쌍검에 오싹한 한기를 느꼈다. 무림에 기사가 많다고 하지만 아직까지 비검(飛劍)이 눈앞에서 사라지는 경우는 듣지 못했다. 마치 숨바꼭질을 하듯이 검이 스스로 허공에서 사라졌으니 무슨 수로 막는단 말인가!

왜 다비천왕이 막기만 하면 진 것으로 하겠다고 말했는지 알 수 있었다.

'교활한 자!'

다비천왕은 자신의 몸에 손을 대지 못하게 했으니 마음껏 눈에 보이지 않는 검을 통제할 것이다. 대체 검은 어디에 있을까? 이무심이 내력을 끌어올려 전신의 요혈을 봉쇄했다. 그리고 검으로 심장을 보호하고, 태극양의검의 천산둔형(天山遯形)을 펼쳤다. 다시 이무심의 전신에 흐릿한 안개가 피어 올랐다.

이무심이 천산둔형을 펼치자마자 하늘과 땅에서 두 가닥 뜨겁고 차가운 기운이 쏘아왔다. 본능적으로 위기를 느낀 이무심이 무량검의 붕검(崩劍)을 펼쳤다.

이무심의 검기가 철벽처럼 앞을 두르자 뜨겁고 차가운 두 가닥 기운이 그물에 걸린 잉어처럼 요동 쳤다.

검기의 그물이 일렁거린 순간이었다. 땅에서 치고 올라오던 차가운 기운은 사라졌지만, 하늘에서 뜨거운 기운이 가슴으로 떨어져 내렸다. 이무심은 본능적으로 몸을 비틀었다.

"크흑!"

이무심의 신음이 터져 나오자 안개가 일시에 흐트러졌다. 이무심의 우측 옆구리에 한 자루 단검이 박혀 요요로운 기운을 흘리고 있었다.

본래 이무심이 함께 펼친 천산둔형은 '천지간(天地間)의 음(陰)한 기운에 맞서지 않고 양(陽)과 함께 물러나는 것' 이다. 그런데 붕검에 걸린 두 자루 비검이 힘을 잃고 파고든 순간이다. 음(陰)한 기운의 곤검(坤劍)은 천산둔형의 비껴나는 힘에 의해 스쳐 지나가게 되었지만, 양(陽)의 기운이 담긴 건검(乾劍)은 오히려 이무심의 몸으로 빨려 들어가고 만 것이다. 그나마 건검이 가슴에 꽂히지 않은 것이 천행(天幸)이었다.

다비천왕이 안도의 숨을 내쉬며 중얼거렸다.

"안타깝게도 이 비무 역시 무승부가 되고 말았구려."

"흥! 당신의 귀한 물건은 가져가시구려."

이무심이 옆구리에 박힌 검을 빼내어 다비천왕에게 집어 던졌다.

건검은 살아 있는 뱀처럼 꿈틀거리며 날아갔다. 이무심이 저도 모르게 태극양의검 뇌천대장(雷天大壯)의 검의(劍意)를 건검에 담아 날린 것이다. 건검은 본래가 양기가 충만한 검이었는데, 뇌천대장의 극양한 기운을 받자 생명이라도 부여받은 듯 진동하기 시작했다.

건검이 무서운 속도로 날아들자 다비천왕은 재빨리 환영보(幻影步)를 펼쳐 신형을 분리했다.

건검은 아슬아슬하게 다비천왕의 어깨를 스쳐 하늘로 끊임없이 날아갔다.

그렇게 약간은 허망하게 건검이 날아간 뒤였다. 이무심은 문득 건검과 자신의 사이에 아직도 은은하게 남아 있는 양(陽)의 기운을 느꼈다.

'설마…….'

내뻗고 있는 손끝에 남은 건 분명히 뇌천대장을 펼치며 끌어올린 무극일원심법의 공력이다. 그 무극일원심법의 공력이 아스라이 멀어져 간 건검과 자신을 잇고 있었다.

이무심이 무심코 손끝을 안쪽으로 끌어당겼다. 멀어져 간 건검이 포물선을 그리며 우측으로 날아갔다. 어떻게 저런 일이 생긴 것일까? 이무심이 저도 모르게 탄성을 터뜨렸다.

"아!"

다음 순간 이무심과 건검을 잇던 끈이 툭 하고 끊어져 나갔다. 날아가던 건검은 우측의 숲으로 떨어져 내렸다.

'내가 어떻게 비검을 다스렸을까?'

잡힐 듯 말 듯한 생각이 머리를 스치고 지나갔다. 그러나 기연은 다시 찾아오지 않았다.

이무심이 그토록 건검에 집착하는 동안, 멀리 날아가 버린 건검에 관심을 기울이는 사람은 없었다. 그 시간 다비천왕은 무지막지한 비검을 피한 것에 만족했고, 지검천왕과 광권천왕은 이무심이 펼친 붕검을 생각했다.

조금 떨어진 사공철과 수적들은 이무심의 옆구리에서 눈을 떼지 못했다. 사대천왕과 대결하여 마침내 약간의 손해를 보고 만 것이다. 그러나 그것만 해도 대단한 일이었다.

이무심은 비검을 생각하자 다비천왕에게 그다지 화가 나지 않았다. 어쨌든 저 사람 덕분에 짜릿한 손맛을 보았다. 다시 그 기억을 되살릴지 어떨지는 모르겠지만 말이다. 뜻밖의 일을 겪은 뒤라 가슴이 요동 치기 시작했다.

'서둘러 장 사부를 찾아 가르침을 받아야겠다.'

이무심은 삼천왕을 둘러보았다. 비록 피를 보았지만 아직도 목적은 잊지 않았다.

"그럼 마지막으로 한 분 더 겨루어봅시다. 어차피 서로에게 시간이 많은 게 아니니 말이오."

지검천왕이 이무심의 핏기가 빠진 얼굴을 바라보았다. 이 정도의 고수가 무엇 때문에 끝까지 비무를 요구하는 것일까? 단지 무림맹과 수적들을 결합하게 하려는 것이라면 이해하기 어려운 것이었다.

'그렇다면 또 다른 이유라도 있다는 말인가?'

지검천왕은 어떤 이유가 있을지라도 더 이상 그를 핍박하고 싶지 않았다. 그것은 상대의 얼굴에서 보여지는 비장함 때문이다. 상대는 처절하리만치 집요하게 비무를 물고 늘어졌다.

지검천왕이 머리를 설레설레 저으며 중얼거렸다.

'저렇게 허리에서 피를 쏟으면서까지 비무를 고집하다니……. 우리는 이미 진 것이다.'

실제로 이무심은 황하수채와 무림맹을 잇기 위해서라면 지금 이 자리에서 죽을 수도 있다는 각오였다. 겨우 살아남은 아우 장소룡에 대한 연민 때문이었을까?

출혈로 얼굴빛이 하얗게 된 이무심이 지검천왕의 앞에 서서 두 발을 어깨 넓이로 벌렸다. 좌수에 들린 장검은 여전히 지면을 향했다.

"이 대협의 의기에 탄복했소. 우리 사대천왕은 그대와 더불어 더 이상 비무를 하지 않을 것이외다. 이 대협이 함께하시는 동안은 저 뒤에 있는 무리들의 동행을 허락하겠소이다."

그것은 지검천왕의 마지막 자존심이었다. 수적들을 돌려보내려고 했던 애초의 목적이 단지 무공이 약해서라는 처음의 말을 간접적으로 확인시켜 준 것이기 때문이다. 그로서는 수적과 어울릴 수 없다는 정파의 자존심이 비무 때문에 무너졌다는 소리를 남기고 싶지 않았다.

결국 청룡당은 이무심이라는 고수가 지켜줘야 한다는 전제 하에 무림맹 사람들과의 동행을 허락받게 되었다.

이무심은 과정이야 어찌 됐든 마침내 승락이 떨어지자 정중하게 읍(揖)을 했다. 이제야 마음속에 지고 있던 커다란 짐을 내려놓은 것 같았다. 아우 장소룡의 안위와 그간 몸담고 있던 황하수채에 대한 은혜를 갚기 위해서 이번 일은 반드시 성사시키고 싶었다.

몸을 돌려 사공철에게 다가가던 이무심의 다리가 휘청거렸다. 건검이 박혔던 옆구리의 상처는 심각했다. 그동안 긴장 때문에 잊고 있었으나 양강지기(陽剛之氣)에 의해 파열된 내부의 통증이 밀려들었다.

"으음……."

이무심은 사공철의 부축을 받으며 걷기 시작했다. 이제 겨우 무림맹과 동행하게 되었는데 수포로 돌아가게 할 수는 없었다.

수하에게 말고삐를 모두 맡긴 사공철이 이무심을 안고 삼천왕의 뒤를 따랐다.

'정말 모두가 대단한 사람들이다. 저 사대천왕도 그렇지만 대체 이 사백 같은 분은 어떻게 절정의 무공을 배운 것일까?'

사대천왕이야 이미 소림사의 속가제자들로 유명하니 그렇다 해도, 대체 이 사백 같은 사람을 키워낼 수 있는 곳은 어디란 말인가! 사공철의 뇌리로 장염이라는 사람이 스쳐 지나갔다.

'설마…….'

사공철이 피식 웃으며 이무심을 바싹 끌어당겼다. 말도 안 되는 상상을 하느라 이 사백의 몸이 조금 늘어진 걸 추스르지 못했다.

"나를 왜 그렇게 쳐다보는 게냐?"

이무심이 묻자 사공철이 조용히 대답했다.

"잠시 이 사백의 스승을 생각하고 있었습니다."

이무심의 얼굴에 잠시 편한 웃음이 떠올랐다. 장염을 생각하면 마음이 먼저 넉넉해지니 알다가도 모를 일이다. 지난해 삼도회에서 어디론가 떠나갔다고 들었는데, 지금쯤 어디에서 무엇을 하고 있을지 궁금했다.

"장 사부는 실로, 우리와는 다른 분이시지."

사공철은 뜻밖에도 이무심이 여전히 장염을 사부라 부르며 칭송하자, 매우 혼란스러운 표정이었다.

"너는 본래 그토록 의심이 많은 사람이었더냐? 보지 않고 믿을 수 있는 사람이야말로 복받은 사람이지. 너는 스스로 복을 걷어찼으니, 하늘은 참으로 공평하구나."

사공철이 알아듣지 못하고 물었다.

"이 사백님의 말씀은 너무 어렵습니다."

"내가 돌이켜 보니 장 사부를 만난 사람은 모두가 한두 가지 절기를 배우게 되었다. 그러나 그들 중 어느 누구도 다른 사람과의 인연만으로 장 사부에게 배운 사람은 없다. 모두가 직접 장 사부를 만나 그를 경험하고 배운 것이지. 너희 남매는 장 사부와의 인연으로 좋은 기회가 있었으나, 스스로 그 복을 걷어냈으니 어찌 하늘이 공평치 않겠다고 하겠느냐? 이는 실로 연줄이 없는 사람들을 배려하는 하늘의 뜻이라고 할 수 있지."

사공철의 얼굴이 붉게 달아올랐다. 그러고 보니 장 소협의 말 한마디 한마디가 예사롭지 않은 것 같았다.

'나는 다시 장 소협을 만나볼 수 있을까?'

사공철이 고개를 떨구고 중얼거렸다. 생각할수록 어처구니가 없었다. 분위기라는 것 때문이었을까? 아무리 생각해도 그 당시에는 왜 그렇게 장 소협에게 건방지게 대했는지 이해하기 어려웠다. 그러나 물은 오래전에 이미 엎질러졌다.

'다시 만난다면 나는 이전과 다르게 장 소협을 대할 수 있을까?'

그러나 앞으로의 결과도 알 수 없었다. 과거에도 청해성을 떠나며 수없이 '조사를 만나면 잘 보여야 한다'고 되뇌였지만, 장 소협을 만난 순간 모든 다짐은 허사가 되고 말았다.

사공철이 작게 한숨을 내쉬며 이무심의 어깨를 한번 더 끌어당겼다. 이 사백은 생각보다 부상이 심한 듯 점점 무겁게 늘어졌다.

그렇게 계속 전진하던 무리들은 마침내 숲 속의 작은 공터에 도달할 수 있었다.

이무심은 일행의 걸음이 느려지자 고개를 들었다. 어느새 팔대문파 고수들이 모여 있는 자리에 다다른 것이다. 그가 사공철의 어깨에서 팔을 풀고 천천히 장내를 둘러보는데 뒤에서 놀란 외침이 들려왔다.

"아니! 이 대협 아니십니까?"

이무심이 돌아보며 환한 웃음을 지었다.

"진명 스님! 이곳에서 뵙게 될 줄은 몰랐습니다."

이무심을 알아보고 인사를 한 사람은 아미파의 생존자인 진명 스님이었다.

진명 스님이 이무심에게 다가가 반갑게 인사를 하자 삼천왕의 얼굴에 호기심이 가득했다. 대체 저 아미파의 고수는 어떻게 무명고수(無名高手) 이무심을 알게 된 것일까?

다비천왕이 한숨을 내쉬며 증창천왕에게 걸어갔다. 마지막으로 남아 있던 기회가 사라졌다. 본래 사형이 이무심과 수적들을 데리고 본진으로 가자고 할 때 반대하지 않은 것은 어떻게든 마지막 한 수로 이무심을 절단내려고 작정했기 때문이다.

그런데 뜻밖에도 아미파의 고수가 이무심을 알아보고 인사를 하니 이제 더 이상 어쩔 수 없다. 저 사내와 수적들을 정말로 받아들여야 한다.

'허, 대인은 편을 가르지 않고 두루 사귀고, 소인은 편을 가르고 두루 사귀지 못한다(大人 周而不比 小人 比而不周)고 했던가! 이제 별수없이 대인이 되어야겠구먼……'

다비천왕은 증창천왕에게 대의(大義)를 설명하기 시작했다. 그는 자신 못지 않은 사파불친론자(邪派不親論者)다. 그런 그에게 어찌 비무의 실패를 구구절절히 말할 수 있겠는가! 언젠가 진실이 드러난다 해도, 지금은 모두가 대인이 되는 편이 낫다. 게다가 진실이란 언제나 모호한 것 아니던가. 세월이 지나면 목격자들조차 진위(眞僞)를 구별하기 어려울 것이다.

*　　　　*　　　　*

하남의 무림맹을 가득 뒤덮고 있는 것은 향 내음이었다. 지난해의 공동파에 이어서 올해 들어 종남파와 청성파, 그리고 점창파가 멸문을 당한 것이다. 물론 그밖에도 크고 작은 정사(正邪)의 무가(武家)들이 멸문당했지만 구대문파에 비할 바가 아니었다.

뒤늦게 화를 당한 사대문파는 자기들이 머물던 거처에 죽은 자의 위패를 모셔놓고 향을 사르기 시작했다. 그러나 죽은 사람이 어디 한두 사람인가! 결국 무림맹은 조문객들이 피운 향으로 가득 차고 말았다.

무림맹에 모인 구대문파 고수들은 이제 삼백오십 명이다. 그 뒤 사대문파가 멸문하고 그 생존자 오십오 명이 모여들어 겨우 사백의 숫자가 채워졌다. 그러나 이 사백의 숫자는 더 이상의 희망이 없는 숫자였다. 이전의 사백이라면 아직 구대문파에서 파견할 고수들에 대한 희망이 있는 숫자였으나, 이제는 그 뒷받침할 희망이 사라진 사백이었다.

물론 아직 화를 입지 않은 오대문파는 조금 더 고수가 남아 있었지만, 그들은 결코 본산에서 하산하지 않을 것이다. 누가 이처럼 어수선한 때에 본산을 비운단 말인가! 본산을 비우는 즉시 노리고 있던 사파나 도적에 의해 본산의 보물이 유린당할 것이다. 결국 무림 구대문파의 전력은 완전히 묶인 것이나 다름이 없다.

이제부터는 구대문파의 고수 사백여 명과 무림의 대소 방파에서 자원한 삼백여 명으로 혈마사와 마교를 막아내야 한다. 그리고 그것이 불가능하다는 것은 모두가 알고 있다. 그러고 보면 무림맹에 가득한 향은 죽은 자를 위한 것만도 아니었다.

원정 선사의 얼굴에 늘 자리하던 여유가 사라졌다. 이제 원기(元氣)를 손상당하지 않은 세력은 오대문파뿐이다. 길을 가다 보면 사람들은 앞서거니 뒷서거니 한다더니 그 말이 맞았다. 공동파가 멸문하고 무당파가 오명을 뒤집어쓴 이후, 무림맹에서 큰소리를 치던 종남파와 청성파, 그리고 점창파의 기세가 수그러들었다.

멸문의 화를 확실히 비껴간 곤륜파만 여전했지만, 그나마 동조해 줄 문파가 기운을 잃었으니 예전만 못했다. 무림맹의 분위기가 차분해진 것은 환영할 만한 일이었으나 이렇게 타오르는 불에 찬물을 끼얹은 것 같은 차분함은 득보다 실이 더 크다.

원정 선사는 의사청에 모여든 장문인들의 안색을 살피며 조심스럽게 말했다.

"아무래도 심상치가 않소이다. 혈마사가 저처럼 강호를 종횡무진하니 그 다음은 어디로 갈지 예측할 수도 없소. 과연 이것이 혈마사 단독으로 벌이는 일인지 확인부터 해야 할 것이외다."

현천검객(玄天劍客)이 침통한 어조로 입을 열었다.

"우리 종남파는 확실히 혈마사의 침입을 받았소. 생존자들의 말을 들어볼 때 의심의 여지가 없소."

청성파 장문인 파운신권(破雲神拳)은 약간 자신없는 어조로 말했다.

"본 파도 홍의(紅衣)를 입은 자들이 분명하다고 했으니, 아마도 혈마사일 것이외다."

영천상인(永川常人)도 고개를 끄덕였다.

"점창파도 홍의를 입은 자들이었다고 하오. 홍의라면 혈마사가 아니겠소이까?"

원정 선사가 더욱 조심스럽게 말문을 열었다.

"하나, 공동파에서 시작된 혈겁은 사대문파마다 그 양상이 조금씩 다르오. 생존자들의 말을 빌리자면, 공동파와 종남파의 라마승들은 오직 선장(禪杖)만 사용했다고 하오. 그런데 청성파와 점창파의 라마승들은 도검을 사용했다고 하오이다. 그렇다면 이 차이는 무엇으로 설명할 수 있겠소이까?"

화산파 장문인 상유천(賞幽天)이 원정 선사를 향해 물었다.

"선사의 말씀은 혈마사가 두 무리란 뜻으로 들립니다만… 과연 그런 것입니까?"

"아미타불, 둘 다 혈마사인지는 모르겠으나, 두 무리의 홍의(紅衣) 라마승인 것만은 분명하외다."

구대문파 장문인들의 입에서 장탄성이 흘러나왔다. 두 무리의 라마승이라면 그 수가 실로 적지 않을 것이다. 이로써 무림은 공멸의 길로 접어드는 것인가?

자리에 앉아 있던 광료의 안색이 어두워졌다. 그동안은 팔대문파의 회의에 참석하지 않았으나 사대문파가 멸문당한 뒤로 무림맹에서 공식적으로 공동파를 불러들여 한자리에 모이게 되었다. 무림맹으로서는 어차피 멸문당한 문파가 많으므로 공동파를 부르지 않을 수도 없었다. 멸문했다고 내치면 구대문파 회의는 당장에 오대문파 회의로 축소하고 말 것이다.

그러나 구대문파의 회의에 참석한 광료의 마음은 더욱 무거워졌다. 광료는 무림의 현실을 모르는 편이 훨씬 속편하다고 생각했다.

광료가 무림맹에 나오기 시작한 지 어언 칠 일, 그동안 무수히 많은 향 냄새를 맡았다. 자신이 공동파 장문인의 이름으로 참배한 위패도 적지 않았다. 그러나 시간이 흐를수록 죽음의 소식만 들릴 뿐, 어디에서도 희망은 엿보이지 않았다.

그날도 '라마승은 두 무리이다'라는 절망적인 사실만 확인하고 회의는 막을 내렸다. 어깨가 축 처진 광료는 영빈관에 들러 장염에게 라마승의 얘기를 전해주고 숙소로 돌아갔다.

*　　　*　　　*

동몽고(東蒙古)의 지배자 아로타이(阿魯臺)의 명을 받은 뇌구구(雷口具)가 마교를 방문한 것은 초여름이 시작될 무렵이었다. 제천혈마 장소는 난주의 마교 총단에 세운 제천부(帝天部)에서 정중하게 뇌구구를 맞이했다.

마교 교주인 장소는 정치에 뜻이 없었으나 혈수서생 이면수의 강력한 권고를 받아들였다. 현재 마교에서는 오직 두 사람만이 교주 앞에서도 자기의 주장을 똑바로 말할 수 있었다. 바로 장소 교주에게 오행혈마경을 해석해 준 혈수서생 이면수와 마교의 전반적인 무공을 가르쳐 준 검귀다. 마교 내에서 혈수서생과 검귀는 장소 교주의 유일한 측근이라고 해도 과언이 아니었다.

장소는 아까부터 못마땅한 얼굴로 뇌구구를 힐끔거리고 있었다.

눈치를 살피던 뇌구구가 제천혈마 장소에게 보물이 담긴 함을 내밀며 조심스럽게 말했다.

"관부와 무림은 본시 길이 다르다 해도 달단부(韃靼部)의 아로타이는 무(武)를 경외하는 분이시오."

장소가 번들거리는 눈을 희번덕거리며 뇌구구를 바라보았다.

"본제는 복잡한 것을 싫어한다. 무슨 소리를 하고 싶은 건지 돌리지 말고 말하라."

"황제의 자리를 찬탈한 연왕이 모병(募兵)하여 사막을 휩쓸고 있소. 연왕이 사라진다면 다시 중원에 평화가 정착될 것이오."

장소의 눈에 아무런 감정이 떠오르지 않자 뇌구구가 황급히 입을 열었다.

"교주에게는 연왕의 모가지가 주머니 속에 든 구슬과 다름이 없지 않겠소?"

장소가 무심한 음성으로 대답했다.

"그의 모가지가 어느 주머니에 있든 나는 관심이 없다. 필요한 자들이 스스로 가져가면 될 일 아니냐?"

뇌구구의 표정이 어느 정도 부드러워졌다. 비록 부정적이기는 해도 과연 이 마교의 교주는 황제의 생사에 관심이 없었다. 그래도 교주가 '위국충절(爲國忠節)'이나 '황제를 부모처럼 알고 따른다'는 등의 말을 하지 않는다는 것이 어디란 말인가!

자신은 언젠가 이루어질 국토 수복을 꿈꾸며 한족(漢族) 속에서 살아왔다. 이번에 영락제의 몽고 원정만 아니었던들 이렇게까지 전면에 나서는 일은 없었을 것이다. 그러나 영락제가 끌고 온 오십만이라는 대군이 사막을 휩쓸고 다니자 아로타이의 분노가 마침내 하늘에 닿았다.

"뇌구구여, 가라! 가서 중원인으로 하여금 연왕의 목을 치게 하라!"

달단부의 병사가 중원에 진입하기란 하늘의 별 따기이니, 아루타이의 지상 명령이 뇌구구와 같은 사람에게 떨어진 것은 당연한 것이다.

지시가 내려오자 뇌구구는 벼슬과 재물을 미끼로 살수를 구하기로 했다. 그리고 마교의 장소 교주는 그 첫 번째 포섭 대상이었다. 그런데 어찌 된 일인지 마교 교주는 재물이나 벼슬에 도통 관심을 보이지 않았다.

'이런, 빌어먹을! 보통 이런 마물(魔物)들은 재물과 벼슬에 눈이 돌아가는데… 어째 이자는 별 반응이 없구나.'

한동안 뇌구구가 장소 교주에게 연왕을 제거하면 생기는 백팔종(百八種)의 특혜를 떠벌였으나, 장소는 요지부동(搖之不動)이었다. 장소를 대면한 지 이각 만에 뇌구구는 보석이 가득 든 상자만 날리고 자리에서 물러나야 했다.

제천부를 벗어난 뇌구구가 망연자실한 표정으로 하늘을 우러르다가 중얼거렸다.

'그렇다면 이제 남은 것은 정주의 천하제일가인가?'

뇌구구의 머리가 재빠르게 돌아가기 시작했다. 경재학이 신임 가주가 되면서 낙양에 머물던 천하제일가의 전대 가주는 정주로 거처를 옮겨갔다. 지금이야 천하제일가를 말하면 당연히 경재학을 떠올리지만, 삼십여 년 전만 해도 무림은 그의 부친 경영자(經營子)의 천하라 해도 과언이 아니었다.

第八章

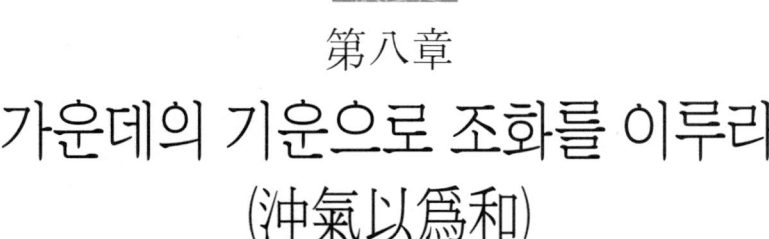

가운데의 기운으로 조화를 이루라 (沖氣以爲和)

뇌구구가 나가자 장소는 제천부로 열다섯 명의 원로들을 모두 소집하였다. 일각이 지나지 않아 제천부의 회의 탁자에는 천산파의 마인 열한 명과 음산파의 마인 네 명이 둘러앉았다.

먼저 장소의 우측으로는 수호사령 검귀와 순찰영주, 그리고 혈수서생이 앉았고, 그 옆으로 삼마와 독비도객, 요마가 자리를 잡았다. 장소의 좌측으로는 음산삼로에서 다시 마교의 장로로 복귀한 단철혈마, 귀령신마, 음산비마와 마안요희가 있었다. 이들은 마교 무공 서열 십오 위까지의 장로들로 천하를 떨게 하는 마인들이었다.

제천혈마 장소가 무리들을 둘러보며 광소를 터뜨렸다.

"크하핫! 이처럼 모두가 한자리에 모인 것이 얼마 만인가? 오늘 본제가 너희를 부른 것은 대업의 완성이 목전에 다가왔음을 알리기 위해서이다. 그러나!"

열다섯 명의 마인은 갑자기 싸늘해지는 교주의 음성에 흠칫하며 몸을 떨었다. 교주의 변덕은 이미 오래전부터 너무도 유명했다. 그의 기분에 따라 원로 고수든 십부장이든 할 것 없이 목숨을 빼앗겼다. 그런데 지금 또다시 감정이 들끓기 시작한 것일까?

'하긴, 출관 이후로 한 번도 발작이 없었으니, 너무 오래도록 조용했다.'

검귀가 중얼거리며 장소의 안색을 살폈다.

그러나 검귀의 예측과 달리 장소는 아무런 짓도 하지 않았다. 싸늘한 장소의 말이 제천부에 날카롭게 울려 퍼졌다.

"본제가 사파를 일통하라고 지시한 뒤로 이 년이나 지났다. 그런데 아직까지도 거두지 못한 사파 세력이 있다니!"

조금은 느긋하게 있던 검귀와 삼마의 얼굴에 긴장이 떠올랐다. 천마대는 검귀의 제자가 이끌고 있고, 파천대는 삼마의 제자가 이끌고 있다. 자신들의 제자가 관여된 일이니 절로 마음이 떨렸다.

천마대는 삼도회를 정벌한 이후에 호남성 구룡채(九龍寨)에 발이 묶였고, 파천대는 청해성의 황하수채(黃河水寨)와 산서성(山西省)의 대맥파(大脈派)를 두고 고전하고 있었다.

"비단 인력과 자원의 조달 때문만이 아니다. 아직까지 사파를 다 거둬들이지 못하고 있으니 너희는 마교의 이름에 먹칠을 한 것이다."

장소 교주의 말은 나중에 가서는 살기에 젖어 끈적끈적하게 들렸다.

아무래도 안 되겠다고 느낀 검귀가 고개를 숙이며 큰 소리로 말을 받았다.

"교주님, 저희가 직접 가서 그들이 교주님께 불충했던 죄를 묻게 해주십시오."

장소가 검귀를 보며 끓어오르는 마음을 가라앉혔다. 지금 십오 인의 마인에게 화풀이를 한다고 해서 달라지는 것은 아무것도 없다. 아니, 오히려 이십오 인이야말로 마교의 전부라고 해도 과언이 아니다.

'천마후 때문에 내가 너무 흥분했군.'

수하들의 보고에 따르면 천마후는 무림맹으로 갔다고 한다. 장소는 천마후 영화가 무림맹에 들어간 뒤로 다시 나오지 않고 있다는 것이 마음에 걸렸다. 이 정도 시간이 흐르면 영화가 스스로 못 견디고 뛰쳐나올 줄 알았는데, 생각했던 것과는 다른 결과가 생겼다.

'아무래도 무당파와 풍림장에 대한 조치가 미약했던 모양이로구나.'

생각에 잠겨 있던 장소의 입술이 비틀어지듯 열렸다.

"끄끄끄, 너희 밥벌레들이 뛰어다녀 봐야 좋은 결과가 나오겠느냐!"

그 순간 마인들의 얼굴이 잿빛으로 변해갔다.

"끄끄끅! 벌레는 묵혀도 벌레지! 어디 너희도 내 앞에서 꿈틀거려 보아라!"

장소가 벌떡 일어나 붉게 물든 오른손을 번쩍 치켜들었다.

십오 인의 마인은 전신의 공력을 일으켜 호신강기를 둘렀다. 교주의 앞이니 섣불리 말리거나 달아날 수도 없다. 전신의 요혈을 지키며 요행으로라도 살아나길 바래야 했다.

마침내 장소가 피가 뚝뚝 떨어지는 듯한 혈장(血掌)을 휘둘렀다.

콰쾅!

장력은 정면의 탁자를 부수고도 그 힘이 남아 대리석의 바닥까지 깊게 파냈다.

장소가 넋 나간 표정으로 구덩이를 바라보고 있는데 저절로 입술이 열렸다.

"끄끄, 저 벌레들의 골수를 구경하고 싶었는데, 왜 막는 것이냐?"

마지막 순간에야 겨우 수하들의 머리 위로 떨어지는 장력의 방향을 바꿀 수 있었던 장소가 부들부들 떨며 소리쳤다.

"미친놈! 입 닥치고 있거라!"

"끄끄, 나야말로 너의 진심이 아니냐. 저 벌레들을 밟아서 터뜨리고 싶지? 옛날처럼 말이다……."

장소는 이 심마(心魔)가 더 떠벌리기 전에 수하들을 해산시키기로 했다. 심마가 하는 말이란 대부분 장소의 개인적인 이야기들인지라 수하들 앞에서 면목이 서질 않았다. 심마는 어떤 때는 어린아이 목소리로 쫑알거렸고, 어떤 때는 노인처럼 늙수그레한 소리로 욕설을 해댔다.

"들어라! 검귀는 장로들과 함께 사파를 수습하고, 풍림장과 무당파의 주변에 싸움거리를 만들어주어라. 물론 천마후와 관계된 사람들은 털끝도 건드려서는 안 된다. 알아들었느냐!"

"존명!"

"끄끄끄, 나는 천마후가 필요하단 말이다! 이 벌레 같은 녀석들아! 천마후를 당장 끌고 와!"

장소는 심마의 발작이 더욱 드세지기 전에 수하들을 해산시켜야 했다. 장소의 뾰족한 외침이 제천부에 울려 퍼졌다.

"모두 물러가거랏!"

*　　　*　　　*

장소 교주에게서 만족할 만한 대답을 듣지 못한 뇌구구는 정주의 모처로 행선지를 결정했다. 그곳에는 오랜 세월 한족과 동화되어 살아가고 있는 몽고 족장의 후예가 있었다. 제천부를 떠난 뇌구구는 열흘 간 쉬지 않고 말을 달려 마침내 정주(鄭州)에 도달했다.

해가 뉘엿뉘엿 질 무렵 자그마한 장원 앞에 도달한 뇌구구가 감개무량한 얼굴로 편액을 바라보았다.

'흠, 정말 작은 천하제일가(天下第一家)로구나! 지금이야 낙양의 천하제일가를 으뜸이라고 하지만, 그것도 이 작은 곳에서 출발한 것이라는 걸 아는 사람이 과연 몇이나 있을까?'

그보다 더 큰 비밀은 정주의 천하제일가에 족장 철목극의 후예가 살고 있다는 것이다. 그것은 자신처럼 한족의 사회에 남아 이름을 바꾸고 정착한 몽고 지배층들 간의 비밀이었다. 자신처럼 아직도 명나라에 남겨둔 세력이 있기에 동몽고의 달단부와 서몽고의 오이라트부(瓦剌部)가 항쟁을 계속하는지도 몰랐다.

쾅! 쾅! 쾅!

뇌구구가 굳게 닫힌 문을 두드리자 잠시 후 대문이 빼꼼이 열렸다.

"뉘십니까?"

뇌구구는 얼굴에 검버섯이 피고 허리가 구부정한 노인을 향해 태연히 말했다.

"초원을 달리는 푸른 늑대에 대한 이야기를 듣기 위해 왔소만."

푸른 늑대는 과거 몽고족을 통일한 대족장 철목진(鐵木眞: 칭기즈칸, 成吉思汗)의 별명이다. 지금 뇌구구가 다짜고짜 푸른 늑대라고 말한 것은 자신의 정체를 절반쯤 밝힌 것과 같았다.

끼이익—

뇌구구의 말이 끝나자 문은 겨우 한 사람이 들어갈 만큼 열렸다. 뇌구구가 틈 사이로 빨려들듯 들어가자 육중한 나무 문은 삐그덕거리는 소리와 함께 굳게 닫혔다.

허리가 굽은 노인은 뇌구구를 귀천루(歸天樓)라는 편액이 붙은 정자로 안내한 뒤 조용히 사라졌다.

뇌구구는 몇 번이나 엉덩이를 들썩거리며 고쳐 앉았다. 그러기를 한 식경쯤 지났을까? 맞은편으로 보이는 월동문을 통해 나이를 추측하기 어려운 노인이 걸어 들어왔다.

"노부가 바로 천하제일가의 전대 가주인 경영자(經營子)요. 대접이 소홀하여 죄송하외다."

"저는 뇌구구라고 합니다."

뇌구구의 얼굴에 긴장이 감돌기 시작했다. 경영자는 당금 무림맹주 경재학의 부친으로, 이미 무림에서 은거한 전대 기인이다. 아로타이의 명으로 이곳까지 기세 좋게 찾아왔건만 모든 것은 경영자의 손에 달려 있었다.

'만약 이들이 몽고족의 후예임을 인정하지 않는다면 오늘 나는 쥐도 새도 모르게 죽어 나갈 수도 있겠구나.'

그러고 보니 말을 돌리고 눈치를 볼 필요도 없었다. 모든 것이 경영자의 뜻에 달려 있음을 깨달은 뇌구구가 공손히 말했다.

"저는 달단부에서……."

뇌구구의 말이 채 끝나기도 전에 경영자가 말을 받았다.

"아로타이(阿魯臺)는 여전히 건강하오?"

그제야 뇌구구의 얼굴에 혈색이 감돌기 시작했다. 이 노기인은 스스로 몽고족임을 아직 잊지 않고 있었다. 그렇다면 자신의 일은 이미 절반쯤 성공한 것과 다름없다.

"그렇습니다. 아로타이께서 이번에 저를 보내신 것은……."

"그만 해도 족하오. 나는 이미 세상을 잊었소이다. 여기에 머물던 가신(家臣)들도 어쩌다가 한차례씩 들러서 잠시 머물다가 떠날 뿐이오. 제법 요령이 있는 사람들은 모두 낙양의 새 가주가 있는 곳으로 거처를 옮겨 갔으니, 정히 원하는 것이 있으면 낙양으로 가서 의논해 보시구려."

뇌구구가 노기인(老奇人) 경영자에게 허리를 깊숙이 숙였다. 그의 이 한마디 말을 듣기 위해 불원천리(不遠千里)하고 달려온 것이다.

귀천루에서 떠나가는 뇌구구의 뒷모습을 바라보며 경영자가 중얼거렸다.

"그러고 보니 나도 어언 일 갑자 반(90년)을 살았구나. 나이가 먹어갈수록 옛것이 그리워지는 법이라더니……."

기마 민족의 후손이 아니랄까 봐 어려서부터 말 달리며 패싸움을 일삼던 아들이다. 그 아들의 장래를 위해 무공 사범을 고용하고, 영약으로 신체도 단련시켜 주었다. 모든 것을 장성한 아들에게 물려주고 은거한 지 어언 삼십 년. 이제 그 아들의 시대가 도래하였으니 모든 것은 하늘이 이끄는 대로 흘러갈 것이다. 이미 천리(天理)에 순응하는 나이라 달리 아들을 막거나 도울 생각도 없었다.

"그렇지. 가장 좋은 것은 물처럼 사는 것(上善若水)이라고 했던가? 그러나 역천(逆天)은 뭐며, 순천(順天)은 또 뭐란 말인가! 천의(天意)가 어디로 가는지 한번 지켜보아야겠다."

*　　　*　　　*

청수각(淸秀閣)은 하남 무림맹에서 화산파가 머물고 있는 숙소다. 청수각의 주변에는 복숭아나무가 가득 심겨져 있었다. 햇살 아래 화사하게 피어 오른 연분홍의 꽃잎을 보며 편안한 미소를 짓던 사자검(獅子劍) 상유천(賞幽天)은 뜻하지 않던 큰 어른을 만나야 했다.

"사부님, 어인 걸음이십니까?"

화산파 장문인 상유천의 앞에 검선(劍仙)이라고 불리는 서검자(書劍者)가 서 있었다.

"허헛! 장문인이 그처럼 호들갑을 떠시면 어찌 자주자주 찾아볼 수 있단 말이오?"

상유천이 송구스럽다는 표정으로 서검자를 바라보았다. 스승은 여전히 허리에 고검을 비끄러매었고, 등 뒤에는 작은 나무 상자를 짊어지고 있었다. 자그마치 십여 년 만에 다시 뵙는 스승이었지만, 워낙 같은 모습으로 서 있는 스승을 뵈니 시간의 간격이 느껴지지 않았다.

"사부님, 마침 잘 오셨습니다. 무림이 풍전등화(風前燈火)의 위기에 처해 있으니, 스승님께서 이 참에 좀 더 제자들을 지도해 주실 수는 없겠습니까?"

이제는 은거하여 무림의 일에서 손을 뗀 스승에게 그런 말을 건네기도 미안했지만, 그렇다고 서검자가 은거하는 것을 바라만 볼 상황도 아니다.

'은거하시기로 작정한 스승님을 무림으로 불러내는 것이 제자된 도리는 아니지만 다른 방도가 없구나.'

서검자는 상유천의 얼굴을 물끄러미 들여다보며 대답했다.

"다 늙어 죽게 된 내가 무슨 힘이 있다고 제자들을 더 가르치겠소. 그저 몇 가지 소문에 이끌리어 예까지 찾아온 게요. 그러니 장문인도 더 이상 나에 대해서는 신경 쓰지 마시고 문파의 일이나 잘 돌보시구려."

상유천이 실망한 기색으로 서검자를 바라보았다. 스승은 본래 한 번 말하면 반드시 그것을 지켰다. 지금도 화산파의 제자들을 가르치지 않겠다고 했으니, 그 마음은 당분간 변치 않을 것이다.

"사부님, 아직도 맹주의 독단적인 처사가 마음에 들지 않아서……."

상유천의 말이 끝나기도 전에 서검자가 대답했다.

"장문인, 나는 이미 맹주의 일에 마음을 쓸 겨를이 없다오. 지금 나의 관심은 오직 지난해에 발견한 커다란 그릇 하나에 있소. 그때는 그릇이 깨지고 금이 가서 얼마나 훌륭한지 확인할 수도 없었지만, 화산파의 무공도 넉넉히 담아낼 수 있다고 믿었기에 그에게 짐을 하나 떠넘기고 말았구려. 그런데 그가 마침 무림맹에 와 있다는 소문이 들리니 내가 어찌 찾아오기를 마다하겠소?"

상유천의 눈에 크게 부릅떠졌다. 이제는 '스승이 왜 박차고 나간 무림맹에 다시 돌아왔는가?' 에 대해서는 궁금하지도 않았다.

'저 짐이란 기천검(氣天劍)을 말하는 것이 틀림없다!'

과거 상유천이 화산파에서 스승인 서검자에게 무공을 사사받을 때였다. 수많은 화산파의 고수들이 서검자에게 기천검을 전수받으려고 했다. 물론 상유천 자신도 그들 중 하나였다. 그러나 서검자는 누구에게도 기천검을 전수해 주지 않았다. 서검자는 사람들이 기첨검을 갈망할 때마다 입버릇처럼 말했다.

"나의 스승께서 대기(大器)가 아니면 전하지 말라고 하셨다."

그 한마디 말로 인해 기천검은 화산파의 모든 제자들로부터 멀어져 갔다. 스승은 언제나 사조의 말을 인용하여 '그릇에 넘치는 것을 받으려 했다가는 오히려 몸을 망치게 될 것이다'라고 경고했다. 그런데 이제 무려 오십 년 만에 기천검을 전수받은 사람이 나타난 것이다.

"그렇다면, 사부님! 그는 저의 사제가 되는 것입니까?"

서검자가 고개를 설레설레 저었다. 그에게 기천검을 전수하기는 했지만 스승과 제자의 관계가 아니었다. 그러니 상유천의 사제라고 말할 수도 없을 것이다. 지난 겨울 사천성 성도(成都) 부근의 다 쓰러져 가는 신당(神堂)에서 처음 그를 만나던 때가 떠올랐다.

'장염이라고 했던가…….'

문득 그를 생각하자 서검자의 가슴이 또다시 두근거렸다.

자신이 예정에도 없이 무림맹까지 오게 된 것은 강호에 떠도는 소문 때문이다. 하남성에 인접한 하북성(河北省), 섬서성(陝西省), 산동성(山東省), 산서성(山西省)에 두 가지 소문이 떠돌았다. 하나는 무림 사대문파가 멸문했다는 것이며, 다른 하나는 믿을 수 없게도 사천성에서 온 장씨 청년이 구대문파 장문인들과 비무하여 이겼다는 것이다.

서검자는 산동성(山東省) 태산(泰山)의 한 허름한 주루에서 그 진귀한 이야기를 들었다.

'그가 정말 장염이라면, 그는 과연 기천검을 이루었을까? 아니, 기천검을 이룬 것이 분명하다. 그렇지 않고서야 어떻게 구대문파 장문인들과 비무하여 이길 수 있단 말인가!'

궁금증을 견디지 못한 서검자는 칠 일 간이나 쉬지 않고 달려 마침내 무림맹에 도착했다. 그리고 제일 먼저 제자인 화산파의 장문인 상유천을 찾았다. 서검자는 상유천이 자신을 장염에게 안내해 주었으면 하고 바랬기 때문이다.

그제야 서검자의 내심을 짐작한 상유천이 웃으며 말했다.

"사부님, 이왕에 그가 화산파의 절기를 전수받았으니, 본 파와 무관하다고 할 수는 없을 것입니다. 무엇보다도 사부님께서 전인을 찾으셨으니 경하드립니다. 제자가 그에게 안내하겠으니 그의 협명을 말씀해 주시겠습니까?"

누구인지 모르지만 그가 서검자의 기천검을 전수받았으면 당연히 화산파와는 남남이 아니다. 상유천의 얼굴에 드리워져 있던 그늘이 조금씩 걷혔다. 서검자가 화산파의 일에 나서지 않겠다고 했을 때 크게 상심했으나 이제 말 그대로 전화위복(轉禍爲福)이 된 것이다. 서검자의 기천검을 전수받은 고수가 무림맹에 있다! 그는 당연히 화산파에 호의적일 테니 이보다 더 즐거운 일이 어디 있겠는가!

"그는 사천성에서 온 장염이라고 하오."

"……."

상유천의 얼굴이 어색하게 굳었다. 장염이라면 무림맹 최대의 문제이며, 장차 제거해야 할지도 모를 우환 덩어리다. 그런데 하필

이면 그가 기천검의 전수자라니. 표정을 바꾸어야 하는데 마음처럼 쉽지 않았다.

'하늘이 화산파를 멸문시키지 않은 것도 이처럼 큰 시련을 준비하셨기 때문이로구나!'

잠시 후 서검자는 앞서 가는 상유천을 따라 영빈관으로 걸어갔다. 조금 전 제자의 얼굴이 굳어진 것은 아마도 장염과 구대문파 장문인의 비무 때문이리라. 혹시라도 그 때문에 장염과 화산파의 관계가 소원해진다면 그보다 안타까운 일은 없다.

'아무렴, 장염 같은 사람과의 교분이 무림맹보다는 낫지.'

서검자는 오래전 무림맹의 군사인 제갈가(諸葛家)가 내쳐질 때, 맹 내부에 감도는 묘한 기류에 환멸을 느끼고 무림맹을 떠났다. 그러니 무림맹이라고 해도 그에게 특별한 의미는 없었다. 그저 나잇값도 못하는 완고한 고집 덩어리들의 모임 정도라고나 할까?

어느새 서검자의 눈앞에 영빈관의 주사 빛 현판이 들아왔다.

"장문인은 잠시 나와 함께 장 소협을 만나보도록 합시다. 혹시 그가 내가 아는 그 장염이 아닐 수도 있으니, 그때는 돌아가야 하지 않겠소?"

상유천이 허리를 조아리며 공손히 대답했다.

"사부님의 말씀대로 따르겠습니다."

한 걸음 먼저 도달한 상유천이 영빈관의 문을 조심스럽게 열고 안으로 들어갔다. 정면에 위치한 대청마루에는 일단의 무림인들이 먼저 와서 자리하고 있었다.

상유천이 뭐라고 말을 하려고 할 때, 그의 뒤를 따라 들어온 서검자가 먼저 큰 소리로 외쳤다.

"아니! 정말로 자네는 그 요리 잘하는 장염이 아닌가! 어이쿠, 저 아가씨는 한잔 술에 나가떨어진 그 아가씨가 분명하군 그래!"

객청에 앉아 있던 장염이 서검자를 발견하고 자리에서 일어나 읍(揖)을 했다.

"과찬의 말씀이십니다. 향 누님께 어르신의 백로주(白露酒)가 저의 신선로(神仙爐)보다 일품이라고 들었습니다."

향이는 멀리서 서검자가 다가오자 그만 긴장하여 말도 못하고 고개만 떨구었다. 의혈단에 하녀로 있는 십 년 동안 습관처럼 몸에 벤, 고인(高人)에 대한 극도의 존경이 전신을 지배하기 시작한 것이다.

장염은 서검자를 다시 만나보기 원하던 향이가 나무토막처럼 뻣뻣하게 굳어버리자 크게 웃음을 터뜨렸다.

"하하핫! 향 누님, 제가 언젠가 다시 서검자 어르신을 만나게 될 것이라고 하지 않았습니까? 전에는 그처럼 이별을 아쉬워하더니 어째 반가워하질 않으시는군요."

그제야 향이가 화들짝 놀라며 검선 서검자에게 대례를 올렸다.

"향이가 서검자 어르신께 감사의 인사를 드립니다. 지난번에 내려주신 백로주로 오래도록 불편함없이 잘 지낼 수 있었습니다."

서검자가 향이의 인사를 받으며 흐뭇한 얼굴로 상유천을 돌아보았다.

"장문인, 이 젊은이들이 바로 내가 찾던 장염과 그의 누이라오."

서검자가 향이의 인사를 받은 뒤 주변으로 시선을 돌렸다.

조금 전까지 앉아 있던 몇 명의 무림인들이 조심스럽게 다가왔다. 그들은 정파 무림의 최고 원로이자 고수인 검선 서검자의 앞에 서자 긴장한 모습이었다.

네 사람이 가까이 이르자 장염이 서검자에게 웃어 보인 후 말했다.

"어르신께 저의 귀한 손님들을 소개해 드리겠습니다. 이쪽은 공동파의 추료 도장과 아미파의 파경 사태, 그리고 하후연과 지염도 소협입니다."

네 사람이 공손히 읍(揖)을 하자, 서검자가 황망히 마주 인사하며 말했다.

"노부는 화산파의 별 볼일 없는 늙은이로 서검자라 하오."

"그리고 이쪽은 무당파의 영화 소저입니다."

어차피 영화가 천마후인지 뭔지 모르는 서검자인지라 스스럼없이 인사를 나누었다. 서검자가 인사를 마치자 장염은 그를 상석으로 인도했다. 서검자가 자리를 잡자, 사람들은 다시 서검자의 좌우로 나뉘어 앉았다.

시간이 조금 흐르자 모두가 화기애애한 분위기였지만, 한쪽에 자리한 상유천은 그다지 심사가 편치 않았다. 얼마 전까지 팽팽하게 대치하고 있던 장염과 천마후 영화를 눈앞에 두고 있었기 때문이다. 물론 자신이 직접 이들의 문제에 깊숙이 관여한 적은 없지만, 무림 구대문파의 공동체 의식은 남다른 바가 있었다. 그러나 이제는 그것도 재고가 되어야 할 것이다. 스승의 기대를 한 몸에 받고 있는 장염을 배척할 수는 없다.

상유천이 아미파와 공동파의 사람을 바라보았다.

'휴우, 이들이 여기에 함께 있으니 그나마 위안이 되는군. 그러나 과연 무림맹의 분위기가 바뀔 수 있으려나…….'

상유천은 이들 때문에 무림맹이 더욱 안정되고, 화산파의 신망도 땅에 떨어지지 않기를 바랬다. 그러나 앞으로의 일은 지금까지 보여준 맹주의 소신없는 독단에 달려 있었다.

무리들이 이런저런 얘기를 나누고 있을 때였다. 떠들썩하게 대화를 나누던 서검자가 느닷없이 장염의 귀에 속삭였다.

"장 소협, 구대문파 장문인들과는 모두 손을 섞어보았나?"

장염이 송구스럽다는 듯이 얼굴을 붉히며 대답했다.

"그렇지 않습니다. 세 분의 장문인들과 잠시 비무를 가졌던 것 뿐입니다."

서검자가 고개를 끄덕이며 중얼거렸다.

"그랬던 거로군. 역시 무림의 소문이란 완전히 믿을 바가 못 된다니까. 그런데 정말 자네의 일장에 모두가 나가떨어졌는가?"

서검자가 듣기로 구대문파의 장문인이 전부 달려들었는데, 장씨 청년이 손바닥을 휘두르자 한 번에 나가떨어졌다고 했다. 일단 구대문파 장문인 전부가 아니라 삼파의 장문인으로 사실은 밝혀졌다. 그렇다면 손바닥으로 상대했는지, 검으로 상대했는지 확인하지 않을 수 없다. 손바닥이라면 서검자도 할 말이 더 없지만, 검이라면 필시 기천검일 가능성이 높았기 때문이다.

그냥 기천검은 다 터득했는가? 라고 물어보면 간단히 해결될 일을 가지고 서검자는 이리저리 돌려서 묻고 있었다. 거기에는 화산파의 기천검으로 구대문파 장문인을 제압했다는 얘기를 듣고 싶은 대리 만족의 심리도 작용한 것인지 몰랐다.

"어이쿠, 제가 어찌 맨손으로 장문인들과 비무를 할 수 있었겠습니까? 저는 한 자루 검을 사용했습니다."

서검자가 속으로 중얼거렸다.

'아니, 이 사람도 남의 마음을 잘 몰라주는구먼. 이렇게 사람이 많을 때 슬쩍 '어르신의 기천검으로 구대문파 장문인들과 비무하

여 승리했습니다' 라고 말해 주면 좀 좋은가!'

그러나 장염은 끝내 기천검의 기 자(氣字)도 꺼내질 않았다. 혼자 애가 탄 서검자가 마침내 묻고 싶은 바를 털어놓았다.

"자네는 그날 화산파의 기천검을 사용하였는가?"

장염이 그때까지도 서검자의 뜻을 짐작하지 못하고 잠시 생각한 뒤에 대답했다.

"어느 면에서는 그렇다고 볼 수도 있습니다. 그러나 엄밀히 말하면 기천검을 사용하지 않았습니다."

그날 장염이 사용한 검법은 원융지의(圓融之意)가 담긴 검법이었다. 원융의 검법은 무당파의 무량검과 공동파의 복마심검, 그리고 화산파의 기천검을 연구하여 나름대로 터득한 심득이므로, 따지고 들면 기천검의 영향을 받았다고 할 수 있었다. 그러나 원융지의가 곧 기천검은 아니니 장염이 그렇게 대답한 것이다.

"허어……."

서검자는 답답한 듯 수염을 좌우로 쓸었다. 어느 면에선 그렇다고 하면서 또 한편으론 사용하지 않았다고 하는 것은 무슨 말인가! 장염이 그렇다고 했으니 거짓을 말한 것은 아니리라. 그렇다면 그것은 대체 무엇일까?

곁에서 조용히 듣고 있던 상유천의 가슴속에도 한줄기 의혹이 떠올랐다. 그날 분명히 장염은 원융의 요결을 읊조리며 무공을 펼쳤다. 나중에 듣기로 그 원융의 묘결 때문에 불면의 밤을 보낸 고수가 한둘이 아니라고 했다. 그러나 누구도 그 비법 때문에 득을 본 사람은 없었다. 오히려 어떤 이는 너무 깊이 몰두하다가 주화입마에 들기도 했다던가?

그런데 장염이 그 원융의 묘결에 기천검이 사용되었다고 말한 것이다. 만약 장염이 기천검의 전수자가 아니었다면 그의 관심을 끌지 못했을 것이나 상유천은 화산파의 장문인으로 기천검에 대해 누구보다 잘 알고 있었다.

'기천검은 결코 쉽게 익힐 수도 없거니와 그것 하나로도 이미 천하제일이라 칭하기에 부족함이 없다. 그런데 그날 사용한 검법에서 나는 기천검을 느끼지 못하였다. 그렇다면 이자는 기천검을 응용하여 새로운 검법이라도 창안했다는 것인가?'

상유천은 절대로 그럴 리가 없다고 생각하며 고개를 저었다. 고개를 가로젓던 상유천의 눈이 마침 서검자와 마주쳤다. 서검자가 혼탁해진 눈빛으로 상유천을 바라보고 있었다. 아니, 정확히 말하면 서검자는 상유천과 서검자 사이의 텅 빈 공간을 응시하고 있었다.

'사부님의 심기를 이처럼 어지럽히다니, 정말 저 장염이라는 사람의 속은 알 수가 없구나.'

상유천은 장염이 고의로 서검자를 복잡하게 만들고 있다고 생각했다. 그렇지 않고서야 기천검에 대해 저렇게 말할 리가 없다. 자기도 심기가 깊고 머리를 잘 쓰기로 남에게 뒤지지 않는다고 여겨왔건만, 장염이라는 사람에 대해서는 그 속을 짐작키 어려웠다.

한참 만에야 상념에서 벗어난 서검자가 장염에게 물었다.

"그렇다면 자네는 기천검을 얼마나 터득했는가?"

장염이 빙긋이 웃었다. 이제야 어느 정도 서검자가 던지는 질문에 담긴 마음이 느껴졌다. 이 노기인(老奇人)은 화산파의 기천검으로 무림의 명숙을 상대했다는 소리가 듣고 싶은 것이다.

"몸은 익혔으나 머리가 따라가지 못하니 아직 터득했다고 할 수는 없겠지요. 다행히 어르신의 가르침으로 장문인들을 상대할 때 큰 어려움은 없었습니다."

"어허헛! 이 사람이 그사이 입에 발린 말만 늘었구먼."

서검자가 어깨를 으쓱거리며 주변의 사람들을 둘러보았다. 서검자의 얼굴에는 즐거운 것을 억지로 참아 누르는 기색이 완연했다.

향이는 무림의 최고 원로라고 할 수 있는 서검자의 그런 모습을 보며 '풋' 하고 웃음을 터뜨리고 말았다. 향이의 눈에 서검자의 인간다움이 이제야 보이기 시작한 것이다. 그 이전까지만 해도 향이의 눈에 무림의 명숙들은 사람으로 보이지도 않았다. 그들은 한 줄기 표홀한 바람처럼 향이의 주변에 잠시 머물다 사라지곤 했다. 향이가 하는 일이란 그 바람 같은 분들의 소소한 것들을 알아서 챙겨주는 것이었다. 그때 느껴지던 경외감과 이질감이 어린 향이의 머리에 각인되어 있었다.

그 덕에 서검자를 다시 만나게 되었을 때 얼마나 당황했던가. 그러나 지금 보니 서검자는 그 허름한 사당을 찾아왔던 익살맞은 노인이 분명했다.

향이는 그때가 참 행복했다고 생각했다. 비록 살인한 뒤의 혼돈 속에서 잠 못 이루고 몸부림쳤지만, 곁에는 그런 자신을 염려해 주는 장염이 있었다. 그리고 서검자에게 얻어먹은 그날 밤의 달콤한 백로주의 향기까지. 장염과의 생활이 시작된 처음 며칠은 꿈인지 생시인지도 몰랐다. 아쉽게도 모든 것은 음미할 틈도 없이 빠르게 지나갔다.

지금 장염은 영화를 헌신적으로 돌보고 있다. 그렇다고 주변 사람들에 대해 무관심해졌다는 말이 아니다. 다만 향이로서는 이전까지 둘만 생활해 오다가 장염을 빼앗긴 기분이라고 할까? 이전에 향이가 장염을 위해 하던 모든 일이 지금에 와서는 영화의 몫이 되었다.

'후후, 이렇게 처량맞은 생각에나 빠져 있다니…….'

향이가 다시 정신을 차렸을 때 장염은 서검자를 향해 뭐라고 말하고 있었다. 처음에는 별말이 없던 화산파의 장문인도 이제는 대화에 끼어든 모양이다. 가끔씩 장염을 향해 뭐라고 묻기까지 했다. 추료와 파경 사태는 연신 고개를 끄덕이며 이야기를 듣고 있었고, 맞은편에는 그와 대조적으로 도통 모르겠다는 얼굴의 하후연과 지염도가 보였다. 여전히 밝은 모습의 영화는 그저 웃으며 장염을 바라보고 있었다.

향이의 눈앞에서 모든 것이 자연스럽게 어우러져 돌아가고 있었다. 향이는 주변을 둘러보다가 영화가 내온 차를 들어 입술에 댔다. 차의 향기는 더할 나위 없이 좋았지만, 알싸한 맛이 혀끝에서 느껴졌다. 향이는 '지금의 이 기분이야 어떻든 이제 다시 아무렇지 않은 듯 저 속으로 끼어들어야 한다'고 생각했다.

"후훗!"

때마침 영화가 웃음을 흘리며 향이를 바라보았다.

무엇 때문인지는 몰랐지만, 향이도 그렇게 생각한다는 듯 '훗!' 하고 웃어주고 서검자를 바라보았다. 아무래도 서검자의 말 때문에 좌중이 실소를 터뜨린 것 같았기 때문이다.

서검자는 영화에 이어 향이마저 웃자 자기가 뭔가 대단한 농담이라도 한 줄 알고 수염을 쓰다듬으며 중얼거렸다.

"출가(出家)하기 전에 이처럼 대단한 재간을 가진 줄 알았다면 결코 도사가 되지 않았을 것인데, 그때는 아가씨들이 나의 재담(才談)을 이해해 주지 않았거든. 아쉽군, 아쉬워."

서검자가 진지하게 말을 하자 영화는 깔깔거리며 대소(大笑)를 터뜨렸고, 향이도 손으로 입을 가리고 '킥' 웃었다.

"그래도 출가를 하신 덕분에 더 많은 아가씨들이 즐거워하지 않습니까?"

"우하하핫!"

마침내 근처의 사람들이 떠들썩하게 웃었다. 지염도는 탁자를 탕탕 치기까지 했는데, 그럴 때마다 탁자 위의 찻잔이 들썩거렸다.

상유천은 장염의 말을 들으며 피식 웃었다.

'이 사람도 제법 남을 웃기는 재주를 가지고 있구나. 그나저나 이들 모두가 사부님과 편하게 농을 주고 받다니, 아직 강호의 경험이 적어서 그런 것인가?'

누군가가 검선 서검자의 이야기를 경청하는 것은 익숙한 일이었지만, 이처럼 서검자와 대등하게 농지거리를 나누는 사람들은 본 적이 없다. 무림의 배분이 아니더라도 서검자가 풍기는 탈속한 분위기는 주변인을 주눅 들게 만들었기 때문이다.

'설마 하니 여기 있는 사람들 모두가 사부님만큼 세상일에 달관한 것은 아닐 테고…….'

상유천이 흥미롭다는 듯 둘러앉은 무림인들을 둘러보았다. 그러나 몇 번이고 다시 보아도 평범해 보였다. 눈에 띄는 사람이 있다면 공동파의 추료와 아미파의 파경 사태, 그리고 장염 정도일 뿐, 나머지는 그저 어디서나 쉽게 만나볼 수 있는 전형적인 강호인이었다. 그렇다면 이 사람들의 대범함은 어디에서 나온 것일까?

분위기가 좀 가라앉자 서검자가 생각났다는 듯 물었다.

"그건 그렇고, 자네의 사문(師門)은 어찌 되는가?"

"문파 내부의 일이 정리되지 않아서… 아직은 사문을 밝히는데 어려움이 있습니다."

"……."

장염이 조금 머뭇거리며 대답하자 서검자가 침중한 얼굴로 고개를 끄덕였다. 누구에게나 말하고 싶지 않은 사연이란 게 있다. 한편으로는 '정리되지 않은 사문의 일이란 게 무엇일까?' 궁금하기도 했지만, 남의 일에 깊숙이 관여할 수도 없었다.

'언젠가 자신의 입으로 사문을 말해 주겠지.'

서검자는 조급하지 않은 사람이었고, 그렇기 때문에 더 묻지 않았다.

곁에서 지켜보던 상유천은 사부가 한번 더 물어봐 주었으면 하고 바랬다. 장염의 사문은 무림맹에 있어 결코 간과할 수 없는 부분이었기 때문이다.

그런 상유천의 마음을 아는지 모르는지 서검자가 엉뚱한 소리를 했다.

"그런데 자네는 '만물은 음(陰)을 등에 지고 양(陽)을 가슴에 품고 있다(萬物負陰而抱陽)' 는 것에 대해 생각해 보았는가?"

서검자는 장염이 무림맹의 사람들에 대해 어떤 생각을 가지고 있는지 알고 싶었다. 아직은 장염이 내력을 밝히지 않으니, 이 질문이야말로 서검자에게 있어 매우 중요한 것이라 할 수 있다.

지금 서검자가 던진 말은 기천검의 검법구결로, 음기와 양기를 일으킨 후의 응신요결(應身要訣)이었다. 서검자는 그것을 인간에 빗대어 말하고 있는 것이다.

"물론 그럴 때마다 저는 '텅 빈 가운데의 기운으로 조화를 이루라(沖氣以爲和)' 고 배웠습니다."

서검자의 염려를 짐작한 장염이 부드럽게 웃어 보였다.

그제야 서검자의 안색이 환하게 밝아졌다.

"허허헛! 그런데 내가 이곳에 오기 전 태산(泰山)에서……."

서검자가 다시 잡담으로 좌중을 소란스럽게 만들기 시작했다. 서검자가 우스갯소리를 할 때마다 무리들은 웃음을 아끼지 않았다.

상유천은 두 사람의 말을 곰곰이 되새겨 보았다. 어쩌면 '음(陰)과 양(陽)'은 '정(正)과 사(邪)'라는 말로 바꾸어 생각할 수도 있지 않을까? 그렇다면 사부는 '사람마다 정사(正邪)를 마음에 담고 있다'고 말한 것이리라. 그것에 대한 장염의 대답은 '정사(正邪)를 떠나 조화를 추구하겠다'는 것이었다.

'내 추측이 정말 맞는 것인가?'

상유천이 다시 한 번 생각을 정리했다. 사부가 무림맹에 대해 회의적이라는 것은 전부터 알고 있었다. 아마도 맹주의 독단에 대한 실망이거나 무림맹이 행사하는 폭력에 대한 환멸 때문이리라. 사부는 오래전부터 사람이 사람을 정죄하는 것에 대해 비관적이었다.

'그래서 사부님께서는 십 년 전에 무림맹을 떠나 강호를 유랑하셨지……'

십 년이 넘는 세월 동안 서검자는 화산파에도 들르지 않았다. 사부는 검선 서검자라는 이름이 희미해질 무렵 장염이라는 사람 때문에 무림맹으로 돌아온 것이다.

그런데 그런 사부의 질문에 장염은 '정사(正邪)의 조화를 이루겠다'고 답했다. 이 말은 정파의 명숙(名宿)인 상유천의 가슴에 서늘한 무게를 던져 주었다. 말 그대로 '정사의 조화를 이룬다'는 것은 '어느 한편에서 다른 편을 속단하지 않겠다'는 것이기 때문이다.

무림맹은 지금까지 패도적이라고 할 만큼 사파에 대해서는 양보가 없었다. 그것은 정파 무림의 파란 많은 역사 속에 자연히 구축된 것으로 이제 와서는 누구도 바꾸려 들지 않았다. 무림맹은 정도 무림의 정점(頂点)이었기에 더욱 사파와 대화하려 하지 않았다. 사파와의 접촉을 순수함의 상실로 보았기 때문이다.

그런데 지금 저 장염이라는 절정고수는 사파와의 타협을 공공연하게 내뱉었다. 그것이 사부인 서검자의 마음에 흡족하게 여겨진 것 같으니 당장은 뭐라고 반박하기도 어려웠다.

'공동파와 아미파의 저 두 사람은 왜 아무런 내색을 하지 않는 것인가?'

공동파는 혈마사에 멸문의 화를 당했고, 아미파는 대대로 사파라면 상종하지 않았다. 저 두 사람의 원로 고수들은 뭐라고 반박할 법도 한데 누구도 반론을 제기하지 않았다. 아니, 더 나아가 장염과 더불어 희희낙락(喜喜樂樂)하고 있다.

물론 조화를 추구하는 것이 나름대로 좋은 점도 있다. 그러나 지금처럼 사악한 무리들에 의해 무림이 유린당하고 있는 시점에서는 어울리지 않는 태도다. 웃음소리가 커가자 상유천의 머리가 지끈거리며 아파오기 시작했다.

第九章

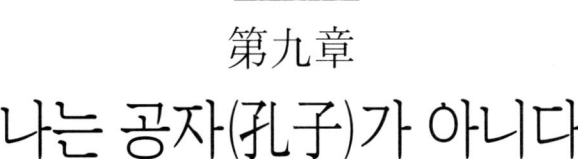

나는 공자(孔子)가 아니다

낙양성 서쪽의 소화촌(小火村) 가운데 바람만 세게 불면 날아가 버릴 것 같은 집이 하나 있다. 근처의 집들치고 허름하지 않은 것이 없었지만, 유독 이 집만은 더 부실해 보였다. 그도 그럴 것이, 소화촌의 사람들은 언제나 좀 더 좋은 집으로 자리 이동을 했기 때문이다.

소화촌의 빈민들은 가재도구도 별로 없었고, 대부분 구걸로 생계를 꾸려 나갔다. 그리고 누군가 사망하거나 더 물이 좋은 곳으로 이동을 하면, 그보다 못한 집에 거하던 사람이 재빨리 빈집으로 옮겨갔다. 매사에 그런 식이다 보니 언제나 제일 별 볼일 없는 집들만 텅텅 비었다. 그 빈집들은 새 주민이 이주해 와야만 비로소 그나마 집으로써의 구실을 했다.

새로 이주해 온 주민이 부지런하기라도 하면 집은 조금씩 개선이 되었지만, 그것도 사람 나름이었다. 가끔씩 그 집 앞을 지나가던 소화촌 사람들은 손가락질하며 말했다.

"어떻게 된 게 사람이 살지 않을 때가 더 든든해 보이니 신기한 일일세."

"그러게 말이야. 동냥을 하고 남는 시간에 무슨 짓들을 하는 건지… 쯧쯧."

지나가는 사람이야 몇 마디씩 가볍게 툭툭 내뱉는다지만, 그 집에 몸담고 있는 소걸의 가슴은 그때마다 갈기갈기 찢어졌다.

'남이야 남는 시간에 이를 잡든 싸돌아다니든, 대체 무슨 상관들이라구!'

황량한 소화촌에도 드문드문 나무가 심어져 있었고, 나무는 돌봐주는 이 없이도 계절이 바뀔 때마다 옷을 갈아입었다. 지금은 초여름. 보들보들한 잎새가 아침의 햇살 아래 찰랑거렸다.

소걸은 이 아침에도 누군가 궁시렁거리는 소리를 들었다.

'뭐? 저 집에 사람이 들락거린 뒤로 더 폐가(廢家)같이 변했다고?'

소걸이 쪼그리고 앉아 있다가 벌떡 일어났다. 그리고 한마디 쏘아붙이려고 하다가 털썩 주저앉았다. 한 뼘 정도 열린 방문 틈새로 번쩍이는 스승의 눈빛을 보았기 때문이다.

'허억!'

소걸이 다시 가부좌를 틀고 앉았다. 날씨는 포근하건만 소걸이 앉아 있는 마당을 중심으로 주저앉은 집 근처는 냉랭한 한기가 가득했다.

'그 일만 없었더라도 이렇게까지 일방적으로 주눅이 들지는 않았을 텐데…….'

소걸이 두 눈을 질끈 감았다. 더 이상 스승인 제갈위기의 눈빛을 감당할 자신이 없었다. 모두가 지난 열흘 전에 발생한 끔찍한 사고 때문이다.

열흘쯤 전이었던가? 그동안 제갈위기를 속여오던 소걸은 죽음의 위기를 겪어야 했다.

'휴우, 다 내가 잘못해서 그렇게 된 것이니 죽은 듯이 지내야지.'

소걸이 한숨을 내쉬며 머리를 주억거렸다.

그러니까 제갈위기가 소걸의 연공을 도와주겠다고 한 다음날 아침이다. 그날도 여느 때처럼 소걸은 마당의 찢어진 돗자리에 앉아 오행토납법을 수련하는 척했다.

순진한 제갈위기가 연공하는 소걸을 도와주기 위해 극미한 분량의 오행지기(五行之氣) 무극토(無極土)를 일으켰다. 소걸이 요수혈(腰輸穴)에서 기운이 박작거린다고 한 말을 믿었기 때문이다. 요수혈에서 기운이 느껴진다니, 조금 도와주면 명문혈(命門穴)까지 오행지기를 인도할 수 있을 것이다.

한창 연공(練功) 중인 소걸은 사실 장강혈(長强穴)에서조차 느낌이 없었지만, 그런 것들을 대수롭지 않게 생각했다. 언제 소걸이 무공을 익힌다는 것에 대해 진지하게 생각해 본 적이 있던가! 게다가 그동안 소걸의 주변에 있던 사람들도 한결같이 삼류 건달들뿐이었다. 도무지 진지운용(眞氣運用)에 대한 귀동냥을 한 적이 없는 소걸이니 그 위험성도 알지 못했다.

모든 일은 제갈위기가 오행지기를 담은 한쪽 손바닥을 소걸의 요수혈에 들이댄 순간 일어났다. 오행지기가 전혀 생성되지 않은 소걸의 몸에 아주 작은 기운이라지만 오행지기가 주입되었으니,

그 뒤의 일이야 말해 무엇 하겠는가!

"꾸엑!"

그 순간 소걸이 입으로 피 거품을 게우며 벼락맞은 개구리처럼 사지를 덜덜 떨었다.

깜짝 놀란 제갈위기는 소걸을 되살리기 위해 생명과도 같은 자신의 순양지기(純陽之氣)를 쏟아 부어야 했다.

제갈위기의 어마어마한 순양지기가 공급되자. 오행지기에 의해 손상된 소걸의 선천지기(先天之氣)가 회복되었고, 겨우겨우 소걸은 소생할 수 있었다. 그 모든 일은 그야말로 눈 깜빡할 사이에 생긴 일이었다.

멍한 얼굴로 깨어난 소걸에게 제갈위기가 부르르 떨며 물었다.

"너는, 너는, 너는 정말로 오행지기를 요수혈에서 느꼈느냐?"

그제야 사태의 심각성을 눈치 챈 소걸이 고개를 푹 숙였다. 자기의 작은 거짓말로 하마터면 목숨까지 잃을 뻔했던 것이다.

"그, 그렇다면, 그렇다면 장강혈에서는 느꼈느냐?"

장강혈은 오행토납법을 한 달만 꾸준히 해도 진기의 요동을 느끼게 되는 곳이다.

소걸의 고개가 더욱 아래로 굽어졌다.

일찍이 공자가 말하기를 '사람의 과오는 각각 그 부류에 따라 다르다. 그러므로 사람의 과오를 살펴보면 그가 어떤 사람인지 알 수 있다'고 했다. 제갈위기는 이제야 소걸에 대해 어느 정도 알 수 있게 되었다. 이 어린 녀석은 스승을 강가에 뒹구는 돌멩이 정도로 하찮게 여겼고, 애써 무엇인가를 배워 익히기보다는 빈둥거리기를 더 좋아했다.

따지고 보면 문무(文武)에 있어 오늘날의 제갈위기만한 성취를 이룬 자가 어디 있던가! 문(文)에 있어서 제갈위기의 소양은 범인을 초월했고, 그의 무공은 문보다 더 대단했다. 소걸에게 있어서 제갈위기와의 만남이란 한마디로 기연이라 할 수 있는데, 소걸은 그것을 하나도 받아들이지 못했다.

제갈위기는 주먹을 말아 쥐고 부들부들 떨다가 한참 만에 씹어 뱉듯 말했다.

"이미 지나간 일에 대해서는 그 허물을 탓하지 말아야 한다(旣往不咎)고 했으니, 나도 더 이상 이것으로 너를 책망하지는 않겠다. 그러나 너도 명심하거라. 때로는 게으름이 사람의 목숨을 앗아갈 수도 있다는 것을. 네가 오행지기를 눈곱만큼이라고 형성했다면, 너도 위험하지 않았고 나도 순양지기(純陽之氣)를 잃지 않았을 것이다. 네가 수련하는 오행지기는 일반의 사람에게는 치명적인 독과 같다. 스스로 오행지기의 바탕이 없는 자가 외부로부터 오행의 기운을 받아들이게 되면 선천적으로 가지고 있는 순양의 기운이 소멸되어, 심할 경우 그 자리에서 목숨마저 잃게 되는 것이다. 네가 그동안 나를 이만큼이나 속였으나, 어린 너의 거짓말을 알아채지 못한 나에게도 잘못이 있다. 오늘부터 네가 오행지기의 기초를 다질 동안 다른 일은 일체 접어두겠다. 너도 마음의 각오를 단단히 하거라."

제갈위기는 그 이후로 정말 밖으로 나가지 않았다. 그리고 어디서 가져온 것인지 토끼 똥 같은 환단을 한 주먹 꺼내놓고 아침저녁으로 먹게 했다. 그날 이후로 장장 열흘 간 소걸은 자유를 잃었다.

'후우…….'

소걸이 질렸다는 듯 몸을 부르르 떨었다. 스승의 저 차가운 눈빛은 언제 보아도 소름이 돋았다. 저 눈빛을 정면으로 대하고 나면 이렇게 눈을 감아도 한동안 뇌리에 선명하게 남아 잊혀지지 않았다.

제갈위기는 소걸이 눈을 감고 다시 오행토납법에 열중하자 피식 웃었다. 지난 열흘 간 집중적으로 소걸을 붙들고 늘어진 결과 오행지기를 생성하고 명문혈까지 순환시켜 줄 수 있었다. 그러고 보면 저 꼬마 녀석은 머리 하나만큼은 남 못지 않은 것이 분명하다. 그렇지 않고서야 한 달 걸려야 겨우 느낄 기운을 어찌 열흘 만에 명문혈까지 인도할 수 있단 말인가!

'아니, 내가 저 녀석에게 오행토납법을 전수한게 이미 석 달 전이지……. 그동안 겨우 명문혈까지밖에 진기를 유도하지 못했다니, 정말 감당 못할 둔재로구나.'

그러면서도 제갈위기는 소걸에 대해 여전히 의아한 마음을 갖지 않을 수 없었다. 도대체 소걸이 언제부터 오행지기를 수련했는지 알 수가 없었기 때문이다. 시간상으로는 석 달 전에 전수했지만, 농땡이를 치느라 단 한 차례도 성의껏 수련하지 않은 것이 분명하다. 그렇다면 이제 열흘 남짓 수련했다는 것인데, 그렇게 생각하면 기재 중의 기재라고 할 수 있다.

'대체 저 녀석은 언제부터 본격적으로 수련하기로 마음을 먹었는지 알 수가 없으니, 머리가 좋은 건지 둔한 건지 알 수가 없구나.'

제갈위기가 복잡한 눈빛으로 소걸을 바라보았다. 텁수룩한 머리에 꾀죄죄한 행색으로 얼핏 보아도 관록이 붙은 거지새끼다. 소화촌에 정착하기 전만 해도 가끔씩 목욕을 시키고, 옷도 빨아 입게 했다. 그러나 소화촌에 들어오면서부터 주변의 사람들과 대충 동화되어 살다 보니 몸을 씻겨야 한다는 생각도 잊었다.

소걸은 둘째 치고 자기 자신마저도 모르는 사람이 본다면 거지 왕초 정도로 볼 것이다. 아무리 좋게 생각하려 해도 지금의 모습은 신기서생(神技書生) 제갈위기라는 이름에 전혀 어울리지 않았다. 잠시 단아하던 자신의 모습을 떠올리며 씁쓰름하게 웃던 제갈위기가 주먹을 불끈 움켜쥐었다.

'나는 이미 무림의 신기서생이 아니다. 나는 피를 갈망하는 혈마인이다. 나는 제갈가의 복수를 위해 남은 생을 살기로 작정한 악마가 아니던가!'

이미 소걸이 오행지기의 기초를 이루었으니, 다시 혈채를 갚아나가야 한다. 비록 장염이라는 사천성의 요리사 때문에 마음이 흐트러졌었지만, 이제와 달리 어떻게 살란 말인가? 자기 손에 묻힌 피도 많았고, 제갈가의 식솔들이 흘린 피도 많았다.

차갑게 미소 짓던 제갈위기가 자리에서 서서히 일어났다.

'마음이 약해지거나 할 필요가 없다. 한 번 태어났으니 한 번 죽는 것. 이미 모든 것에 미련을 버렸다.'

한동안 눈을 감고 수련에 몰두하던 소걸은 왠지 익숙한 기운이 느껴지지 않자 슬며시 눈을 떴다. 과연 짐작대로 스승인 제갈위기가 사라졌다.

'헹, 열흘이면 스승님도 오래 버티고 앉아 계신 거지. 암, 사람이 그렇게 오래 한 가지 일을 할 수가 있나.'

소걸은 자리에서 일어나 집 안 곳곳을 둘러보았다. 혹시라도 제갈위기가 근처에서 볼일을 보고 있는 것이라면 큰일이기 때문이다. 그러나 근처를 한 바퀴 돌았지만 스승의 그림자도 보이지 않았다.

"아구구구! 삭신이 다 쑤시는구나. 소걸아, 그동안 참으로 고생이 많았다. 이제 스승님이 자리를 비우셨으니 너도 나가서 한바탕 세상 구경을 하다가 와야 하지 않겠느냐?"

"아무렴, 아무렴. 스승님께서 자리를 비우신 것은 나에게 '오늘 하루는 쉬어도 좋다'고 말씀하신 것과 같은 거라구."

실없는 소리로 저 혼자 묻고 답하며 고개를 끄덕이던 소걸이 품 안의 현철을 꽉 움켜쥐었다.

"이 묵직한 덩어리를 너무 오래 가슴에 품고 다녔더니 뼈다구가 다 아프구나. 오늘은 이걸 내다가 팔아봐야겠다."

소걸이 현철을 쓰다듬으며 히죽 웃었다. 이 현철 한 덩어리면 적어도 은자 반 냥 정도는 받을지 모른다. 아니, 굳이 은자 반 냥이 아니더라도 좋았다.

"그간 토끼 똥만 먹느라고 입 안이 헤질 지경인데, 설마 밥 한 끼 값이야 나오겠지."

행복한 상상에 빠져 있던 소걸이 재빨리 부서진 나무 울타리 사이로 집을 빠져나갔다. 스승이 언제 돌아올지 아직은 모르는 일이므로 최대한 빨리 마실을 나갔다가 와야 한다.

소화촌을 빠져나간 소걸은 사람들에게 물어물어 낙양에서 가장 크다는 대장간을 찾아나섰다. 쇠붙이를 필요로 하는 곳은 당연히 대장간일 것이다라고 생각한 것이다.

그 시간, 소걸과 같은 생각으로 낙양의 대장간을 헤매고 다니는 사내가 하나 있었다. 그는 바로 일전에 소걸에게 소매치기를 당한 일심(一心) 한성재였다.

하남 거부 막부성의 돈주머니를 훔쳤다가 달아나지도 못하고 두들겨 맞은 한성재다. 소걸이 사람들의 눈길을 끌지만 않았더라면, 아니, 소걸이 자신의 돈주머니만 제대로 훔쳐 갔더라면 무사했을 것이다.

'평생 빌어먹을 새끼 같으니라구……. 내 현철을 훔쳐 갔으니 분명히 대장간으로 들고 올 것이다.'

한성재가 지난 열흘 간 낙양 곳곳의 대장간을 돌아다녔건만 현철은 발견되지 않았다. 그렇다고 두 눈 뜨고 도둑 맞은 현철을 잊어버릴 수도 없다. 현철이 흔한 쇠붙이가 아니기도 했지만, 무엇보다 개방의 아구가 기념으로 준 것이기 때문이었다.

한성재가 벌겋게 충혈된 눈으로 송가철포(宋家鐵鋪)로 향했다. 며칠 전에 한번 들렀던 곳이지만, 어차피 다시 전부 돌아보아야 할 판이다. 낙양에 현철을 취급할 만한 대장간은 모두 다섯 군데를 넘지 않았다. 그중 두 군데는 황제의 군에 징집당해 임시 휴업 중이다.

어제는 포가(包家)의 철포에서 하루 종일 머물렀으나 별 소득이 없었다.

'투계(偸界)와 폭력계(暴力界)를 지배하는 양산박(梁山泊)의 신들이시여! 형제의 의리를 지킬 수 있도록 그 씨바 자식을 잡게 해주시옵소서!"

말이 되든 말든 주절거리며 길을 걷던 한성재의 눈에 멀리 송가철포가 보였다. 낮은 담 넘어로 보이는 송가철포의 구조는 간단했다. 점포의 절반은 농기구가 진열되어 있고, 나머지 반은 풀무불이 피어 오르는 화로(火爐)가 자리 잡고 있었다.

'어헛!'

슬쩍 둘러보던 한성재의 고리 눈이 위로 치켜떠졌다. 저 화로 앞에 서서 천연덕스러운 얼굴로 흥정을 하고 있는 꼬마는 발바닥에 굳은살이 박히도록 찾아다니던 소매치기다.

한성재는 도둑고양이같이 살그머니 철포의 담벼락에 몸을 숨겼다. 가슴이 벌떡거렸다. 한성재는 먹이를 발견한 야수처럼 군침을 삼켰다. 이미 다 잡아놓은 것과 다름이 없으니 서두를 이유가 없다.

'흐흐, 저놈이 현철을 팔고 나오면 덥쳐서… 가만! 저 현철을 팔게 하면 안 되지!'

느긋하게 생각을 정리하던 한성재가 우당탕거리며 안으로 뛰어 들어갔다. 저 현철은 아구의 선물이므로 저것으로는 소검을 만들어야 하는 것이다.

"네 이놈! 멈추거라!"

한성재가 뛰어든 순간 소걸이 현철을 다시 끌어안고 달아나기 시작했다.

송가철포의 사람들이 두 눈을 휘둥그렇게 뜨고 소걸과 한성재를 바라보았다. 까불거리며 현철의 값을 흥정하던 꼬마가 '으헉!' 하는 비명과 함께 내달으니 보통 일은 아닐 것이다. 게다가 뛰어들어온 어른을 보니 인상이 고약한 것이 무림인이 분명했다. 송가철포는 가끔씩 병장기를 만들어 무림인들과 뒷거래도 했지만 한 가지 철칙이 있었다. 그것은 '절대 무림의 일에 관여하지 않는다'였다.

송가철포의 사람들은 소걸이 달아나는 것을 보면서도 나서질 않았고, 한성재가 날뛰어도 제지하려 들지 않았다. 자고로 흙탕물은 시간이 지나면 저절로 맑아지는 법이다. 얼마 후 두 사람이 휘

젓고 나간 송가철포는 다시 일상의 분주함으로 돌아갔다.

소걸은 송가철포를 벗어난 지 반 각 만에 한성재에게 붙들리고 말았다.

"헉헉, 네 이놈! 감히, 어르신의 품 안에서, 헉헉, 물건을 훔치다니, 어디를 부러뜨려 줄까?"

소걸의 뒷덜미를 움켜쥐고 한성재가 고함을 쳐댔다. 보통의 아이들은 이 지경이 되면 혼비백산하여 오줌이라도 지릴 판인데, 소걸은 뻔뻔하게 대답했다.

"헉헉, 아저씨, 옷이 찢어질지도 모르니, 헉헉, 우선은 놓고, 놓고, 얘길 시작하죠?"

"후아, 후… 이 빌어먹을 자식아! 너와 내가 나눌 얘기가, 후우, 어디 있다고 나불대는 게냐?"

한성재가 손아귀에 잡힌 소걸을 어디론가 질질 끌고 가기 시작했다.

소걸은 지은 죄가 막중한지라 일단은 이끄는 대로 몸을 맡겼다.

한성재가 소걸을 끌고 장장 이 각(약 30분)에 걸쳐 도달한 곳은 낡은 관제묘(關帝廟)였다.

관제묘에 도착한 한성재는 소걸의 몸을 안으로 던지듯 밀어 넣었다.

"어이쿠! 그렇게 세게 밀면 아프잖아요!"

"너 이놈, 네놈이 훔친 그 현철이 어떤 것인지나 아느냐! 아구와 형제의 교분을 맺으며 얻은 것이란 말이다! 네놈도 빌어먹는 놈 같으니 아구를 알 것이다! 내가 오늘 아구를 불러 그의 앞에서 네놈의 버릇을 가르쳐 놓고야 말겠다."

한성재는 지금 소걸을 개방의 제자로 오해하고 있었다. 그도 그럴 것이 열흘 전은 경황이 없어서 행색을 자세히 살피지 못했지만, 지금 꼬마 녀석을 찬찬히 살펴보니 다른 말이 필요없는 완벽한 거지새끼다. 하기사 개방의 제자가 아니고서야 거지 몰골을 한 놈이 이처럼 당찰 리가 없다. 사실 낙양에서 일어나는 절도와 소매치기의 대부분은 개방 제자들이 벌인 짓이다. 그렇다면 의심할 여지없이 이놈은 개방의 제자인 것이다.

'이 개방의 어린 거지새끼를 때려죽일 수도 없구……'

막부성과의 일을 생각하면 살이 벌벌 떨려올 정도로 분노하는 한성재다. 그럼에도 불구하고 지금 소걸을 직접 손보지 않고 있는 것은 아구와의 인연 때문이다.

한성재가 가만히 노려보자 소걸이 재빨리 현철을 끄집어냈다.

"여기 이 쇠 덩어리나 가져가세요. 얼마나 무거운지 옷만 늘어났단 말예요."

한성재가 현철을 받아 품 안에 넣으며 싸늘하게 말했다.

"마침 오늘은 아구와 만나기로 한 날이니 조금만 기다리거라. 어르신이 똥물에도 물결이 있다는 것을 확실히 가르쳐 주마. 감히 대선배의 물건에 손을 대다니… 빠드드득!"

생각만 해도 화가 나는지 한성재의 마지막 말은 이빨 가는 소리로 끝났다.

마침내 소걸이 체념한 얼굴로 대답했다.

"똥이든 뭐든 좋으니까 저를 몇 대 때리고 얼른 보내주세요. 사부님께서 돌아오시면 큰일난단 말예요!"

스승인 제갈위기가 알게 되면 이번에는 그냥 넘어가지 않을 것이다. 몇 대 맞고라도 어서 돌아가야 한다는 생각으로 소걸이 사정을 하기 시작했다. 훔친 쇠 덩어리도 돌려주었는데 설마 죽이기까지야 하겠는가!

한성재는 바닥에 주저앉아 이리저리 잔머리를 굴렸다. 일찍이 아구가 '개방의 제자들 중 특별히 몇몇 어린아이들은 일찍부터 스승에게 절기를 전수받는다'는 말을 들은 바 있다. 그렇다면 이 놈은 따로 절학을 전수받는 몇몇 어린 거지 중 하나란 말인가?

사실 개방의 제자라고 해서 모두가 상승의 무공을 전수받지는 않는다. 대부분의 거지들은 그 지역의 거지들이 모인 곳에서 잡다한 구걸 방식과 무공을 전수받았다. 그러나 그중 몇몇 눈에 띄는 거지들은 개방의 장로들에게 선택되어 그들의 일신 절기를 전수받았다. 그들의 경우 특별히 스승이 따로 있었고, 개방에서의 위치도 낮지 않았다.

그러고 보니 어린 꼬마 녀석의 옷이 지저분한 가운데 귀티가 흐르는 것 같았다. 땟국물이 흐르기는 하지만 저 훤한 이마며, 까치 집같이 기상이 드높은 머리라니!

한성재가 잠시 갈등을 하고 있을 때, 관제묘 밖에서 인기척이 들렸다.

"형님, 벌써 와 계신 것입니까?"

드디어 기다리던 아구가 도착한 것이다. 한성재는 소걸을 힐끔 바라다가 소리 높여 대답했다.

"아우님, 어서 오시게. 나는 아까부터 와서 아우님을 기다리고 있었다네."

봉두난발의 아구가 관제묘의 정문을 밀고 안으로 씩씩하게 걸어 들어왔다. 본래 이 관제묘는 개방에서 관할하는 것이 아니었기에, 아구도 함부로 들어가지 못하고 소리부터 질러본 것이다. 그런데 이미 의형인 한성재가 먼저 와서 자리를 잡고 있는 듯하니 이제부터는 몸을 사릴 필요가 없었다.

관제묘로 들어선 아구가 한성재를 발견하고는 큰 소리로 인사를 했다.

"카하하핫! 형님, 늦어 죄송하우. 커억! 퉤! 오늘이 무슨 날인지를 잊고 설치다가 뒤늦게 형님과의 약속이 생각나서 달려왔수."

"푸하핫! 다 이해하네. 노상에서 늘 생활하는 아우가 날짜를 기억하기란 쉬운 일이 아니지."

아구가 한성재 앞에 철푸덕 주저앉으며 입을 열었다.

"그런데 웬 애새끼요?"

한성재가 의아하다는 듯이 되물었다.

"아니, 아우도 모르는가? 이애는 개방 장로의 제자라고 하던걸……."

그 순간 아구가 자리에서 벌떡 일어나 자세를 바로했다. 장로의 제자라면 자기같이 낙양의 한 귀퉁이에서 빌어먹는 거지들과는 하늘과 땅 차이이다. 언젠가 이 어린 녀석은 개방에서 높은 자리에 오르게 될 것이고, 그때쯤 되면 자신도 노후를 걱정해야 할 때일 것이다.

"아이구, 소형제와 내가 원래 한식구였구려."

애새끼에서 소형제로 바꿔 부른 아구가 소걸의 아래위를 살폈다. 과연 기품이 흘러나오는 게 한눈에 보아도 보통 거지가 아니다. 한성재야 거지들의 세계를 잘 모르니 태연할 수 있다지만, 아구는 전신 혈도로 짜릿한 긴장이 타고 다녔다. 개방에 있어 서열이란 밥보다 앞선다. 게다가 어쩌면 근방에서 개방 장로가 지켜보고 있을지도 몰랐다.

아구가 갑자기 경건해지자 한성재는 복수의 기회가 영영 사라졌다는 것을 알게 되었다.

'이럴 줄 알았으면 저 꼬마 녀석의 정체를 모를 때 몇 대 쥐어박아 둘 것을…….'

개방의 고제자(高弟子)인 것을 알고 난 뒤에도 손을 쓰면 십만 거지들의 공적이 되고 말 것이다. 남의 등을 쳐 먹고 사는 계통에 있으면서 거지들과 원수가 된다는 것은 알몸으로 가시밭에서 뒹구는 것만 못하다. 아구의 장엄한 얼굴을 힐끔거리던 한성재는 슬그머니 자리에서 일어났다.

소걸의 가슴이 두근거리기 시작했다. 스승이라는 한마디를 꺼냈다가 단번에 개방 장로의 제자가 되고 만 것이다. 이렇게 고마울 데가 어디 있단 말인가! 이쯤 되면 보통의 사람이라도 장로의 제자인 척하고 달아날 판인데, 소걸이야 오죽할까?

소걸이 두 사람을 바라보며 의젓하게 입을 열었다.

"험험! 본래 우리 파에서는……."

그 다음은 뭐라고 말할까 고민하던 소걸이 마땅히 다른 할 말이 생각나지 않자 아구의 얼굴을 멀뚱히 바라보았다.

아구가 입을 헤벌쭉 벌리며 친근한 미소를 지었다. 아구의 이빨에 끼어 있던 온갖 이물질들이 한눈에 들어왔다.

'에구, 더러워라…….'

소걸이 시선을 거두며 입에서 나오는 대로 주절거리기 시작했다.

"그러니까… 우리 파는 한번 남의 입에 들어간 것은, 절대, 꺼내 먹지 않아요. 세상에는 임자 있는 물건이 없어요. 음식은 먹는 게 임자고, 또, 그러니까… 물건은 손에 쥔 사람이 임자지요. 처음 저를 가르친 스승께서도 '동산(動産)은 손에 쥔 자가 주인이다' 라고 했어요."

한성재가 슬그머니 현철을 꺼내 바닥에 떨구었다. 따지고 보면 아구도 어디선가 이것을 훔쳤을 것이다. 저 장로의 고제자가 '남의 입에 들어간 것을 다시 꺼내갔다'고 비난하고 있으니, 한 덩어리 현철은 화(禍)의 근원이 되고 말았다. 비록 자신이 개방의 사람은 아니었지만, 개방의 기분을 거스를 수는 없다. 더구나 이것을 준 의형제는 개방의 사람이니, 아구를 위해서라도 비위를 맞추는 게 좋았다.

'쓰벌, 대가리에 피도 안 마른 놈이 벌써부터 저렇게 재물을 밝히니 너도 알쪼다.'

한성재가 속으로 욕을 하거나 말거나 소걸이 현철이 든 주머니를 집어 들며 쫑알거렸다.

"스승께서 말씀하시기를 '이미 지나간 일에 대해서는 그 허물을 탓하지 말아야 한다(旣往不咎)'고 했거든요. 사실, 그게 쉬운 일은 아니잖아요?"

꼬마는 분명히 쉬운 일이 아니라고 했다. 한성재가 다시 품 안으로 손을 집어넣었다. 가슴 어림에서 은자 한 냥이 만져졌다. 잠시 은자를 주물럭거리던 한성재의 얼굴이 굳어졌다.

"소형제, 오늘 우리의 만남을 기념하는 의미에서… 이 은자를 받아주게."

소걸이 한성재의 손바닥에 놓인 은자 한 냥을 재빨리 낚아채서 품 안에 갈무리했다. 지금 이 은자 한 냥이면 당분간 토끼 똥 말고 다른 것도 먹을 수 있을 것이다. 원수를 은혜로 갚다니, 얼마나 고마운 사람들이란 말인가!

"저는 이만 스승님이 찾으시기 전에 돌아가야 해요. 두 분을 만나서 보람찬 하루였어요. 다음에도 기회가 되면 다시 만나기로 하죠."

아구의 입이 길게 쭉 찢어졌다. 장로의 제자가 다시 만나기를 희망하고 있는 것이다.

"소형제, 다음에 다시 만나면 좋은 곳으로 모시겠네."

소걸은 개처럼 끌려갔다가 대대적인 환송 속에 관제묘를 걸어 나왔다. 화(禍)와 복(福)은 늘 붙어 다닌다더니 과연 그 말이 맞는 듯했다.

촐랑거리며 숲길을 빠져나가던 소걸의 발걸음이 돌연 멈춰졌다. 눈앞에 한 늙은 거지가 걸어오고 있었다. 그의 모습이 얼마나 거지스러웠던지 근처의 나무들조차 더럽게 여겨졌다. 그러나 소걸이 걸음을 멈춘 것은 단순히 노인이 더러웠기 때문만은 아니다. 조금 전에 개방 장로의 제자인 척해서 그런지, 나이 먹은 거지를 보니 절로 겁부터 집어먹게 된 것이다.

'이크, 저 노인이 만약 진짜 개방의 장로라면 나의 거짓말이 탄로날지도 모른다.'

소걸이 걸음을 멈추고 고개를 푹 떨구었다. 누군가의 기억에 남지 않으려면 튀지 말아야 한다.

어린 소걸이 최대한 평범한 모습으로 노인을 지나쳐 갔다.

그러나 이미 아까부터 깝죽거리며 걸어오는 소걸을 유심히 보던 노인이다. 만약 소걸이 계속 까불거리며 걸어갔다면 관심을 기울이지 않았을 것이다. 본래 싸돌아다니는 어린 거지치고 점잖은 녀석이 없으니 말이다.

'허어, 저 어린 거지는 무슨 커다란 근심이 있기에… 삽시간에 저처럼 망가진단 말이냐?'

개방의 대장로 구개음하(狗開飮蝦)의 안색이 살짝 찌푸려졌다.
구개음하는 평소 후배들의 가슴 아픈 사연을 들으면 사재를 털어서라도 도와주는 마음 착한 거지다. 비록 생김새는 두꺼비처럼 생겼지만 먹고 즐기는 일에 일평생을 바쳐 온 강직한 사내이며, '개에 관하여 통달하였다'고 하여 특별히 구개음하라는 협명까지 가지고 있다.
본래 구개음하는 무림맹에 서검자가 나타났다는 말을 전해 듣고 찾아가던 중이었다. 그런데 뜻하지 않게 인적이 드문 숲 속 작은 길에서 고난을 겪고 있는 후배 거지를 만났으니 어찌 그냥 지나칠 수 있단 말인가!
"아이는 걸음을 멈추거라."
소걸의 몸이 흠칫 떨렸다.
'이런, 이런, 이런……!'

*　　　*　　　*

무림맹에서 일어난 일련의 살인 사건은 시간이 지나면서 서서히 세인들의 기억에서 잊혀져 갔다. 평상시 같으면 두고두고 사람들의 입에 오르내렸을 테지만, 지금은 무림 전체가 그보다 더한 혈풍에 몸살을 앓고 있었다.
사대문파가 멸문당하고 강호 전역에서 무수히 많은 고수들이 죽어갔다. 죽음 자체가 강호에 횡횡하다 보니 무림맹의 살인 사건도 많이 퇴색해진 것이다.
그 참혹한 살인을 잊은 건 강호인들뿐만 아니다. 심지어 무림맹의 감찰단에서도 밀려드는 업무 때문에 살인 사건에서 손을 뗀 형편이었다.

무림맹 곳곳을 보면 더 쉽게 느낄 수 있다. 고수들을 동원하여 숙소의 부근을 순찰하던 각 파의 움직임이 사라졌다. 그뿐 아니라 청천각을 드나드는 사천성 출신의 무림인들도 다시 이전의 활기를 되찾았다. 다만 한 사람 조영만 빼놓고 말이다.

의혈단의 정보부장이자 청천각의 제반 업무를 감찰하는 조영은 단 한시도 긴장을 풀지 않았다. 그는 제갈가의 최후를 목격한 사람 중의 하나다. 조영은 아직도 가끔씩 그날 밤의 일을 꿈속에서 보았다. 눈을 뜰 때마다 '과연 나라면 그 일을 잊을 수 있을까?' 자문했다.

결코 제갈위기는 복수를 멈추지 않을 것이다. 지금 잠시 잠잠한 것이 무엇 때문인지는 모르겠지만, 이 정도로 물러날 만큼 제갈위기의 한은 가볍지 않았다.

조영은 거의 매일 아침마다 의혈단의 단주인 위지천과 함께 영빈관을 찾았다. 아무래도 제갈위기의 일이 신경 쓰여 장염의 주변을 맴돌게 됐다. 장염과의 관계는 곧 의혈단의 생존이라고 생각하게 된 것이다. 다행히 위지천이 워낙 호인이라 장염을 찾아가는 것에 대해 부정적이지 않았다.

장염의 마주 선 위지천은 어딘가 초라해진 모습이었지만, 그 호방함만은 여전했다.

"언제 그 사천제일루의 요리 명인이 이처럼 고수가 되셨소?"

"하하핫! 요리 명인이라뇨, 이제는 손맛이 사라져 예전만 못합니다."

조영은 두 사람이 웃고 떠드는 것을 지켜보다가 작게 한숨을 내쉬었다. 모처럼만에 웃고 있는 위지천을 보자 이제는 곁에 없는 최일선이 생각난 것이다. 고락(苦樂)을 함께한 무력부장 최일선이었는데, 생사(生死)는 함께하지 못했다.

한참 대화에 열중하던 장염이 문득 말을 멈추었다.

"장 소협……?"

위지천이 의아한 표정으로 장염을 바라보았다.

"아무래도 제갈위기가 다시 돌아온 듯합니다."

장염이 간단히 대답하고 자리에서 벌떡 일어났다.

위지천과 조영도 자리에서 일어나 장염의 다음 말을 기다렸다. 자기들은 아무런 느낌도 받지 못했는데, 이 기인은 제갈위기를 느낀 것이다.

"두 분은 속히 청천각으로 돌아가 경계를 단단히 하라고 이르십시오."

장염이 땅을 박차고 영빈관의 지붕으로 날아올랐다.

사라지는 장염을 바라보던 위지천이 조영을 향해 나직이 말했다.

"조 대협……."

조영이 위지천을 향해 고개를 끄덕이고 밖으로 달려갔다. 아무래도 단주는 장염을 따라가 제갈위기를 만날 심산인 것 같았다. 영빈관을 빠져나간 조영은 단숨에 청천각으로 달려갔다.

"아니, 조 대협. 무슨 일이 생겼소?"

과거 의혈단의 외단 순찰총감이자 현재 청천각의 경계를 담당하는 청송검객 상일검이 허겁지겁 뛰어든 조영을 바라보았다. 대체 무슨 일이기에 차분하기로 소문난 조영을 이토록 분주하게 만든 것인가?

"헉헉, 상 대협, 제갈위기가 다시 나타났다고 합니다. 서둘러 단원들을 모아 창천각 주변에 배치를 해야겠습니다."

"헛! 다시 그 제갈위기란 말씀입니까?"

이미 창천각의 사람들에게 제갈위기는 죽음의 대명사다. 상상을 불허하는 그의 살인마공도 그렇지만, 그의 가문과 의혈단의 관계를 떠올리면 그 이외의 단어로는 설명이 되지 않았다.

상일검이 서둘러 근처에 흩어져 있던 단원들을 불러 모으기 시작했다.

의혈단의 부단주 철혈판관 이묘산은 무림맹 뒤편에 있는 동산을 지나고 있었다. 이 얕은 산을 넘으면 무림맹의 후문이 나온다. 창천각은 정문보다는 후문에서 진입하는 것이 빠르기 때문에 창천각의 사람들은 종종 이곳을 이용했다. 물론 한창 살인 사건이 날 때는 아무도 이 길로 다니지 않았지만 말이다.

낙양에 머물고 있는 친우(親友) 엽사평(葉思平)을 생각할 때마다 절로 웃음이 나왔다.

'허, 대단한 친구… 한림원주(翰林院主)의 자리를 마다하고 낙향하다니…….'

한림원이라면 문관(文官)들을 배출하는 최대의 요람이다. 그 한림원의 원주라면 글줄이나 읽었다는 사람들이 꿈에도 그리는 자리 중 하나라고 할 수 있다. 그런데 엽사평은 예정된 그 자리를 마다하고 칩거한 것이다.

자신이 의혈단과 무림맹을 전전하는 동안 엽사평은 문사로 오를 최고의 자리까지 도달했던 것이라고 할 수 있다. 세월이 그만큼 지난 것인가? 이미 마다했다고는 하나 한편으로 친구의 성취가 부럽기도 했다.

"허헛!"

이묘산이 다소 허탈한 웃음을 흘렸을 때다.

"크흐흐흐, 무엇이 그리 재미있느냐?"

조소와 함께 어디선가 한줄기 냉풍(冷風)이 몰아쳤다. 깜짝 놀란 이묘산이 휘청거리며 신형을 좌우로 비틀었다. 이묘산의 절기인 절정의 공공보법(空空步法)이 펼쳐진 것이다.

파파팍!

나뭇잎들이 일정한 거리를 유지하며 날아와 땅바닥에 박혀들었다.

"으음!"

이묘산이 나직한 신음을 터뜨렸다. 나뭇잎들은 애초부터 자신을 노리고 날아든 것 같지 않았다. 나뭇잎들은 조금 전까지 자신이 딛고 있던 땅 위에 선명한 글자를 만들고 있었다.

'살(殺)이라니! 대체 어떤 자가…….'

상대는 자신을 가지고 놀다가 죽이려고 작정한 듯했다. 그렇지 않고서야 모습은 보이지 않고 나뭇잎만 계속 날아올 리가 없다.

이묘산이 글자 읽기를 마치자 나뭇잎은 또다시 정신 차리지 못할 정도로 몰아쳐 왔다. 이묘산은 이마 위로 흐르는 땀을 훔쳐 내며 소리쳤다.

"헉헉! 어느 놈이냐! 비겁하게 숨어 있지 말고 모습을 드러내라!"

그러나 대답 대신 또다시 한 무더기의 나뭇잎이 날아들었다.

파파팍!

이번에 날아든 나뭇잎은 좀 더 빠르고 정확했다. 이묘산은 종아리에 박힌 나뭇잎 때문에 절룩거리며 공공보법을 펼쳤다. 절룩거리기라도 하지 않으면 당장 전신에 나뭇잎이 날아와 박힐 판이었다.

"크윽! 헉헉… 실로, 헉헉, 잔인무도한 놈이로다!"

일각이 지나자 이묘산의 하체는 나뭇잎으로 범벅이 되었다. 이묘산이 지나간 자리는 흘러내린 피로 붉게 적셔졌다.

몇 개의 나뭇잎이 이묘산의 상체에 박혀들었다.

"커헉!"

이묘산은 더 이상 움직일 수 없다는 걸 깨달았다. 피를 너무 많이 흘려 정신이 아득해져 왔다. 흐려지는 그의 눈앞에 봉두난발의 사내가 날아내렸다.

'누군가! 나는 개방의 고수에게 원한을 산 적이 없건만……'

지저분한 사내의 모습에서 이묘산이 잠시 개방과의 은원을 떠올렸을 때다. 사내는 큰 소리로 이묘산을 비웃었다.

"끄끄끄… 어떤가? 과연 죽음이란 고통스러운 것인가? 제갈가가 받은 고통을 돌려주고 있으니 너무 억울하게 생각하지 말라."

"크음… 제갈위기로구나……"

이묘산의 흐릿한 시선이 엉망으로 변한 제갈위기를 향해 돌려졌다. 눈에 힘을 주고 바라보니 나타난 사람은 정말로 신기서생 제갈위기였다. 그 청수하던 사람이 저렇게도 변할 수 있다니! 이묘산의 얼굴에 온갖 회한이 떠올랐다. 신기서생 제갈위기는 한때 자신이 관심을 가지고 지켜보던 후배다.

과거 무림맹에서 제갈가를 축출했다는 말을 들었을 때, 이묘산도 가슴이 아팠다. 자신도 무공보다는 문(文)으로 무림에 뛰어든 처지였기 때문이다. 제갈가의 사람들은 무림맹으로 갔지만, 자신은 제갈가의 출신만한 문재(文才)가 아니었기에 처음부터 의혈단으로 찾아갔었다.

그리고 지난해 무려 십 년 만에 다시 제갈가의 사람들을 만났다. 제갈위기의 부친은 무림에서 손을 씻었지만, 그의 아들 제갈위기가 의혈단까지 찾아와 함께 일하기를 청했던 것이다. 무언가 응어리진 제갈위기의 얼굴을 보면서 이묘산은 그것이 무력이 없는 사람들의 잔혹한 운명이라고 생각했다.

그때까지만 해도 신기서생의 몸에서는 단아한 기품이 넘쳤었다. 그러나 지금은 한 마리 들개마냥 피를 보며 눈알을 희번뜩거리고 있다. 이묘산은 신기서생 제갈위기가 불쌍하다고 생각했다. 그의 가문에 대한 일은 이미 알고 있었다. 그러니 죽어가면서도 그에 대한 원한이 생기지 않았다.

"허헛! 신기서생의 모습이… 말이 아니구려."

제갈위기는 의외로 담담한 이묘산의 모습에 흠칫 놀랐다. 맥없이 죽어가는 자는 상대인데 왜 자신이 놀라야 한단 말인가? 제갈위기가 모질게 말했다.

"네가 무슨 말을 해도 오늘의 죽음을 피할 수는 없다."

제갈위기의 손이 다시 한 번 휘둘러졌다.

나뭇잎 몇 개가 부드럽게 날아가 이묘산의 가슴에 박혀들었다.

"쿨럭!"

이묘산이 기침과 함께 검은 피를 토했다. 피는 이묘산의 입술을 타고 흘러내려 탐스럽던 하얀 수염도 붉게 물들였다.

"크음… 우리는 모두, 과오를 범한, 사람들이오. 공자께서는… 과오를 범했을 때, 주저하지 말고, 쿨럭, 즉시 고치라고 했소."

제갈위기가 다시 한 줌의 나뭇잎을 뿌리며 소리쳤다.

"나는 공자가 아니다!"

그러나 이묘산의 몸을 덮어가던 나뭇잎은 돌풍에 휘말려 허공으로 빨려 올라갔다.

휘이잉!

제갈위기가 신형을 돌렸다. 그곳에는 어느새 장염이 서 있었다.

"그대는 아직도 마음을 정하지 못하였소?"

제갈위기가 살소(殺笑)를 흘리며 중얼거렸다.

"끄끄끄, 이로써 우리는 세 번째나 만나게 되었구나. 인생에서 세 번 만나면 운명이라고 했던가! 너는 나의 앞에 있어서는 안 되는 사람이다."

마침내 제갈위기가 오행혈마기를 끌어올렸다. 지금 이 자리에서 장염을 쓰러뜨리지 않는다면, 어쩌면 더 이상 가문의 복수는 하지 못하게 될 것 같았다.

"우리는 운명적으로 세 번이나 만나게 된 게 아니요. 생명이 있는 모든 것은 언제나 만나고 있소. 당신은 그 이치를 아직도 알지 못하오?"

제갈위기는 가슴에서 '쩡' 하는 소리가 나는 것 같았다. 그것은 자신에 대한 연민이며, 살아 있다는 것에 대한 아픔이었다. 제갈위기가 이를 악물고 쥐어짜듯 소리 질렀다.

"오냐, 그렇다면 너와 나 중에 하나가 사라지면 더 이상 만날 일도 없겠구나. 나는 너를 만나기가 싫으니 이만 사라져 줘야겠다!"

"죽은 자는 오히려 만나기 쉬우니, 어찌 누가 죽는다고 세상과 절연(絶緣)되었다고 하겠소?"

제갈위기의 움켜쥔 주먹이 경련을 일으키기 시작했다.

'저 소리가 듣기 싫다.'

그러나 장염의 말은 사방에서 끊임없이 울리고 있었다. 주변에 가득한 나뭇잎들이 찰랑거리며 쉬지 않고 떠들어댔다.

누가 죽는다고 세상과 절연되었다고 하겠소! 누가 죽는다고 세상과 절연되었다고 하겠소! 누가 죽는다고 세상과 절연되었다고 하겠소!

"그만! 그만 하란 말이다! 네가 죽음보다 더한 나의 고통을 아느냐! 나는 반드시 피로써 세상을 씻고 말 것이다!"

오행혈마기를 극성으로 끌어올린 제갈위기의 신형이 허공으로 떠올랐다.

第十章

함이 없음으로 하라(爲無爲)

위로 치솟아오르던 제갈위기는 나무 꼭대기를 밟고 올라서야 마음의 자유를 얻을 수 있었다. 다음 순간 오행혈마기 무극토(無極土)의 기운이 아래로 밀려 내려갔다.

콰콰콰콰!

장염은 머리 위에서 쏟아지는 무극토의 기운에 맞서려고 하지 않았다. 본능적으로 무극토의 순수한 파천지력(破天之力)을 느낄 수 있었기 때문이다. 장염의 신형이 흘러가는 구름처럼 부드럽게 지면(地面) 위를 스쳐 지나갔다. 무당파의 유운신법(流雲身法)이 펼쳐진 것이다.

꽈꽝!

장염이 지나간 자리로 거대한 구덩이가 만들어졌다.

나무 꼭대기에 우뚝 선 제갈위기는 계속해서 무극토의 기운을 쏟아 부었다. 그러나 몇 번을 공격해도 원하는 성과를 얻지 못하자 마침내 나무 위에서 떨어져 내렸다.

제갈위기의 발이 지면에 닿는 순간이었다. 돌연 장염이 서 있는 땅이 꿈틀거리기 시작했다. 제갈위기가 일전에 참마검 위후동에게 써먹은 수법을 다시 시전하고 있는 것이다.

"헛!"

발 밑이 허전해지자 장염이 헛바람을 집어삼켰다. 깜짝 놀라 걸음을 떼려 했지만, 어찌 된 영문인지 무릎까지 땅속으로 잠겨 들어가고 있었다.

'환상인가?'

그러나 온몸에 느껴지는 함몰감은 결코 환상이 아니었다. 대경실색(大驚失色)한 장염이 두 발에 공력을 끌어 모은 뒤 휘저었지만, 마치 물속에 빠지기라도 한 듯 출렁거리는 소리마저 들렸다.

'으윽! 어떻게 이런 일이!'

생전 처음 당하는 일에 장염이 허둥대고 있을 때 날카로운 예기가 밀려들었다. 고개를 들어보니 한 무더기 나뭇잎이 얼굴로 날아오고 있었다. 장염은 생각지도 않고 두 손을 앞으로 밀었다.

쏴아아아!

장염의 손끝에서 일어난 돌풍이 나뭇잎을 하늘로 말아 올렸다.

그러나 그 한 수의 나눔으로 장염의 몸은 허리까지 땅속으로 빠져들고 있었다. 장염이 두 손으로 바닥을 짚어보았지만, 땅이 느껴지지 않았다. 이해할 수 없게도 땅은 물처럼 변해 있었다. 자신은 망망대해에 빠지고 만 것이다. 그것은 흙으로 구성되어 땅이라고 불리는 육지의 바다였다.

물처럼 용해된 땅이 쉬지 않고 장염의 몸을 빨아들였다.

장염이 조금이라도 정신을 집중하여 그 힘에 저항하려고 하면,

제갈위기가 기회를 놓치지 않고 나뭇잎을 뿌려댔다.

그 바람에 장염의 몸은 점점 아래로 가라앉을 수밖에 없었다.

마침내 장염의 몸이 가슴까지 땅속으로 빨려 들어갔다.

제갈위기가 멀리서 장염을 내려다보았다. 상체만 남겨두고 빠져 들어간 장염은 왜소해 보였다. 조금 전까지만 해도 장염에게 왠지 모를 위압감을 느꼈는데, 이제는 우스꽝스러운 모습이었다.

"아직도 죽고 사는 것에 대해 헛소리를 늘어놓겠느냐?"

장염이 문득 고개를 들어 올렸다. 자신이 땅에 박혀 들어간 만큼 제갈위기의 신형은 거대하게 보였다.

"세상의 이치는 당신의 고집과는 다르다오."

제갈위기가 신경질적으로 손을 떨치며 중얼거렸다.

"네가 알고 있는 것이 옳다면, 어디 증명해 봐라."

다시 한 무더기의 나뭇잎이 장염의 상체로 폭사되었다. 장염이 발 밑으로 발출하던 진기의 일부분을 두 손으로 끌어올렸다. 그리고 두 손을 교차하며 앞으로 뻗었다. 또다시 펼쳐진 절정의 회풍장(回風掌)이었다.

장염의 얼굴 앞에서 거대한 바람이 일어났다.

쏴아아아!

장풍에 휩쓸린 나뭇잎들이 허공으로 날아올랐다.

그러나 그 짧은 순간 장염의 신형은 목까지 잠겨들었다. 머리와 두 손만 땅 위로 삐쳐 나와 있는 장염의 모습은 보기에도 괴기스러웠다.

"입만 살아 있는 놈!"

제갈위기가 주저없이 다시 한 줌의 나뭇잎을 날렸다. 그러나 그것은 소용없는 행동이었다. 그 순간 장염의 몸이 완전히 땅속으로 가라앉았기 때문이다.

꼬르르륵.

장염이 완전히 땅속에 잠겼어도 제갈위기는 공력을 풀지 않았다. 아니, 오히려 이 기회에 장염을 완전히 매장하려고 작심한 듯 더 더욱 무극토의 기운을 끌어올렸다. 장염이 빨려 들어간 자리를 중심으로 사방 십장(十丈: 약 30미터)의 땅이 출렁거리기 시작했다.

황당하게도 땅속에 빠지게 된 장염은 사지를 버둥거리고 있었다. 차라리 물속이라면 헤엄이라도 칠 텐데, 흙이라서 그런지 손발을 허우적거려도 움직여지지 않았다.

더 이상 숨을 쉴 수 없게 된 장염은 귀식대법을 펼치기로 마음먹었다. 그러나 땅속에서는 귀식대법을 한 번도 펼쳐 본 적이 없다. 과연 다시 살아날 수 있을까? 그러나 오래 생각할 시간이 없었다.

전신 혈도를 봉쇄하고 귀식대법을 펼치는 순간, 장염의 몸은 더욱 빠르게 아래로 침몰했다. 떨어져 내리던 장염의 몸은 땅 밑바닥, 즉 오행지기의 영향이 미치지 않은 곳에 이르러서야 움직임을 멈추었다. 드디어 완전히 가라앉고 만 것이다.

'스승님, 이럴 때는 어떻게 해야 합니까?'

장염이 마음속으로 간절히 진원청의 이름을 불렀다. 세상에 태어나 처음으로 땅에 풍덩 빠져 질식사하게 생겼다. 이런 경우가 세상에 다시 있을까? 그러나 장염에게 이 일은 엄연한 현실이었다. 만약 이곳에서 빠져나가지 못하게 된다면 여기는 자신의 무덤이 되고 말 것이다.

조금 전까지 사방으로 격공장을 발출해 보았지만 아무런 변화가 없었다. 헤엄쳐 떠오르려 하면 발 밑에서 빨아들이는 힘이 강하여 같은 자리를 벗어나지도 못한다. 대체 어떻게 해야 한다는 말인가? 장염은 진원청에게 전수받은 모든 무공구결을 떠올렸으나, 땅 밑에서 빠져나갈 방도를 찾지 못했다.

시간이 지날수록 진기가 원활히 이어지지 않았다.

'이렇게 죽는구나.'

막상 죽는다고 생각하자 오히려 마음이 담담해졌다. 그렇게 마음이 가라앉자 장염은 자신의 성급함을 알게 되었다.

'처음 당한 일이라 내가 너무 서둘렀구나…….'

아직은 귀식대법으로 얻은 시간이 있었다. 장염은 눈을 감고 전이(轉移)를 시전하기 시작했다. 자신의 내면을 바라보고, 더불어 지금 자기가 속한 세계를 알아내기 위해 노력했다.

'나는 누구이며, 여기는 어디인가!'

오랜 시간이 지난 뒤에 장염은 한 가지 사실을 깨달았다. 그것은 지금 자신이 '제갈위기가 만든 세상에 빠져들었다'는 것이다. 제갈위기가 만든 세상은 오행지기 무극토의 기운이 다스리는 곳이며, 자신의 두려움을 기초로 설계된 세상이었다.

선 곳이 땅이라고 믿는 순간 바다였고, 바다 같다고 느낀 순간 어느새 땅이었다.

장염은 마침내 아무것도 생각하지 않기로 했다. 이곳은 땅도 아니며 바다도 아니다. 그리고 장염은 제갈위기의 세계에 적응하기 위해 아무것도 하지 않기로 했다. 귀식대법을 풀었고 팔다리를 허우적거리지도 않았다.

어느 한순간 장염은 '함이 없음으로 하면 다스려지지 않음이 없다(爲無爲 則無不治)'는 경천일기공의 구결을 생각해 냈다. 그리고 흙의 바다에서 웃음을 터뜨렸다. 생존조차 불투명한 삶의 밑바닥에서 마침내 벗어날 수 있는 방법을 알게 된 것이다. 어디 그뿐이랴? 그동안 굳이 오행지기 무극토의 힘을 빌리지 않더라도 흙을 다스리게 된 것이다.

장염의 두 발이 땅을 디디듯 흙의 바다를 밟아 나갔다. 마침내 장염의 신형이 위로 올라가기 시작했다. 한참 동안 땅을 오른 끝에 장염은 지상으로 나갈 수 있었다.

제갈위기는 장염의 상체가 다시 떠오르는 순간 황급히 자리에서 떠나갔다. 무극토를 극복한 장염을 상대로 버텨낼 자신이 없었기 때문이다.

제갈위기가 떠나자 사방 십 장의 땅은 다시 단단해졌다. 장염은 신기한 듯 자신이 헤치고 올라온 지면을 내려다보았다. 짧은 순간 상상할 수도 없는 많은 일들이 있었다. 그러나 어쨌든 자신은 살았고 도(道)에 한 걸음 더 가까이 다가갔다.

얼마 후 장염의 뒤를 따라온 위지천이 장내에 들어섰다.

"아니! 이 대협!"

위지천이 이묘산을 발견했지만, 이묘산은 오래전에 숨이 멎어 있었다. 온몸에 나뭇잎이 박힌 이묘산의 시신은 참혹했다. 위지천은 이묘산의 시신을 조심스럽게 안고 창천각으로 돌아갔다.

*　　　*　　　*

"너의 고민이 무엇이냐?"

숲 속 작은 길에서 소걸의 어깨를 붙들고 묻는 사람은 개방의 대장로 구개음하였다.

소걸은 슬쩍 뿌리치고 달아날까도 생각해 보았지만 워낙 구개음하의 손아귀 힘이 강했다.

"아, 네, 할아버지. 사실은……."

순간적으로 소걸의 머리가 돌아가기 시작했다.

'뭐라고 말을 해야 하나? 아무 고민이 없다고 하면 믿어주지 않을 얼굴이구나. 그럼, 뭐가 고민이라고 해야 하나……'

사실 소걸 같은 사람에게 특별한 고민이 있을 리 없다. 소걸은 생각한 대로 내뱉고 행동하며 사는 사람이다. 거칠 것도 없고, 누가 뭐라고 해도 그 말을 가슴에 담아두고 살지 않았다. 심지어 제갈위기가 무섭다고 해도, 그건 어디까지나 그의 앞에 섰을 때 뿐이었다. 소걸은 제갈위기가 가끔씩 뿌리는 절대적인 공포조차도 돌아서면 잊어버렸다.

그런 소걸이다 보니 무엇인가 고민거리를 떠올려야 한다는 것이 고민이었다. 그러나 지금은 없는 고민을 어떻게든 말해야 했다. 소걸은 누군가 대답을 원하면 없는 것도 만들어 말해 주는 경향이 있다.

잠시 생각하던 소걸은 최근에 들은 개방 장로의 일을 떠올렸다.

"그러니까… 사실은 저는 머리도 나쁘고, 집안도 쫄딱 망한 형편없는 거진데요… 개방 장로의 제자가 될 수 있을까요?"

조금 전부터 두 사람이 개방 장로의 제자니 어쩌니 말하자 그에 대한 호기심도 있었다. 한편으로는 진짜 개방 장로의 제자가 되어 훗날의 화를 피해보자는 얄팍한 마음도 들었다. 어린 소걸의 입장에서는 아무래도 한성재와 아구가 무섭게 느껴졌던 것이다.

그러나 말을 해놓고 보니 '만약 이 노인이 자기가 개방의 장로라고 하며, 나를 제자 삼겠다고 하면 얼마나 귀찮을 것인가!' 하는 생각이 퍼뜩 들었다.

소걸은 재빨리 토를 달았다.

"그런데 저는 사실, 공부는 죽어도 하기 싫구요. 꼭 뭘 해보고 싶은 것도 없는 진짜 쓸모없는 돌머리예요. 게다가 스승도 이미 둘이나 있으니 그런 건 조금 힘들겠죠?"

노인의 두꺼비 같은 얼굴이 찌푸려졌다가 밝아지기를 반복했다.

그 기묘한 표정의 변화를 지켜보던 소걸은 덜컥 겁이 났다.

'만약 이 할아버지가 오지랖이 넓어서 알고 지내는 개방 장로가 하나라도 있다면, 그것도 큰일이다.'

다시 한 번 소걸은 스승인 제갈위기가 가장 싫어하는 자기 자신의 몇 가지 단점에 대해 가르쳐 주기로 했다.

"게다가 저는 스승 속이기를 밥 먹듯이 하고, 도둑질과 소매치기도 아주 잘하거든요!"

개방의 대장로 구개음하는 소걸의 하는 짓을 지켜보며 속으로 혀를 찼다.

'허, 거참. 이 꼬마 녀석의 잔머리 굴리는 것 좀 보게. 혹시 이놈은 내가 개방의 대장로라는 것을 알고 이러는 것이 아닐까? 설마 그럴 리가, 당금 강호에서 나를 아는 거지도 드문데…….'

생각할수록 기가 막혔다. 때에 절은 이 작은 꼬마는 개방 장로의 제자가 되고 싶다고 말한 뒤, 자신의 단점에 대해 줄줄이 늘어놓고 있는 것이다.

지금까지 일 갑자 반(90년)이나 살았지만 제자를 거둘 뜻이 없었던 구개음하다. 그 이유 중에 하나는 그가 '위선을 적극적으로 혐오한다'는 데 있다. 지금까지 만나본 재능있는 젊은 거지들은 자신에게 무공 한 수라도 배워볼 양 열심히 꼬리를 쳐댔다. 그런데 그게 괴팍한 구대음화의 마음에 들지 않았다.

그런데 오늘 구개음하 앞에 '괜히 후회할 짓 하지 마슈' 라고 말하는 어린 꼬마가 나타난 것이다. 대놓고 '나는 나쁜 놈입니다' 라고 말할 수 있다니, 진정 훌륭한 거지가 인세에 나타난 것이다.

'사부가 둘에, 스승을 잘 속이고 도둑질과 소매치기까지 잘한다고……?'

사부야 둘이든 이십 명이든 관계없다. 어차피 살아가다 보면 여러 명의 스승을 만날 수도 있다. 게다가 개방의 제자치고 스승을 속이지 않는 사람이 있을까? 또 도둑질과 소매치기는 개방의 어린 제자들이 필수적으로 익히는 기술들이 아닌가! 구개음하는 모든 것을 어떻게든 좋은 쪽으로 생각하기로 했다.

'이건 보통 놈이 아니다. 자기는 스승을 잘 속인다고 했겠다… 그렇다면 사부가 둘이나 있다는 것도 말짱 거짓말일 것이다. 이렇게 밥맛없는 말을 떠벌리고 다니는 꼬마에게 어느 미친놈이 스승을 해주겠다고 나서겠는가! 구십 평생에 이런 기물(奇物)을 만나게 될 줄이야!'

혼자만의 상상에 잠겨 있던 구개음하는 대범한 척 너털웃음을 터뜨렸다.

"뿌헐헐헐! 말 다했느냐? 단지 그것뿐이라면 내가 오늘 너의 근심을 풀어주마. 나는 개방의 대장로 구개음하다. 차후로 누가 묻거든 너의 세 번째 스승이 바로 나라고 말해라."

개방의 대장로 구개음하는 자신의 일신절학을 이 맹랑한 꼬마 거지에게 전수하기로 마음먹었다.

*　　　*　　　*

사대천왕이 이끄는 무림맹 기습조와 청룡당 수적들이 평리에서 만나 동행한 지 삼 일째 되는 날이다. 그날은 아침부터 황사(黃砂)를 동반한 바람이 눈을 못 뜨게 할 정도로 몰아쳐 왔다.

휘이이잉!

다비천왕은 혈마사가 있는 곳으로 세 명의 정탐꾼을 떠나보냈다. 아무래도 서로의 진행 방향을 짐작할 수 없었기 때문이다. 이처럼 눈도 뜨지 못할 정도의 모래 바람 속이라면 재수없이 혈마사의 앞으로 걸어가게 될지도 모른다.

그런데 아침에 떠나보낸 세 명의 정탐꾼은 정오가 되어도 돌아오지 않았다.

다비천왕이 천으로 얼굴을 가린 지검천왕에게 다가갔다.

"사형, 아무래도 우리가 길을 잘못 들어선 듯합니다. 혈마사를 정탐하러 보낸 세 사람도 돌아오지 못한 것을 보면, 우리는 혈마사의 가까이에 있는 것인지도 모릅니다."

빙빙 둘러싼 천 조각 사이로 보이는 지검천왕의 눈이 잔뜩 찌푸려졌다.

"나도 아침부터 느낌이 좋질 않았다. 이쯤에서 움직임을 멈추고 바람이 잘 때를 기다리도록 하자."

다비천왕이 '알겠습니다'고 대답한 후 얼마 남지 않은 기습조를 불러 모았다.

청룡당의 사람들도 한자리에 모여들었다.

휘이이잉!

무림맹의 움직임이 완전히 멈추자 이무심은 몸을 웅크리고 앉았다. 조금이라도 무리를 하게 되면 부상을 입은 옆구리에서 피가 새어 나왔다. 그것 때문에 이무심은 최대한 휴식을 취해야 했다.

모래 바람 사이로 언뜻언뜻 희미한 사람의 그림자가 나타났다 사라졌다. 무림맹의 사람들이 서로 어느 정도 떨어져 있는가를 확인하고 돌아가는 것이리라. 예전에 타클라마칸 사막을 헤매고 다닐 때가 생각났다. 그곳에서 태풍을 만났을 때와 비교할 수는 없었지만, 이만한 바람을 만나기도 흔치 않은 일이었다.

'그나저나 혈마사는 동쪽의 하남성 방면으로 가는 줄 알았는데, 그것도 아니었던 모양이구나.'

만약 혈마사가 동쪽으로만 갔더라면 이처럼 모두가 긴장할 리가 없다. 무림맹 사람들은 혈마사와 적당한 거리를 유지한 채 동진(東進)하고 있었다. 아침부터 음산한 기운이 사방에서 느껴졌다. 비단 앞이 보이지 않게 몰아쳐 오는 황사 때문만은 아니었다.

도대체 혈마사가 원하는 것이 무엇이란 말인가? 벌써 하남으로 밀려 들어가 끝장을 보았어야 하는데, 저들은 제멋대로 돌아다니며 하남성으로의 진입을 미루고 있었다.

이무심이 청룡당의 수적들 틈에서 생각에 잠겨 있을 때, 홀로 떨어져 근심하는 한 사람이 있었다.

'어찌 된 일인지 혈마사의 라마승들에게는 나의 마공이 십분 효력을 발휘하지 못하는 것 같다.'

섬전수 장경선이 짜증스러운 얼굴로 정면을 응시했다. 황사의 저 너머에서 음유한 기운이 밀려오고 있었다. 그것은 자신의 혈마기와 무관하지 않은 피(血)의 냄새였다. 어쩌면 저들의 마공과 자신의 마공은 같은 뿌리에서 출발한 것인지도 모른다는 생각이 불현듯 일어났다. 장경선이 길게 한숨을 내쉬었다.

"휴우……."

만약에 그렇다면 자신이 맡은 일은 생각했던 것보다 훨씬 힘들 것이다. 할 수만 있다면 이 지긋지긋한 싸움에서 떠나고 싶었다. 그러나 그럴 때마다 느물느물한 경재학의 얼굴이 떠올랐다. 그는 분명히 무림맹 기습조와 함께 공동산에 다녀오면 가족에 대한 소식을 알려주겠다고 했다. 공동산이야 이미 벗어났지만, 기습조는 혈마사를 따라 서서히 하남성으로 접근하고 있었다. 겨울에 출발하여 어느덧 초여름에 접어들었으니 결코 짧지 않은 기간이 지났다.

이쯤에서 혼자 먼저 돌아간다고 해도 경재학이 원하는 바를 알려줄까? 그 교활한 인간은 절대 그러지 않을 것이다. 하지만 그에게 얻어낼 것이 있는 한 아직은 참고 지내는 수밖에 없다. 하남성이 코 앞이니 곧 다시 만나게 될 것이다.

'가족이 있는 곳을 알게 되면 경재학아, 너의 그 질긴 목숨도 그날로 끝이다.'

생각에 잠겨 있던 장경선이 자리에서 벌떡 일어났다. 피의 냄새가 더욱 짙어졌기 때문이다.

긴장하고 있는 장경선의 앞으로 수십 개의 인영(人影)이 튀어나왔다. 그들은 홍의를 입은 라마승들이었다.

장경선은 오행혈마기를 끌어올려 전신을 보호했다.

라마승들의 선장이 풍차처럼 회전하며 날아들었다.

퍼퍼퍼펑!

장경선의 섬전십이장(閃電十二掌)이 선장을 걷어내는 소리가 요란하게 울려 퍼졌다.

멀리서 굉음이 들려오자 지검천왕은 재빨리 조원을 끌어 모았다. 그리고 소리가 나는 반대 방향으로 치달았다. 그는 저 황사 건

너편에서 들려오는 소리를 알고 있었다. 천하제일가의 사람이 혈마사와 만난 것이 분명하다. 그가 가장 외곽에서 무림맹을 따르고 있었으니, 라마승들과 제일 먼저 조우하게 된 것이다.

'이제는 혈마사를 상대로 무리한 싸움은 벌이지 않을 것이다.'

그런 지검천왕의 결심을 비웃기라도 하듯 우측에서 일단의 라마승들이 튀어나왔다. 황사는 지척에 이른 라마승들의 모습을 완벽하게 가려주고 있었던 것이다. 기습조의 허리가 잘리며 치열한 싸움이 시작되었다.

사대천왕은 신형을 돌려 격전으로 뛰어들었다.

사대천왕이 뛰어들자 라마승들의 움직임은 눈에 띄게 둔화되었다. 나타난 라마승의 숫자는 이십여 명에 불과했지만, 벌써 무림맹의 사람은 대여섯 명이나 쓰러져 있었다. 사대천왕이 겨우 서너 명의 라마승과 평수를 유지할 뿐 다른 사람들은 자기 몸을 보호하기도 바빴다.

그때였다. 황사를 뚫고 일단의 무림인들이 장내로 뛰어들었다. 그들은 청룡당의 수적들이었다. 청룡당의 수적들은 특유의 난폭함으로 라마승들을 한쪽으로 몰아갔다.

라마승들은 악랄한 면에서는 거의 자신들에 육박하는 정체 불명의 무림인들을 맞아 연신 뒤로 밀리기 시작했다. 자기들 앞에 불쑥 나타난 저 이상한 무리들은, 입으로 알아듣기 힘든 말을 지껄이며 꼬리에 불붙은 들개처럼 미쳐 날뛰고 있었다.

무림맹과 청룡당 고수들의 합세로 전세는 뒤바뀌기 시작했다. 몇 명의 라마승들이 황사를 들이마시며 죽어갔다. 위기를 느낀 다른 라마승들은 조금씩 뒤로 물러났다. 근처에 본진이 있으니 조금만 시간을 끌면 죽어간 다른 사형제들의 복수를 할 수 있을 것이다.

사방으로 검기를 날리던 지검천왕이 증창천왕을 향해 소리쳤다.

"막내 사제, 이만 물러나야겠다! 너는 단원들을 이끌고 먼저 빠져나가도록 해라!"

삼천왕이 무림맹과 라마승 사이로 파고들었다.

무림맹의 고수들이 증창천왕의 지시에 따라 뒤로 물러나기 시작했다.

사공철도 수하들을 물러나게 한 뒤 삼천왕의 곁으로 다가갔다. 황사 바람이 더욱 거세게 몰아쳐 왔다. 힘겹게 삼천왕의 곁에 신형을 바로 세운 사공철이 갈라진 목소리로 외쳤다.

"이 사백님! 여기는 잠시 맡겨두시고, 콜록, 수하들이 피하는 것을, 돌봐주십시오!"

말이 도와주는 것이지 사실은 몸이 성치 않으니 수하들과 물러나라는 말과 같았다. 이무심이 억지로 몇 걸음 떼다가 비틀거리며 신형을 돌렸다. 어린 사질 앞에서 몸을 피한다는 것이 내키지 않았지만 지금은 어쩔 수 없었다.

지독한 황사 바람을 뚫고 몇 명의 수적들이 이무심에게 다가왔다. 그의 몸이 불편하다는 것을 알고 부축하려고 온 것이리라. 마음을 정한 이무심은 그들에게 몸을 맡기고 장내를 떠나갔다.

부웅, 붕!

사공철이 미처 준비할 틈도 없이 라마승들의 선장이 날아들었다.

차차차창!

검과 선장이 맞닿는 소리에 이무심이 몇 번이나 뒤를 돌아보았다. 그러나 황사에 가려 사람은 보이지 않았다. 자욱한 황사 저편에서 쉬지 않고 싸우고 있을 어린 사질을 생각하니 차마 발이 떨어지지 않았다. 그러나 지금으로써는 아무것도 해줄 수 있는 게 없다.

평리에서 달아난 무림맹의 생존자들과 청룡당 수적들은 서쪽으로 한 마장쯤 떨어진 복사골에 집결했다.

무리를 이끌게 된 증창천왕이 숫자를 세어보니 무림맹의 고수가 이십오 명, 수적들이 십칠 명이다. 수적들이 나타나 도와주지 않았다면 아마 절반 이상의 고수들이 목숨을 잃었으리라. 증창천왕이 애증이 담긴 시선으로 수적들을 바라보았다.

'내 평생 사파인들과는 교류를 갖지 않았으나 오늘은 감사하지 않을 수 없구나.'

복사골은 오목하게 형성된 분지 안에 형성된 마을이라 그런지 황사가 심하게 불어오지 않았다. 덕분에 무림맹과 청룡당의 고수들은 잠시나마 숨을 돌릴 수 있었다. 점심나절의 평리와 비교하면 하늘과 땅 차이라고 할 만큼 복사골은 평온했다.

증창천왕이 이끄는 무리가 복사골로 몸을 피한 지 벌써 반나절이 지났다. 그런데 아무리 기다려도 삼천왕과 사공철은 돌아오지 않았다. 무림맹과 수적들이 각각 독문의 표식으로 행선지를 남겼으니 살아 있다면 어렵지 않게 찾아올 것이다.

시간은 흘러 마침내 자정(子正: 밤 12시)이 되었지만, 그때까지도 퇴로를 지키던 사람들은 여전히 돌아오지 않았다.

기다림 속에서 하루가 지났다. 그러나 무림맹과 청룡당 수적들의 애타는 마음에도 불구하고 끝내 네 사람은 돌아오지 않았다. 날이 밝아오자 뜬눈으로 밤을 지샌 증창천왕은 복사골의 주위를 돌아보기 시작했다.

'사형들이 이렇게 허망하게 죽을 리가 없다.'

증창천왕이 비익신창을 말아 쥐고 평리로 향하는 관도를 바라보았다. 저 길의 어디쯤엔가 사형들이 있을지도 모른다는 생각이 들자 도저히 가만히 서 있을 수 없었다. 증창천왕이 한 손에 비익신창을 들고 뛰어가기 시작했다.

얼마쯤 뛰어갔을까? 증창천왕은 다급한 목소리로 자신을 부르는 소리를 들었다. 귀에 익은 목소리는 자신이 이미 지나쳐 온 길 저편의 숲 속에서 들려온 것 같았다.

'환청인가?'

그러나 무림고수인 자신이 지금 상황에서 환청 따위를 들었을 리가 없다. 증창천왕이 비익신창을 앞으로 뻗어 주위를 경계하며 숲으로 들어갔다.

"여기요… 어서 이리로 오시오."

그제야 소리의 주인이 이무심이라는 것을 알아챈 증창천왕이 번개같이 몸을 날렸다. 증창천왕은 이무심에 대해 특별한 선입견이 없었다. 사형들은 그를 동행하게 될 사람이라고 소개했고, 그도 자연스럽게 받아들였다. 나중에야 알게 된 사실이지만 그는 아미파의 여승들에게 복마대협이라고 불리고 있었다. 그런 사람의 부름이라면 아무리 음침한 숲 속이라 해도 믿고 달려갈 수 있다.

증창천왕은 한달음에 울창한 수림을 지나 소리의 진원지에 도달했다. 그곳에는 사형들과 한 사람의 젊은 수적이 서로 비스듬히 기대고 앉아 헐떡이고 있었다. 증창천왕은 네 사람의 찢기고 부서진 몸을 보고 경악했다.

"헉! 사형……!"

증창천왕이 눈도 뜨지 못하고 있는 세 사형에게 달려갔다. 지검천왕은 전신에서 피를 흘리고 있었지만, 그다지 큰 부상을 입은 것 같지 않았다. 심각한 것은 나머지 두 사형이었다. 광권천왕의 한 손은 어디로 갔는지 보이지 않았고, 다비천왕은 내상을 크게 입었는지 입으로 피를 흘리고 있었다.

그러나 그것조차도 저 청룡당 당주의 상세에 비하면 가벼워 보였다. 그는 양쪽 어깨의 뼈가 드러나 있고, 옆구리도 길게 찢어져 내장이 보일 정도였다. 청룡당의 당주는 이미 죽어가는지 숨소리조차 들리지 않았다.

그 곁에서 복마대협 이무심이 상처를 싸매주고 있었다. 어제까지만 해도 이무심이 가장 큰 부상을 입은 듯했는데, 지금 분주히 놀리는 손을 보니 오히려 그가 가장 건장해 보였다.

'그건 그렇고, 저 이무심이라는 사람도 대단하구나. 동이 트자마자 출발한 나보다 먼저 이들을 발견하고 돌보고 있었다니……'

증창천왕은 이무심이 언제 복사골을 떠났는지 알지 못했다. 그러나 네 사람의 커다란 상처가 대충 수습되어 있으니, 어쩌면 그는 복사골에서 밤을 보내지 않은지도 몰랐다.

다비천왕의 등 뒤에 손바닥을 얹고 진기를 불어넣어 주던 증창천왕이 물었다.

"이 대협, 혈마사의 무리들은 어디로 갔을까요?"

생각해 보니 만약 혈마사가 이 길을 따라왔다면, 일행이 밤새 복사골에서 쉴 틈도 없었을 것이다. 그렇다면 혈마사는 그 모래바람 속에서 어디로 이동한 것일까?

"글쎄요. 어젯밤에 듣기로 이 관도의 반대 편은 화음현(華陰縣)으로 가는 길이라 하더이다."

증창천왕이 고개를 끄덕였다. 화음현이라면 다음 혈마사의 목적지는 화산파가 분명하다. 화산파는 이 사실을 알고 있을까?

일단 무림맹의 기습조 중에 아직도 남은 화산파의 제자가 있으니, 그에게 비상 연락을 취하라고 하면 혈마사보다 일찍 도달하게 될지도 모른다.

증창천왕이 세 사람을 찬찬히 살펴보고 자리에서 일어났다. 위급한 순간은 지났으니 이제 돌아가 다른 사람들을 데리고 다시 와야 할 것이다. 사형과 저 젊은 청룡당의 당주가 움직이지 못할 것 같으니, 다른 사람들의 도움이 필요할 것이다. 당분간은 복사골에 머물며 상세가 회복되기를 기다려야겠다고 생각했다.

"저는 돌아가서 사람들을 이끌고 다시 오겠습니다."

증창천왕이 경신술(輕身術)의 재간을 이용해 자리에서 사라졌다.

주변이 조용해지자 이무심은 사공철의 명문혈에 장심을 대고 진기를 일으키기 시작했다. 이무심의 무극진기가 사공철의 죽어가는 몸 안으로 부드럽게 스며들었다. 이무심은 아미파에 머물며 장염에게 전수받은 내가 요상술로 사공철의 전신 혈도를 다스리기 시작했다.

* * *

마하륵은 관도 위를 걸으며 혈마륵의 듬직한 뒷모습을 바라보았다. 곧바로 하남성으로 치고 들어가도 되련만, 자신을 위해 중원을 빙빙 돌고 있었다.

'허헛! 내가 피를 취하지 않음에도 비난하지 않고 시간을 만들어주다니…….'

혈마사를 위해서도 다행이라고 여겨졌다. 저렇게 선배를 배려할 줄 아는 사람이 차기 장문인감이라니, 이번 중원행이 끝나고 돌아가면 곧바로 자리를 물려주어야겠다고 생각했다.

서장을 떠날 때 맹세한 일천 번의 제사라는 것은 상징적인 것에 불과했다. 혈마사의 복수는 하남의 무림맹을 괴멸시키는 날 끝날 것이다.

마하륵은 공동산을 내려온 뒤 혈마륵에게 모든 것을 위임하였다. 하루에도 몇 차례씩 공력을 상실하여 오한에 떠는 자신으로서는 혈마사를 이끌 자신이 없었다. 하남성이 지척이니 당장에 밀고 들어가 복수를 마치고 귀환할 생각이었다.

그러나 혈마륵은 그렇게 하지 않았다. 그는 하남성 주변을 맴돌며 마하륵의 신공이 회복되기를 기다려 주었다. 마하륵이 오한에 떨 때마다 이동을 멈추고 쉬기를 반복했다. 그 덕에 마하륵의 몸은 이제 거의 정상에 가까워지고 있었다.

마하륵은 흡혈을 하지 않아도 몸 안에 가득한 건곤지기를 느끼고 있었다. 다만 아직까지 건곤이기가 하나로 모아지지 않고 있었지만, 흡혈을 그만둔 뒤로 체내의 건곤이기(乾坤二氣)는 서로를 밀어내지 않았다. 이 건곤이기가 하나로 합쳐지는 날, 자신은 무림맹을 없애고 혈마사로 돌아갈 것이다.

마하륵이 한기를 느끼고 몸을 떨기 시작했다. 이제 건곤이기는 서로를 밀어내지 않았지만 그렇다고 상생(相生)하지도 않았다.

"으으으……."

마하륵의 턱이 덜덜 떨리며 '딱딱' 하고 이빨이 맞부딪치는 소리를 냈다.

혈마륵이 다가와 마하륵의 몸을 부축했다.

"모두 멈추거라. 오늘은 이곳에서 쉬도록 하겠다. 근방에 쉴 만한 자리를 마련하도록 하라."

혈마륵의 말이 떨어지자 아미타삼혈존은 라마승들을 이끌고 사방으로 흩어졌다. 근방에 마을이 있다면 그 마을은 오늘 쑥대밭이 되고 말 것이다. 혈마사의 라마승들에게 '쉬었다가 간다'는 말은 '먹고 휴식을 취하겠다'는 것이며 '먹는 것'에는 여인의 피가 포함되어 있었다.

*　　　*　　　*

무림맹의 중심부에 있는 암석군(巖石群)을 사람들은 무관(武官)이라 불렀다. 무관은 무림맹에서 바위 산의 암석을 파고 만든 몇 개의 연공석실이다. 과거에는 무관이 그리 유명하지 않았으나 지금은 무림맹에서 가장 많은 사람들의 관심을 끌고 있었다. 그것은 무관에서 천하제일인이라는 불사신검 경재학이 폐관수련을 하고 있었기 때문이다.

사람들의 관심은 '이렇게 혼란한 때에 무림맹주가 폐관수련을 자처한 이유'와 '지금도 천하무적인 경재학이 출관할 때면 그 경지가 어떻겠는가?'에 집중되어 있었다.

무관에 있는 대부분의 석실은 외부에서 열고 들어갈 수도 없게 만들어졌다. 무관의 바닥으로는 수맥이 흐르고 있어서 수련자가 필요한 양의 물을 조달할 수 있고, 석실마다 벽곡단이 마련되어 있어서, 누구도 한번 들어가면 세월을 잊고 연공에 몰두할 수 있었다.

그 무관들 중 한곳에서 경재학이 폐관수련을 시작한 지 여섯 달이 지나고 있었다. 그동안 경재학은 자신의 가문에 내려오는 건곤삼식(乾坤三式)을 극성으로 연마했다. 그럼에도 출관하지 않은 이유는 어디까지나 섬전수 장경선에 대한 두려움 때문이었다.

섬전수 장경선의 가문은 대대로 경재학의 가신(家臣)이었다. 몽고의 초원에서 말을 달리던 경재학의 선조 때부터 지금에 이르기까지, 장씨(張氏)는 충직하게 본연의 위치를 지켰다. 장경선의 부친인 일수탈백(一手奪魄) 장태수(張泰守)는 경영자를 위해 평생 일했고, 섬전수 장경선은 경재학의 심복이었다.

그런데 오행혈마인에 대한 호기심이 너무 컸다고 할까? 경재학은 섬전수 장경선을 혈마인으로 만들고 말았다. 장경선은 마경을 익힌 뒤 천하에 뜻을 품고 경재학에게서 떠났다. 뒤늦게 오행혈마인의 무서움을 알게 된 경재학은 장경선을 부리기 위해 그의 혈육인 장태수 일가를 가두었다. 그런데 불행하게도 탈출을 시도하던 장태수 일가가 몰살당하고 만 것이다.

천하제일의 마경을 익힌 장경선과 본의 아니게 원수지간이 되어버린 경재학은 지금의 건곤삼식으로는 오행혈마인 장경선의 상대가 되지 못한다는 것을 알고 있었다.

그가 익힌 건곤삼식은 본래 황궁의 비전무학이다. 경재학의 선조들이 중원의 지배자로 있을 때, 그들은 황궁 무고(武庫)를 뒤져 그중 가장 쓸 만한 것을 뽑아낸 적이 있다. 그중에 가장 오묘한 무학이 바로 건곤삼식이었다.

경재학은 건곤삼식에 무검(無劍)의 요결이 있다는 것은 알고 있었으나, 그것이 건곤삼식과 어떻게 연결되는지는 아직도 모르고 있었다. 지난번 장경선과의 첫 번째 만남에서 단 한 번 그 경지를 맛보았을 뿐이다.

'대체 이 검곤삼식과 무검은 어떤 관계가 있을까?'

경재학이 극성으로 연마한 건곤삼식을 떠올리며 명상에 들기 시작했다. 이 건곤삼식의 무검지술(無劍之術)만이 자신의 목을 지켜줄 수 있다. 언제 어느 때라도 무검을 펼칠 수 있다면 당장에 무관을 박차고 나갈 것이다.

경재학은 좁은 석실에서 시간 가는 줄 모르고 검을 휘둘렀다. 그러던 어느날 경재학이 미처 수습하지 못한 진기 때문에 검을 석벽에 처박았을 때다.

파팍!

검이 석벽 깊숙이 박혀 들어갔다.

"끄아아아! 대체 뭐냔 말이다!"

그 순간 경재학은 마음속에 눌러두었던 분통을 터뜨리고 말았다. 한심하게도 그토록 열심히 노력했건만 아직까지 무검의 비밀을 발견하지 못한 것이다.

"으아아악!"

한참 동안 미친놈처럼 소리를 지르며 발광하던 경재학은 그동안의 피로를 이기지 못하고 바닥에 누웠다. 등으로 바닥의 냉기가 스멀스멀 올라왔다. 파김치처럼 늘어진 경재학은 그대로 깊은 잠에 빠져들었다.

얼마나 오랫동안 잠을 잤을까? 한기를 느낀 경재학이 힘겹게 눈꺼풀을 들어 올렸다. 정면에 낯익은 검의 손잡이가 보였다. 검술의 길은 가도가도 끝이 없었다. 모든 것이 허망하게 느껴졌다.

'대체 내가 무슨 짓을 하고 있었단 말이냐…….'

경재학이 한숨을 내쉬며 눈을 감았다. 지나간 날들이 새록새록 떠올랐다. 그러고 보니 단 한 순간도 쉬지 않고 지금까지 줄곧 달려만 왔다. 문득 교하국 공주의 얼굴이 떠올랐다. 그녀는 그 일이 있은 뒤 자살을 했다고 들었다.

'그렇게까지 하지 않아도 됐는데, 그때는 왜 그랬을까?'

무려 이십사 년이라는 세월이 지났지만 아직도 어제의 일 같았다. 교하국에서 일을 치른 뒤 바로 혈마사로 달려가 마경을 훔쳤다. 오행혈마경을 나누어 무림 전역에 뿌리기 전까지만 해도 그런대로 세상은 재미있었다.

경재학이 누웠던 자리에서 일어나 검을 잡았다. 그리고 무심코 검을 뽑아냈다.

스릉!

돌을 빠져나오는 소리가 귀에 거슬렸다. 경재학은 검을 뽑아 생각없이 몇 번 휘둘렀다.

쉭! 쉭!

검을 휘두르며 경재학은 요즘 너무 힘들게 살았다고 생각했다. 그간 자신을 힘들게 한 사람이 너무 많았다. 절세의 마공을 익힌 오행혈마인과 말 많은 구대문파 장문인들, 그리고 생사가 불명한 장염에 이르기까지.

쉭! 쉭!

경재학은 모든 것을 당분간 잊기로 했다. 무검지술을 터득할 때까지 아무것도 기억하지 않겠다. 그렇게 중얼거리며 검을 휘두르던 경재학은 문득 '무검(無劍)은 검이 없다는 것이 아니라 검을 잊는다는 게 아닐까?' 생각하게 되었다.

경재학은 한참 동안 명상에 잠겨 있다가 장경선과 처음 싸우던 날을 떠올렸다. 그리고 마침내 한 가지 중요한 사실을 깨닫게 되었다. 그날의 자신은 손에서 검을 잃고 무검을 깨달은 것이 아니었다.

'그렇구나! 나는 손에 든 나뭇가지조차 잊었을 때 무검지술을 발휘했구나!'

경재학은 뛸 듯이 기뻤다. 그동안 검을 초월하기 위해 석실에서 날뛰었는데, 이제 보니 검을 잊어야 했던 것이다.

'그랬구나, 그랬어. 건곤삼식은 처음부터 계속 말하기를 몸으로 익히고 머리로는 잊으라고 했는데, 나는 어쩌자고 몸으로 익히고 머리로도 완벽하게 이해하려고 했단 말인가!'

결국 자기 이성의 한계가 무검의 진입을 가로막은 것이었다. 경재학은 그때부터 손에 든 검을 잊기 위해 건곤삼식을 펼쳤다.

그리고 건곤삼식을 십만 번이나 펼쳤을 때, 마침내 경재학은 손에 든 검을 잊을 수 있었다.

무림맹의 무관(武官)을 지키는 호위 무사들에게 있어 바위 산은 신성한 것이었다. 이 바위 산 안에 있는 석실에서 수많은 무림의 기인이사들이 탄생했기 때문이다. 무관이 자리하고 있는 바위 산 한가운데를 약 삼 장(三丈: 약 9미터) 정도 파고 내려가면 무림맹주의 연공실이 있다고 전해진다.

그러나 누구도 맹주의 연공실이 실제로 그쯤에 있는지는 장담하지 못했다. 바위 산이 제법 높았고, 무관의 입구에서부터 몇 개의 석실이 다닥다닥 붙어 있었기 때문이다. 물론 누군가 긴 자를 들이대고 재보면 얼핏 알 수도 있겠지만, 무림맹에는 그럴 만큼 한가한 사람이 없었다.

정오 무렵에 증범(曾凡)이 네 명의 고수들과 함께 무관을 지키고 있을 때였다.

쩡!

어디선가 바위 갈라지는 소리가 고막을 찢을 듯 들려왔다.

깜짝 놀란 증범과 고수들이 뛰어다니며 소리의 진원지를 찾아다녔지만 갈라진 바위는 보이지 않았다.

"어이, 혹시 모르니까 누가 바위 산에도 한번 올라가 보지 그래?"

호위 무사 능유(能柳)의 말에 증범이 피식 웃으며 대답했다.

"아니, 누가 저 바위 산을 쪼갰을까 봐 그러는 겐가?"

능유가 비실비실 웃으며 대답했다.

"혹시 아는가? 맹주께서 폐관하셨으니 바위 산이라도 가를지."

"와하하핫!"

다섯 명의 호위 무사들이 웃음을 터뜨렸다.

한참 웃던 증범이 돌연 입을 꾹 다물었다. 누군가 무관의 입구에서 걸어나오고 있었다. 텁수룩한 수염을 가다듬지도 않은 그는 바로 무림맹주 불사신검 경재학이었다.

뒤늦게 경재학을 발견한 능유의 몸도 뻣뻣하게 굳었다.

경재학은 아무 말 없이 호위 무사들에게 손을 한번 흔들어주고는 멀리 사라져 갔다.

무관에서 폐관수련하고 있던 사람은 무림맹주 경재학뿐이었다. 이제 맹주가 출관을 했으니 더 이상 무관을 지킬 필요는 없었다. 다섯 명의 호위 무사들은 무관이 비게 되자 본래 자기들이 근무하던 곳으로 바삐 돌아갔다.

사람들이 하나둘씩 떠나가자 바위 산의 주변은 다시 고요해졌다.

경재학이 머물던 석실의 바닥에 열십(十) 자 모양의 햇살이 비쳐 들고 있었다.

〈 6권으로 이어집니다 〉